O ENGENHEIRO DA MORTE

Marcio Pitliuk

O ENGENHEIRO DA MORTE

A PARTICIPAÇÃO DA ELITE ALEMÃ NO HOLOCAUSTO

ROMANCE

1ª reimpressão

VESTÍGIO

Copyright © 2023 Marcio Pitliuk
Copyright © 2023 Editora Vestígio

Todos os direitos reservados pela Editora Vestígio. Nenhuma parte desta publicação poderá ser reproduzida, seja por meios mecânicos, eletrônicos, seja via cópia xerográfica, sem autorização prévia da Editora.

DIREÇÃO EDITORIAL
Arnaud Vin

EDITOR RESPONSÁVEL
Eduardo Soares

PREPARAÇÃO DE TEXTO
Samira Vilela

REVISÃO
Julia Sousa

CAPA
Diogo Droschi
(sobre imagens de Shutterstock e Midjourney)

DIAGRAMAÇÃO
Waldênia Alvarenga

Dados Internacionais de Catalogação na Publicação (CIP)
Câmara Brasileira do Livro, SP, Brasil

Pitliuk, Marcio
   O engenheiro da morte / Marcio Pitliuk. -- 1. ed. ; 1. reimp. -- São Paulo : Vestígio, 2023.

   ISBN 978-85-54126-97-1

   1. Ficção brasileira 2. Guerra Mundial - 1939-1945 3. Holocausto judeu (1939-1945) - Ficção 4. Nazismo - Ficção I. Título.

23-141265   CDD-B869.3

Índices para catálogo sistemático:
1. Ficção : Literatura brasileira B869.3

Aline Graziele Benitez - Bibliotecária - CRB-1/3129

A **VESTÍGIO** É UMA EDITORA DO **GRUPO AUTÊNTICA**

São Paulo
Av. Paulista, 2.073 . Conjunto Nacional
Horsa I . Sala 309 . Bela Vista
01311-940 São Paulo . SP
Tel.: (55 11) 3034 4468

Belo Horizonte
Rua Carlos Turner, 420
Silveira . 31140-520
Belo Horizonte . MG
Tel.: (55 31) 3465 4500

www.editoravestigio.com.br
SAC: atendimentoleitor@grupoautentica.com.br

Eu não culpo todos os alemães pelo Holocausto.
Se fizer isso, generalizarei, como os antissemitas fazem ao odiar
todos os judeus. Mas eu não perdoo os alemães que participaram
do Holocausto e mataram meus pais.

Julian Gartner, judeu polonês sobrevivente que
veio para o Brasil após a guerra.

Sou um feliz, feliz sobrevivente do Holocausto.

Andor Stern, único judeu brasileiro
prisioneiro em Auschwitz.

Prefácio

A IG Farben, abreviatura de Interessen-Gemeinschaft Farbenindustrie AG [Conglomerado da Indústria de Tintas e Corantes, em tradução livre], surgiu em 1925, a partir da fusão de várias empresas alemãs, e se tornou a maior indústria química da Europa. Em 1932, ainda antes das Leis Raciais[1] serem instituídas pelo Partido Nazista, todos os diretores judeus foram demitidos da IG Farben. Esse império industrial fabricava remédios, tintas, corantes, venenos, inseticidas e o Zyklon B, originalmente um inseticida, mas que foi reformulado para matar seres humanos. O produto foi largamente utilizado nas câmaras de gás dos campos de extermínio nazistas.

Após a Segunda Guerra, o Tribunal de Nuremberg condenou apenas treze de seus vinte e três diretores, e mesmo assim a penas leves, algo ínfimo para um grupo que se envolveu direta e ativamente no Holocausto. A IG Farben utilizou mais de oitenta mil homens, mulheres

---

[1] As Leis Raciais de Nuremberg eram um conjunto de leis antissemitas, como a Lei de Cidadania do Reich e a Lei de Proteção do Sangue e da Honra Alemã, instituídas pelo Reichstag em 15 de setembro de 1935. Definiam quem era judeu não pelo caráter religioso, mas por determinação do Partido Nazista, que se baseava em teorias falsas de eugenia de que os arianos eram uma raça superior. Impunham uma série de proibições e obrigações aos judeus, cerceavam seus direitos civis, confiscavam seus bens e os proibiam de realizar diversas atividades, como frequentar escolas, andar de bonde e atuar em uma série de profissões. Posteriormente, foram estendidas a pessoas negras e ciganas.

e crianças como escravos em suas fábricas, pessoas que morriam aos milhares devido às péssimas condições de trabalho e aos maus-tratos que sofriam. Seus diretores corromperam e foram corrompidos pelo sistema nazista. Em 1950, o grupo dos Aliados da Segunda Guerra – composto por França, Inglaterra, Estados Unidos e, posteriormente, União Soviética – dissolveu o conglomerado e as marcas passaram a atuar individualmente como Agfa, Hoechst, Bayer e Basf, entre outras.

A IG Farben não foi a única grande indústria alemã a se beneficiar do Holocausto: Siemens, Mercedes-Benz, BMW, Audi, Volkswagen, Krupp, Oetker e outras dezenas de empresas também se envolveram no extermínio. O próprio Deutsche Bank confiscou bens de prisioneiros judeus e participou do comércio do ouro das vítimas, inclusive o que era extraído de seus dentes.

Engana-se quem pensa que o Holocausto foi perpetrado apenas pelos membros da Schutzstaffel, ou SS, como ficou conhecida a organização responsável pela segurança do Partido Nazista. Os soldados que organizavam as filas de prisioneiros encaminhados às câmaras de gás eram o último elo da corrente. Advogados e juízes formularam as leis raciais que baniram os judeus da sociedade civil. Médicos atuaram diretamente nos campos nazistas. Empresários e executivos de companhias alemãs participaram do extermínio para obter lucro. Muitos outros profissionais diplomados colocaram seus talentos e conhecimentos à disposição da indústria da morte. O Holocausto não teria tomado a proporção que tomou sem o apoio da elite alemã.

Esta obra é uma ficção inspirada livremente em eventos reais. Nomes de personagens e empresas foram criados pelo autor a fim de ilustrar os fatos que marcaram o período histórico retratado no livro.

PRIMEIRA PARTE
A GUERRA

Capítulo 1

A cervejaria era pequena, pouco iluminada, com apenas três mesas de madeira escura e um único funcionário para servir e cobrar. Ficava na Ehrwalder Strasse, uma rua atrás do Parque West, em Munique. Em uma das mesas havia três homens vestidos de maneira simples, claramente enfrentando dificuldades financeiras. Quem os visse naquele dia jamais diria que, em poucos anos, ganhariam tanto poder e causariam tanta destruição.

Cada um deles tinha características físicas marcantes. O mais magro tinha uma deficiência no pé direito que o fazia mancar. O mais alto, muito míope, usava óculos redondos de lentes grossas e tinha uma expressão assustada, parecendo sempre desconfiado. O terceiro, com ar de superioridade, ostentava um bigodinho ridículo e uma franja que insistia em cair na testa.

Aguardavam uma quarta pessoa, que só veio a chegar vinte minutos após o horário marcado. Com seu terno bem-cortado e gestos educados, destoava dos outros três. Ao entrar na cervejaria, examinou com uma expressão de censura aquele ambiente tão simples. Estava acostumado com lugares mais sofisticados. Seu nome era Alfred Rosenberg, um dos primeiros membros e ideólogo do Partido Nacional-Socialista dos Trabalhadores Alemães, o Partido Nazista.

– *Herr* Hitler, desculpe o atraso – disse Rosenberg.

Hitler não disfarçou sua irritação.

– Sente-se. O senhor deve se lembrar de Joseph Goebbels, especialista em propaganda, e de Heinrich Himmler.

– Claro, estivemos juntos no último encontro – respondeu o homem, puxando uma cadeira.

O assunto, como não podia deixar de ser, foi direcionado para política. Os quatro estavam ali para falar das ambições de Hitler e decidir as estratégias de sua campanha.

– Pensei muito no que *Herr* Hitler disse e concordo que, para conquistar o poder, nosso discurso deve focar na restauração da autoestima dos alemães, destruída após a derrota na guerra – comentou Rosenberg.

– Também estamos de acordo – afirmou Himmler.

– No livro que estou escrevendo, *O mito do século XX*, uma sequência da obra de Houston Chamberlain, comento que a humanidade é dividida em raças, e nós, arianos, somos a raça superior – continuou Rosenberg.

Hitler concordava em silêncio. Goebbels, que gostava de colocar em prática tudo o que ouvia, deu sua opinião um tanto impaciente.

– Quanto a isso, não resta a menor dúvida, *Herr* Rosenberg. Já sabemos que é preciso recuperar a confiança do povo alemão. Porém, para o sucesso da campanha, é preciso mais do que afirmar nossa superioridade: temos que encontrar um inimigo e focar todas as nossas baterias contra ele. O povo gosta dessa briga. Temos que colocá-lo contra um inimigo comum.

Os três se animaram com o argumento de Goebbels, um antissemita radical desde a juventude.

– Na escala racial que o senhor aborda, onde estão os judeus? – ele perguntou a Rosenberg.

– São *untermenschen*.[2] Estão na parte mais baixa da pirâmide racial.

Goebbels bateu a palma da mão na mesa com felicidade.

– Excelente! Os judeus serão os inimigos da Alemanha. Não um judeu específico, mas o judeu de forma genérica, como um grupo

---

[2] *Untermenschen*, ou sub-humanos, era o termo usado pelos nazistas para se referirem àqueles que consideravam inferiores.

racial. O preconceito latente já existe, será fácil explorar esse sentimento e vender a ideia.

– De acordo, nenhum de nós gosta de judeus – afirmou Hitler.

– A grande massa irá apoiar nossa ideia, e, ao ver que o povo está do nosso lado, a elite seguirá nosso chamado – prosseguiu Goebbels. – Todos têm a ganhar com isso: homens e mulheres, ricos e pobres, ignorantes e intelectuais.

Hitler abriu um sorriso.

– Viu só, *Herr* Rosenberg? Eu disse que Goebbels era um talento nato.

Decidiu-se então que, para o sucesso do Partido Nazista, era preciso inflar a autoestima dos alemães e culpar os judeus por todos os problemas que a Alemanha enfrentava naquele momento. Essa seria a estratégia de comunicação do partido.

Hitler, que já começava a acreditar em tudo o que havia sido dito, completou:

– Vamos fazer mais: vamos acusar os judeus de traição durante a guerra. Se não fosse por eles, teríamos vencido.

– Em seu grande livro *Mein Kampf*, o senhor diz que "Uma mentira dita mil vezes torna-se uma verdade" – comentou Himmler.

– Exato! Uma frase magnífica, por sinal – disse Hitler, sem modéstia.

– É por esse caminho que seguiremos então.

***

Nos anos que se seguiram, a estratégia foi executada à risca e surtiu o efeito desejado. Hitler culpou os judeus por todos os problemas da Alemanha e nunca escondeu o desejo de eliminá-los da sociedade, algo que deixava muito claro nas campanhas que fazia por todo o país durante sua ascensão política. Os alemães não podiam alegar que haviam sido pegos de surpresa; sabiam das promessas de Hitler, cujas ameaças estavam presentes nos discursos veiculados nas rádios, nas revistas, nos cinemas e em todos os cartazes de propaganda nazista espalhados pelo país. Até mesmo os livros escolares ensinavam que os judeus eram nocivos e perigosos. Em poucos anos, um tsunami de ódio antissemita inundou a Alemanha.

– É como sempre digo: uma mentira dita mil vezes torna-se uma verdade – falou Goebbels, anos depois daquele encontro na pequena cervejaria de Munique, durante um jantar no mais caro restaurante de Berlim.

Agora, estavam aboletados no poder e desfrutavam de todo luxo e fartura.

***

Com a ascensão política de Hitler, as ameaças feitas durante sua campanha passaram a ser implementadas na prática. Apesar de, entre os judeus da Europa, os judeus alemães serem os mais assimilados, tendo chegado ao país havia cerca de seiscentos anos, isso de nada importou para os nazistas. Na verdade, é provável que essa integração os tenha incomodado ainda mais, pois a política de Hitler implementou uma série de leis que limitavam a atuação do povo judeu na sociedade alemã.

Antes dessas leis serem promulgadas, a maioria dos judeus não acreditavam nas ameaças nazistas. Achavam que não passava de política, de retórica eleitoreira, e que logo iria acabar. Afinal, antes de se considerarem judeus, consideravam-se alemães. Mas os planos que Hitler, Rosenberg, Himmler e Goebbels haviam discutido no passado não ficaram apenas no plano das ideias. A estratégia havia dado certo e seria levada às últimas consequências. Os nazistas incutiram com sucesso no imaginário do povo alemão o mito da conspiração judaica de dominação mundial, razão pela qual acusavam os judeus de terem traído e saqueado a Alemanha. Agora, com o poder nas mãos, concluíram que levar o plano adiante poderia ser ainda mais lucrativo. Ao confiscar os bens dos judeus, incluindo empreendimentos, contas bancárias e imóveis, teriam um bom caixa para arcar com as ambições nazistas. Os judeus constituíam menos de 0,8% da população, mas tinham grande participação na sociedade como advogados, professores, dentistas, médicos e outras profissões de prestígio. Assim, tornar a prática dessas atividades exclusiva aos arianos seria muito bem aceito pela elite do país, aumentando o apoio ao Partido Nazista.

***

O Dr. Ernest Kaufmann trabalhava doze horas por dia em seu consultório e em um hospital de Frankfurt, onde tratava igualmente alemães e judeus. Era um médico dedicado e respeitado, mas, com as leis de pureza da raça,[3] foi proibido de atender pacientes arianos. Alguns se incomodaram, pois gostavam e confiavam no trabalho do médico, mas não adiantou reclamar; tiveram que aceitar a nova legislação. Por outro lado, a maioria de seus pacientes arianos, mesmo que tivessem sido curados por ele, apoiaram as leis raciais. De uma hora para outra, Ernest Kaufmann passou de um bom médico para um mau judeu.

Kaufmann ficava profundamente magoado quando se encontrava com antigos pacientes alemães, que agora viravam as costas para ele. O antissemitismo podia estar adormecido na sociedade alemã, mas aflorara com as leis raciais.

Nas semanas que se seguiram à aprovação das leis, médicos judeus, mesmo aqueles formados nas melhores universidades alemãs, foram completamente proibidos de exercer a profissão. Então, Ernest Kaufmann se reuniu com alguns colegas judeus para discutir a situação.

As conversas eram acaloradas; e os pontos de vista, os mais diversos. Alguns defendiam que era preciso ir embora da Alemanha, ao menos até a situação se normalizar.

– Vou para a Holanda – disse um dos médicos durante uma reunião.

– É fácil para você, que tem parentes lá – rebateu outro.

– Tenham calma, meus amigos – interferiu Kaufmann. – O Partido Nazista vai chegar à conclusão de que não pode prescindir dos judeus e logo tudo voltará ao normal.

– Também acho – concordou um terceiro. – Hitler é um fanfarrão, está cercado de pessoas despreparadas. Não vai durar no cargo por muito tempo.

---

[3] Com as Leis de Nuremberg, médicos judeus foram proibidos de atender pacientes arianos. Posteriormente, não podiam atender pacientes judeus. Entre 10% e 15% dos médicos alemães eram judeus, fator que influenciou os médicos arianos a concordarem com a restrição.

– A Alemanha é um país civilizado e evoluído, terra de filósofos e cientistas – continuou Kaufmann. – O povo alemão não vai permitir que um tipo desqualificado como esse permaneça no poder.

Mas o tempo passava, e Hitler, até então visto por muitos como um reles pintor austríaco frustrado, concentrava cada vez mais poder nas mãos. Contava com o apoio de diversos representantes da sociedade alemã, de filósofos a cientistas.

Diante do cenário cada vez mais sombrio, as discussões entre os médicos prosseguiam.

– O povo alemão vai enxergar a realidade – insistiu Kaufmann certa vez. – Hitler cairá como uma maçã podre.

– Eu discordo – contestou outro médico. – Precisamos enxergar a realidade, e atualmente a emigração é nossa única alternativa.

– Está sugerindo partir e deixar tudo o que construímos para trás? – Kaufmann tentava dissuadi-lo. – Largar nossa carreira, nossos amigos, nossa casa, nossos bens? Começar a vida do zero em um país estranho? Você está sendo muito pessimista. As coisas vão melhorar.

– Não me considero pessimista. Sou realista – argumentou o médico. – Não há futuro para nós na Alemanha, e o pior: já fui em dezenas de consulados e não consegui um visto de emigração.

O governo nazista queria que os judeus deixassem a Alemanha e ao mesmo tempo confiscava o dinheiro que precisavam para a viagem. Alguns países criticavam a postura do regime, mas não ofereciam a documentação necessária para os que tentavam fugir.

Os judeus estavam em um *cul-de-sac*, ou seja, sem saída.

Mas Kaufmann, um dos otimistas, decidiu ficar.

***

As ameaças contra os judeus prosseguiam. Eliminar, excluir, exterminar, varrer do mapa – esses eram os termos usados pelo *Führer*, líder máximo da Alemanha, para se referir aos judeus, sob aplausos e ovação de seus apoiadores. Fanatismo e idolatria se misturavam, fazendo com que o antissemitismo emanasse do povo alemão.

O que ainda não estava claramente definido para os nazistas era o que seria feito para *eliminar* os judeus. Afinal, o verbo podia ser aplicado de várias maneiras.

O que eles sabiam era que os *untermenschen*, ou "sub-humanos", precisavam sair da Alemanha. Era necessária uma limpeza étnica na sociedade, e não havia lugar para os judeus entre a raça ariana. Os nazistas bolaram, então, um plano totalmente surreal: enviar todos para a ilha de Madagascar, na África. Mas, com cerca de seiscentos mil judeus na Alemanha, é claro que não deu certo.

Esse grande contingente populacional também fazia com que mandá-los para campos de concentração fosse logisticamente complicado. E o problema aumentou com a guerra: quando o exército alemão avançou com as invasões na Europa, o número de judeus subiu para onze milhões. Segregá-los em guetos era apenas uma solução provisória. Escravizá-los também só seria produtivo para os jovens e fortes. Assim, a eliminação física foi definida como política de Estado.

A essa altura, os nazistas já não se importavam em cometer genocídio. Consideravam-se um povo superior; e os judeus, uma praga a ser exterminada.

Capítulo 2

Havia doze pessoas na sala de reuniões da ITD – Indústria de Tintas e Derivados. Todas olhavam com satisfação para o jovem engenheiro que finalizava sua apresentação com uma interessante proposta.

– Senhores, para encerrar esse encontro, gostaria de reiterar que, se me forem fornecidas as cobaias, posso realizar os testes necessários e aperfeiçoar nosso produto até chegar à fórmula ideal. Muito obrigado.

Os presentes aplaudiram e teceram elogios discretos ao jovem, como convinha àquele grupo de civis e militares. Carl Farben tinha apenas 24 anos e era um dos engenheiros químicos mais ambiciosos da empresa. Havia se formado dois anos antes na Universidade de Berlim. Era alto, tinha cabelos loiros e olhos azuis escondidos atrás de um par de lentes grossas. Não fosse o detalhe da miopia, seria o ariano perfeito para ilustrar as propagandas de Goebbels.

Naquele momento, seus olhos brilhavam de felicidade pela boa impressão que sua apresentação tinha causado. Atrás dele havia um quadro negro com duas fórmulas químicas: a Taifun e a Taifun Bis.[4] Através da ampla janela lateral da sala de reuniões, que ia de parede a parede, era possível ver o belo gramado que circundava todo o prédio.

---

[4] *Taifun* em português significa "tufão". *Zyklon*, nome original do inseticida adaptado para matar seres humanos, significa "ciclone".

As folhas das árvores apresentavam vários tons de marrom, efeito do outono em Frankfurt.

Metade dos participantes da reunião vestia terno preto, camisa social branca e gravata preta. Eram executivos da ITD ou representantes do Ministério do Reich para os Territórios Orientais Ocupados.[5] A outra metade trajava uniformes da SS e se portava com um formalismo exagerado e forçado. Na ânsia de parecerem oficiais do Kaiser Wilhelm II, esforçavam-se para agir como homens educados e bem-formados, exatamente o oposto do que de fato eram.

Após a apresentação do jovem Carl, os olhares se voltaram para o *Oberst-Gruppenführer* Keitel,[6] o mais graduado militar ali presente. Seria dele a palavra final sobre a aprovação do projeto secreto da ITD, desenvolvido há semanas entre quatro paredes, e todos aguardavam que se manifestasse.

Bastou o *Oberst-Gruppenführer* ameaçar se levantar para que o oficial ao seu lado se erguesse e puxasse a cadeira do líder de maneira ostensivamente submissa. Keitel tinha uma expressão prepotente, típica de quem conquistou o poder não por mérito ou talento, mas pela violência, o que fazia questão de deixar bem claro. Quando colocou o quepe, um facho de luz fez brilhar a caveira no centro da indumentária, ideia do estilista Hugo Boss, responsável pelo design dos uniformes da tropa nazista Schutzstaffel, mais conhecida como SS.[7]

---

[5] Na Alemanha nazista, o responsável por esse ministério era o advogado Alfred Rosenberg, membro do Partido Nacional-Socialista dos Trabalhadores Alemães antes mesmo de Adolf Hitler. Rosenberg foi diretor do jornal *Völkischer Beobachter* [Observador Nacional, em tradução livre], veículo defensor da ideologia nazista. Antissemita radical, é autor do livro *O mito do século XX* (1930), onde expôs suas falsas teorias de pureza da raça. Foi julgado e condenado à morte pelo Tribunal de Nuremberg, tendo sido enforcado em 1946, aos 53 anos.

[6] Segunda patente militar na hierarquia da Schutzstaffel, inferior apenas a de *Reichsführer*. Outras patentes serão referenciadas ao longo do livro.

[7] Hugo Boss filiou-se ao Partido Nazista em 1931. A partir daí, sua empresa finalmente decolou. Desenhou e produziu os uniformes das forças paramilitares da Sturmabteilung (SA), da Schutzstaffel (SS), da Juventude Hitlerista e do NSKK, divisão motorizada do Partido Nazista. Sua empresa usou mão de obra escravizada

Keitel deu alguns passos pela sala. Tinha a mão pousada no queixo como se estivesse pensando profunda e sabiamente no que acabara de ouvir. Ou talvez estivesse mesmo fazendo um grande esforço mental, porque, para ele, pensar era algo extremamente difícil e complexo. Em sua soberba, acreditava que sua análise e resposta teriam imensa importância entre os membros daquele grupo – mais um motivo para aquela cena teatral.

Os olhares o acompanhavam enquanto ele caminhava a passos largos de um lado ao outro da sala. Parou no extremo oposto de Carl, a meio metro da parede, e bateu as botas no chão com tanta força que o estrondo ecoou pelo ambiente, até então em absoluto silêncio. Num movimento militar ensaiado, deu meia-volta e caminhou em direção ao jovem engenheiro químico que o encarava. Os dois pares de olhos azuis se encontraram, um mais frio que o outro.

O oficial se aproximou até ficarem a poucos centímetros de distância. O engenheiro, sem saber como reagir ao vê-lo tão próximo, postou-se em posição de sentido, tremendo como vara verde. O jovem tinha apostado todas as suas fichas naquela ideia e precisava que fosse aprovada.

O olhar de Keitel era sério e tenso. Ao fim do ato, pigarreou antes de falar.

– *Heil* Hitler – disse o oficial esticando a mão e quase acertando o engenheiro.

Como se tivessem ensaiado, todos se levantaram ao mesmo tempo, estenderam o braço direito e gritaram *"Heil* Hitler". Esboçando um sorriso, Keitel se dirigiu ao engenheiro.

– O senhor poderia ser um oficial da SS.

Carl respirou aliviado. Havia conseguido o que queria.

Keitel então se virou para a dúzia de pessoas na sala e falou como se estivesse se dirigindo a uma multidão ávida para ouvir suas geniais e imperdíveis palavras.

– Prezado *Herr Doktor* Tesch, presidente da Indústria de Tintas e Derivados, prezado *Herr* Farben, engenheiro químico desta organização.

---

e, depois da guerra, o estilista teve seus direitos políticos cassados e foi preso. Morreu em 1948, aos 63 anos.

Em nome do Partido Nacional-Socialista dos Trabalhadores Alemães, gostaria de parabenizá-los pela iniciativa de desenvolver um produto que será de extrema utilidade para os planos do Terceiro Reich e de interesse pessoal do *Führer* Adolf Hitler. Dou sinal verde para que sigam em frente com os testes e deixo o *Standartenführer* Speer encarregado de dar o suporte necessário para que tudo caminhe a contento.

Ao ouvir seu nome, Speer se levantou e gritou "*Heil* Hitler". Mais uma vez, todos os demais ficaram de pé, bateram os calcanhares e esticaram o braço direito em saudação. Keitel também ergueu o braço, mas então, de maneira quase displicente, como se a Alemanha o esperasse para resolver outros assuntos urgentes, virou-se e caminhou em direção à porta. Um dos oficiais se apressou para abri-la e o *Oberst-Gruppenführer* saiu da sala. Com o clima mais leve, todos aproveitaram para confraternizar e cumprimentar Carl, que sorria orgulhoso.

Ao telefone, o presidente Tesch solicitou algo à secretária. Menos de um minuto depois, cerca de vinte lindas jovens alemãs com uniforme de copeiras entraram na sala carregando taças de cristal e garrafas de champanhe recém-roubadas de adegas da França. Taças servidas, brindes feitos, abraços e elogios trocados e, em pouco tempo, as jovens estavam seminuas, gravatas, paletós e quepes espalhados pelo chão. A comemoração se estenderia pela madrugada.

Certa hora, já completamente embriagado, o presidente Tesch chamou o engenheiro.

– Carl, você tem ideia de quantas toneladas de Taifun iremos vender? – perguntou ele com um enorme sorriso.

– Posso imaginar, senhor presidente – respondeu o ambicioso jovem, igualmente animado. – Ainda temos todo o Leste Europeu para conquistar.

***

No dia seguinte, Carl acordou com uma ressaca monstruosa. Arrastou-se até a sala do pequeno apartamento em que morava e desabou numa cadeira, sua cabeça parecendo prestes a explodir. Ao ouvi-lo gemer de dor, sua esposa, Helke, entregou-lhe uma aspirina e um copo de água. Em seguida, serviu o café da manhã.

Helke tinha apenas 20 anos, mas já sabia exatamente o que queria conquistar na vida. Era uma mulher decidida, determinada e tão ambiciosa quanto o marido. Era ela quem ajudava Carl a tomar decisões, que o orientava na carreira, que o fazia correr atrás do sucesso. Formavam uma dupla perfeita. Helke foi a primeira pessoa com quem o engenheiro conversou quando idealizou a fórmula do Taifun Bis, para a qual ela não poupou elogios.

– Está se sentindo melhor? – perguntou ela ao marido. – Como foi a reunião de ontem?

Carl a puxou para o seu colo e os dois trocaram um longo e apaixonado beijo.

– Eles adoraram minha proposta – respondeu ele, vaidoso. – O presidente da ITD garantiu que já está providenciando minha promoção. Querida, em breve nos mudaremos deste apartamento para um muito maior!

– Quanto vamos ganhar? – quis saber a ambiciosa Helke.

– Muito dinheiro, pode ter certeza. Serei o novo diretor da ITD.

– Com direito a bônus e participação nas vendas?

– Naturalmente, minha querida esposa.

Helke beijou o marido com paixão e começou a tirar seu pijama.

– Tenho muito orgulho de você – ela sussurrou, desabotoando a camisa. – Não disse que o projeto era bom? Desde o primeiro momento eu sabia que seria um sucesso. Agora, me conte os detalhes da reunião.

Os dois se deitaram nus no tapete e Helke sentiu um prazer imenso quando o marido a penetrou. Mantiveram um movimento compassado enquanto ele recordava os acontecimentos da reunião.

– Primeiro o Dr. Tesch apresentou os relatórios da SS sobre os problemas relacionados aos fuzilamentos no Leste Europeu e ao uso de monóxido de carbono[8] – disse Carl entre gemidos.

---

[8] Até 1941, o extermínio de judeus era praticado pelo Einsatzgruppen, uma espécie de esquadrão da morte formado por soldados da SS. O método consistia em reunir a população judaica de pequenas cidades do Leste Europeu e levá-las a pé ou de caminhão para as florestas, onde eram todos fuzilados. Quase um ano depois, concluiu-se que o método não era produtivo: além dos altos custos com deslocamento e munição, os jovens soldados da SS começaram a desenvolver traumas psicológicos

– E o que você disse? – perguntou Helke, sua excitação aumentando cada vez mais.

– Eu disse que tinha a solução para o problema.

– E ele admitiu que a ideia era sua?

– Sim. Ele me deu todo o crédito.

Helke sentiu o orgasmo chegando.

– O que você falou sobre a fórmula do Taifun, Carl?

– Expliquei que o ácido cianídrico em alta concentração pode matar seres humanos.

– Seres humanos não, Carl. *Untermenschen* – corrigiu Helke com uma risada ofegante de prazer.

– Sim, querida.

– O que mais? Me conte tudo! – ela pediu enquanto se movimentava sob o marido.

– Eu disse que, se tivéssemos cobaias, poderia aperfeiçoar o produto.

– É sério? – Helke gritou, quase chegando ao ápice. – Eles concordaram?

– Sim, Sra. Farben!

– O senhor é um gênio, *Ingenieur* Farben! Eu amo você.

Os dois explodiram num orgasmo.

***

O ônibus que Carl pegava todos os dias entrou na alameda que serpenteava o gramado da imensa fábrica da ITD e parou distante da entrada principal do prédio. O jovem engenheiro químico sabia que logo

---

por assassinarem civis à queima-roupa. A estratégia também não tinha a eficiência necessária para o extermínio em massa: em dez meses, entre os milhões de judeus europeus, cerca de 700 mil foram fuzilados. Passaram então a testar outras formas de assassinato, como o sufocamento por monóxido de carbono. Nesse novo método, as vítimas eram trancadas em caminhões ou em câmaras fechadas, onde motores a diesel emitiam monóxido de carbono até todos morrerem sufocados. O programa de eutanásia nazista conhecido como T4 chegou a usar esse sistema para exterminar pacientes mentais e crianças com deficiências congênitas. Novamente, no entanto, os altos custos com combustível tornaram a prática inviável, levando os nazistas a buscar algo mais econômico e eficiente. Assim chegaram ao Zyklon B.

poderia comprar um carro e teria uma vaga exclusiva junto à diretoria, bem perto da entrada. Ele foi para sua pequena sala na ala dos engenheiros e, meia hora depois, recebeu uma ligação. Era a secretária do presidente.

– Bom dia, *Herr* Farben. *Herr Doktor* Tesch pediu para o senhor encontrá-lo em sua sala.

Carl arrumou a gravata, ajustou o jaleco branco e foi ao encontro do Dr. Tesch. O escritório do presidente ficava no andar de cima, junto à diretoria. Era para lá que Carl esperava se mudar em breve.

A secretária o recebeu na escada e pediu que ele a acompanhasse. Era a primeira vez que Carl entrava naquela sala, e o tamanho o surpreendeu. Calculou que devia ter cerca de vinte metros de comprimento. Na parede ao fundo, atrás da escrivaninha do chefe, uma grande foto com dedicatória de Hitler se destacava entre os diplomas emoldurados do presidente da maior indústria química da Europa. Tesch tinha pouco mais de 50 anos e era um dos principais apoiadores do Partido Nazista, para o qual fez vultuosas doações desde o dia em que ouviu o jovem Adolf Hitler discursar numa cervejaria em Munique.

À direita da grande sala havia um pequeno ambiente com poltronas Chesterfield de couro preto onde Tesch e Speer conversavam animadamente, tão distraídos que nem perceberam a entrada do visitante. A secretária que acompanhava Carl chamou a atenção do chefe para a presença do engenheiro.

– Carl Farben – cumprimentou Tesch. – Por favor, sente-se.

Carl fez uma breve reverência e sentou-se em uma das poltronas.

– Engenheiro Farben, eu estava dizendo ao presidente Tesch que nosso projeto é de tamanha prioridade na Schutzstaffel e que irei me reportar diretamente ao *Reichsführer* Himmler[9] – explicou Speer.

O jovem sentiu um frio no estômago e, ao mesmo tempo, um imenso orgulho da missão que estava prestes a encabeçar. Heinrich

---

[9] Antes de fazer carreira no nazismo, Heinrich Himmler não era ninguém. Sem aptidão física, só conseguiu entrar no exército por influência do pai. Como tantos alemães frustrados, abraçou o nazismo e se tornou um antissemita ferrenho. Bajulador ao extremo, era fiel a Hitler, fator que o levou a oficial mais importante da SS e um dos principais personagens do regime nazista.

Himmler era o chefe supremo da SS, responsável por todos os campos de concentração na Alemanha e nos países ocupados. Quando a conversa chegou ao Taifun, Carl reforçou a necessidade de terem cobaias.

– Do ponto de vista teórico, a fórmula é perfeita, mas é sempre recomendável que façamos testes práticos em situações reais. Até o clima e a umidade do ar, por exemplo, podem surtir efeitos não previstos no momento da utilização do produto.

Speer ouviu tudo e o tranquilizou. Ainda que não entendesse nada de química, confiava na palavra de ilustres especialistas e recebera ordens para não poupar esforços. Faria o que fosse necessário para o sucesso do projeto, menina dos olhos do *Führer* e de Himmler.

Foi decidido então que seiscentos prisioneiros seriam disponibilizados para que o engenheiro realizasse os testes e aprimorasse a fórmula. Speer também informou que havia urgência para a utilização do produto em grandes quantidades.[10]

– É preciso cessar imediatamente as ações dos Einsatzgruppen para poupar a sanidade dos soldados alemães – disse ele, e então, baixando a voz como se fosse contar um segredo, completou: – Depois de atirarem a curta distância em mulheres e crianças, muitos voltam para casa em estado de choque.

Carl sentiu um leve mal-estar ao ouvir o relato.

– Nós vamos resolver esse desagradável problema – afirmou Tesch.

Os testes com as cobaias seriam realizados no campo de concentração de Auschwitz, o que evitaria transportar os prisioneiros até Frankfurt. Era mais fácil que a equipe de engenheiros viajasse à Polônia, onde ficava o campo.

– Himmler deu ordens para começarmos o quanto antes – informou Speer.

– Então vamos agilizar – concordou Carl. – Mas antes, preciso calcular a quantidade de produto necessária para realizar os testes. Podemos começar no início de setembro.

---

[10] Em setembro de 1941, a IG Farben, maior indústria química da Europa, realizou em Auschwitz testes do gás venenoso Zyklon B com seiscentos prisioneiros de guerra russos. Todos foram mortos como cobaias para que os engenheiros aperfeiçoassem a fórmula do produto.

O ano era 1941.

Os dois homens concordaram e Carl já estava saindo da sala quando se lembrou de um último detalhe.

– Só mais uma coisa, *Herr* Speer. Precisarei de uma sala hermeticamente fechada, idealmente de alvenaria, e um alçapão no teto para despejar o produto.

– Serão providenciados, *Herr* Farben.

Enquanto voltava à sua sala, o engenheiro mal sentia o chão sob os pés. Parecia flutuar. Ao chegar, ele pegou o telefone e ligou para casa.

– Helke, meu amor, você não vai acreditar – disse Carl, vibrando de felicidade. – Heinrich Himmler está pessoalmente acompanhando o meu trabalho. Entre eu e ele existe apenas Speer!

– Ótimo, querido. E o salário? Tesch falou alguma coisa sobre a promoção?

– Não conseguimos conversar. O *Standartenführer* Speer estava na sala.

Carl se despediu com um beijo, colocou o telefone no gancho e pediu à sua assistente que lhe trouxesse alguns currículos de engenheiros químicos. Iria começar a montar a equipe que trabalharia com ele no novo projeto.

Depois de um dia inteiro de entrevistas, Carl selecionou três candidatos: Joseph Black, Klaus Waiss e Helmut Blau. Todos homens solteiros e formados com mérito na Universidade de Berlim. Todos profissionais competentes e com personalidades distintas.

Joseph era alegre e expansivo, o tipo de pessoa que cativava a todos. Sempre de bom humor, gostava de contar piadas e tinha uma gargalhada contagiante. Helmut, o mais velho dos três, já trabalhava na empresa havia alguns anos e foi escolhido por ser um profissional dedicado. Tinha personalidade forte e opiniões próprias. Klaus, o mais reservado, era recém-formado e havia acabado de ser contratado pela ITD. Apesar de tímido, tinha uma qualidade que chamou a atenção de Carl: era um gênio da química.

Quanto ao projeto, Carl não falou a verdade sobre o Taifun para nenhum dos três. Explicou apenas que desenvolveriam um inseticida poderoso para ajudar os soldados da Wehrmacht, o exército alemão que lutava nas trincheiras, a se livrar dos insetos causadores do tifo. Quando soubessem a verdade, o produto já estaria pronto.

Capítulo 3

Os médicos não foram a única classe profissional atingida pelas leis raciais. Em um primeiro momento, o governo nazista restringiu a atuação de professores judeus a escolas judaicas, mas posteriormente essas escolas foram fechadas. Os professores arianos aplaudiram a medida; graças a ela, haveria mais vagas de emprego disponíveis para os alemães.

Os advogados judeus também foram proibidos de exercer a profissão. Quando a lei foi discutida nos tribunais superiores, um advogado judeu entrou com um *habeas corpus* para exigir seus direitos, mas, depois de meses, perdeu a ação. Os advogados arianos apoiaram totalmente a proibição; afinal, só em Berlim, cerca de 25% dos advogados eram judeus, e com a proibição as oportunidades para os não judeus aumentaram consideravelmente.

Para os alemães, as leis antissemitas eram muito bem-vindas em todas as áreas.

A esposa do Dr. Kaufmann, Ruth, trabalhava como gerente em uma loja de roupas femininas. Saía de casa cedo e voltava ao final do dia. Quando as leis de pureza de raça entraram em vigor, foi demitida. Segundo a nova regra, judeus não podiam trabalhar para empresários alemães e muito menos atender clientes alemães. A perda do salário foi sentida, mas felizmente a Sra. Kaufmann também trabalhava como voluntária em uma creche judaica. Uma vez desempregada, poderia dedicar mais tempo a uma causa nobre ao mesmo tempo que mantinha a cabeça ocupada. Mas não durou muito tempo. A creche, que era uma instituição judaica, também foi fechada. Os nazistas, temendo que o sangue judeu pudesse "contaminar" a sociedade alemã, os obrigavam a ficar em casa, isolados. Proibida de trabalhar, a Sra. Kaufmann não tinha nada que a fizesse se sentir útil e não via o tempo passar. Começou a ficar deprimida.

Nem os jovens escaparam do antissemitismo alemão. Martina Kaufmann, filha do casal, também passou a sofrer as consequências das leis raciais. Dedicada e enérgica, sempre se ocupava com atividades após a escola, como sair com as amigas, frequentar a piscina pública de Frankfurt, andar de bicicleta no parque, ir ao cinema ou sair para dançar. Para uma linda jovem como Martina, de vida social intensa, não faltavam convites de rapazes para sair, fossem eles judeus ou arianos.

Mas isso foi antes das leis raciais. A partir de sua implementação, os judeus foram proibidos de frequentar piscinas públicas, parques, cinemas, teatros, zoológicos. Também não podiam andar de bicicleta, pegar o bonde ou mesmo sentar-se nos bancos das praças. Eram proibidos até de ouvir rádio. Só restava ficar em casa, o que, para os jovens, era como estar em uma prisão.

Assim que o nazismo sufocou a Alemanha, os rapazes arianos se afastaram de Martina. Mesmo Friedrich, que era apaixonado por ela, virou-lhe as costas. Antes da ascensão do regime, ele gostava tanto da menina que até compôs uma música em sua homenagem, a qual tocava para ela no órgão da igreja protestante onde seu pai era pastor. Com a promulgação das leis, no entanto, Friedrich passou a ignorá-la. Foi um choque tão grande para a garota que, ao perceber o que havia acontecido, ela se trancou em seu quarto e chorou por dias. Martina também havia se apaixonado pelo jovem alemão.

Presos em casa, sem dinheiro e sem trabalho, a família Kaufmann, assim como outras famílias judias, procurava uma maneira de sobreviver e suportar a pressão do regime nazista.

Mas a vida ficava cada vez mais difícil com o passar dos dias. Às vezes, quando achamos que chegamos ao fundo do poço, descobrimos que ele é mais fundo ainda.

Impedido de trabalhar no hospital e em seu consultório, o Dr. Ernest Kaufmann aproveitou para estudar e aprofundar seus conhecimentos em medicina. Sem informações do mundo exterior e alheio ao que se passava no Leste Europeu, ainda acreditava que o regime nazista não iria longe e que logo a vida voltaria ao normal na Alemanha. Não podia imaginar que tudo iria piorar; era absurdo demais para ser verdade.

Quando conversava com a esposa, então, seu tom era sempre otimista.

– Ruth, essa situação é fogo de palha. Os judeus estão há seis séculos na Alemanha, essa barbárie e esse extremismo não podem continuar.

– Ernest, Hitler e seus seguidores são fanáticos e perigosos – a esposa tentava alertá-lo.

– Não, o povo alemão não vai concordar com essa loucura por muito tempo – ele negava. – Somos um país culto e educado, terra de Beethoven, Nietzsche, Goethe e de tantos outros artistas, filósofos e pensadores. A razão vai voltar à Alemanha. Além disso, o país precisa de médicos.

Mas a razão parecia cada vez mais distante; e a Alemanha, cada vez mais imersa em uma profunda escuridão. As trevas cobriam o país.

Martina, que pensava como o pai, também aproveitava para se dedicar aos estudos e à leitura. Acreditava que logo retomaria sua vida e não queria ficar atrasada na escola.

– Essa maluquice não pode continuar, não é, meu pequeno? – ela repetia todas as noites para seu gatinho de estimação.

Mas a maluquice não só continuava como piorava.

***

O melhor restaurante de Frankfurt estava lotado. O único sinal de que o país estava em guerra era o fato de que a maior parte dos funcionários eram homens acima dos 50 anos; os mais jovens haviam sido convocados para o exército.

A decoração do salão era sóbria, com revestimento de madeira escura e cadeiras estofadas em couro marrom, também escuro. Em uma das mesas mais bem situadas, a preferida da diretoria da ITD, estavam Carl, sua esposa, seus pais e seus sogros. O jantar havia sido um presente de

Tesch para o casal e a família, que comiam e bebiam como reis. Afinal, não faltavam motivos para comemorar: Carl fora promovido a diretor de uma das maiores empresas alemãs.

– Um brinde ao *Herr Direktor* Farben! – puxou seu pai, levantando uma taça de vinho. Estava muito orgulhoso da conquista do filho.

– Ao mais jovem diretor! – brindou sua esposa.

– Bem, eu ainda não entendi o que você fez para merecer essa promoção, Carl – alfinetou a sogra. – Como é possível um inseticida ser tão importante assim?

– Eu explico, mamãe – Helke se apressou em responder. – Carl aperfeiçoou a fórmula de um inseticida para torná-la mais tóxica, capaz de matar até mesmo animais de grande porte. E com uma vantagem extraordinária: não é gás nem líquido, mas pequenos cristais ou pedras. Isso significa que pode ser transportado para qualquer lugar da Europa sem risco de explosão ou vazamento. É extremamente seguro para o exército alemão.

– Você falou bem, Helke – disse o pai de Carl, rindo. – Capaz de matar *animais* de grande porte.

– E, pelas previsões de Himmler, a ITD irá vender toneladas do produto em poucos meses – completou Carl. – Quando a Wehrmacht expandir as conquistas territoriais, o Taifun será de grande utilidade.

– E que animais são esses? – perguntou a sogra ingenuamente.

– *Untermenschen*! – responderam Helke e o velho Farben.

Todos caíram na gargalhada.

***

Na ITD, *Herr Doktor* Tesch mandou circular um memorando confidencial que priorizava o encaminhamento de todos os recursos necessários para a produção do Taifun. Era o projeto mais importante da empresa e nada poderia falhar. O grupo de Carl trabalhava cerca de doze horas por dia na adaptação da fórmula do poderoso pesticida à base de ácido cianídrico para que se tornasse ainda mais tóxico. Em poucas semanas, conseguiram produzir a quantidade necessária para iniciar os testes.

O produto foi embalado e levado à Frankfurt Hauptbahnhof, a estação ferroviária da cidade, de onde seguiria para a Polônia. Foi colocado em um vagão especial de carga junto com alguns produtos químicos que seriam usados para os eventuais ajustes da fórmula. Carl e sua equipe se acomodaram no vagão da primeira classe. Os outros passageiros eram homens de negócios que iam para Cracóvia.

Foram dois dias e duas noites de viagem. Carl e os engenheiros se divertiram durante todo o trajeto. Era a primeira vez que viajavam com todas as despesas pagas, e praticamente enxugaram o estoque de bebidas do vagão-restaurante.

Quando estavam se aproximando do destino, Joseph, o mais expansivo, tinha um copo de cerveja em uma mão e um charuto na outra. Completamente embriagado, não parava de falar.

– Em breve estaremos no Bundestag, o imponente prédio do parlamento alemão, onde seremos homenageados pelo próprio *Führer*. Vamos ajudar a construir o Reich dos mil anos.

Os outros passageiros, todos alemães, se juntaram ao grupo de engenheiros. O álcool corria solto e ninguém se preocupava com nada. A guerra enriquecia a Alemanha e todos queriam se divertir.

Joseph, Helmut e Klaus, os mais novos membros da equipe, ainda não sabiam exatamente do que estavam prestes a participar. Achavam que iriam apenas desenvolver um poderoso pesticida para ajudar os soldados a se livrar do tifo.

Quando chegaram à estação de Cracóvia, todos desceram, menos os quatro jovens. O trem seguiu pelo interior da Polônia por mais sessenta quilômetros a oeste, como se voltasse para a Alemanha, até que o bilheteiro informou que estavam se aproximando da estação Brzezinka, nome polonês da cidade de Birkenau.

– É aqui que descemos – informou Carl.

As rodas de aço da locomotiva começaram a perder velocidade, um apito soou alto e o comboio se aproximou da entrada principal de Birkenau, uma construção de madeira com uma imponente torre central. Andou mais trezentos metros até parar ao lado de uma plataforma improvisada de madeira.

Os quatro desceram e olharam para os lados.

– Onde estamos? Só vejo pastos e barracões de madeira – disse Joseph, decepcionado.

O campo ainda estava em construção. Era praticamente mato baixo até perder de vista. Perto dali havia um grupo de soldados da SS e alguns prisioneiros vestidos com uniformes listrados de azul e branco. Estavam ao lado de um caminhão estacionado na plataforma e pareciam aguardar alguma coisa. De repente, duas Mercedes-Benz se aproximaram e dois oficiais da SS saíram do primeiro veículo. Carl reconheceu Speer e os dois se cumprimentaram. Em seguida, todos foram apresentados.

– Este é o comandante do campo, *Obersturmbannführer* Rudolf Höss[11] – anunciou Speer.

Os quatro jovens tiveram uma má impressão do comandante. Era um sujeito abrutalhado, tosco, e parecia mais um criminoso do que um oficial.

– Que sujeito estranho – Klaus cochichou para Helmut.

– Põe estranho nisso – o outro concordou.

Um dos soldados que aguardava ao lado do caminhão deu ordens para os prisioneiros tirarem a carga do trem e colocarem no veículo estacionado.

– Devagar – disse Carl. – É preciso cuidado para manusear isso.

Höss os convidou a entrarem nos carros.

– Vamos para a sede principal, no campo de Auschwitz – anunciou ele. – É lá que vocês realizarão os trabalhos.

---

[11] Rudolf Höss iniciou a carreira militar como soldado do exército alemão e chegou a oficial da SS. Extremamente sádico, foi treinado no campo de concentração de Dachau, onde aprendeu técnicas de tortura a partir de violência física, maus-tratos, privação de água e alimentos, entre outras. Em seguida, foi transferido para Auschwitz-Birkenau. Vivia com a família em uma imensa residência junto ao muro do campo, de onde seus cinco filhos pequenos podiam ver os horrores de Auschwitz. Após a guerra, foi preso, condenado e enforcado na mesma forca que usava para punir prisioneiros em Auschwitz. Durante seu julgamento, foi questionado sobre o que dizia aos filhos quando eles viam os prisioneiros cadavéricos no pátio do campo. Sua resposta foi que eram todos *untermenschen*, termo alemão para sub-humanos.

O sol já começava a se pôr; na Polônia, os dias eram mais curtos no outono. Pelo caminho, tudo o que viam através do lusco-fusco era uma cerca de arame farpado que parecia não ter fim. Fileiras e mais fileiras de arame totalmente intransponíveis. Havia torres de segurança com soldados armados e holofotes potentes. Era arrepiante.

– As cercas são eletrificadas. É impossível que os prisioneiros escapem – disse Höss, orgulhoso ao perceber que os engenheiros haviam se impressionado com a cerca.

Os carros cruzaram um portão e os soldados que faziam guarda esticaram os braços gritando "*Heil* Hitler". Acima do portão, algo chamou a atenção dos engenheiros. Havia um grande painel com dizeres escritos com letras de ferro: "*Arbeit macht frei*". Os jovens não entenderam o significado da frase.

– "O trabalho liberta" – disse Höss, com um sorriso macabro. – Este é um campo de trabalho. Queremos que nossos prisioneiros sejam ressocializados e contribuam para o desenvolvimento do Reich.

Os carros entraram por uma alameda arborizada, seguidos pelo caminhão. Naquele campo não havia barracões de madeira, e sim prédios de tijolos vermelhos. A noite já havia caído. Das torres de segurança, soldados manipulavam os poderosos holofotes que varriam o campo.

– Esse lugar é bizarro – comentou Helmut.

– Eu diria assustador – disse Klaus.

Os veículos estacionaram perto de um grande depósito onde soldados armados com metralhadoras e um grupo de prisioneiros os aguardavam.

– Senhor engenheiro Farben, por favor, oriente-os a manusear sua preciosa carga – solicitou Speer.

Carl obedeceu e a carga foi tirada do caminhão e devidamente armazenada no depósito. Com os produtos em segurança, Höss informou que os quatro iriam para Cracóvia, onde ficariam hospedados em um hotel.

– Infelizmente não temos acomodações adequadas para os senhores aqui no campo – explicou o comandante.

– E certamente vocês ficarão mais bem acomodados na cidade, perto das polaquinhas – disse Speer com um sorriso malicioso.

Dessa vez, os jovens se animaram. Foram mais de duas horas de viagem por uma estrada de terra até chegar em Cracóvia. Era tarde da noite quando o carro parou na entrada de um hotel.

– A essa hora, acho que é melhor subir para os quartos e descansar. Amanhã conheceremos a cidade – sugeriu Carl, e todos concordaram.

Carl foi instalado na suíte presidencial, um amplo quarto com varanda e uma bela vista da cidade. Após se acomodar, começou a escrever uma carta para a esposa.

Cracóvia, 5 de setembro de 1941
Minha querida Helke,
Acabamos de chegar na Polônia. O hotel é excelente e me colocaram na suíte presidencial. Me sinto honrado. Amanhã conhecerei a sala onde os testes serão realizados e avaliarei as cobaias. Espero terminar tudo em uma semana, não vejo a hora de voltar para os seus braços.
Te amo. Heil Hitler.

Na manhã seguinte, os engenheiros se encontraram para o café. Era a primeira vez que viam uma mesa tão farta, com tamanha variedade de pães, geleias e queijos. Eram pessoas simples, jovens que haviam acabado de iniciar a carreira. Nunca tinham se hospedado em um hotel daquele padrão e estavam maravilhados com o tratamento que vinham recebendo da ITD.

Às 7 horas, conforme combinado, a Mercedes já aguardava na porta do hotel para levá-los a Auschwitz. Duas horas depois, estacionaram na frente do escritório da SS. Foram levados para a sala do comandante Höss, onde Speer e outros oficiais os aguardavam.

– Prezados engenheiros, antes de começarem os trabalhos, gostaria que conhecessem o meu campo – anunciou Höss. – Tenho muito orgulho da estrutura que montei a partir da minha experiência em Dachau.

O grupo caminhou a pé por alamedas arborizadas e decoradas por canteiros. Era tudo muito limpo e organizado. De ambos os lados havia prédios baixos de tijolos vermelhos. O comandante explicou que alguns estavam abarrotados de prisioneiros, enquanto outros serviam de alojamento para os soldados.

– Temos aqui prisioneiros de guerra, comunistas, *partisans* e opositores do regime – explicou Höss.

– Após a ocupação da Polônia, transformamos essas fazendas, que abrigavam um antigo quartel, em uma grande prisão – Speer completou orgulhoso.

Os engenheiros se olharam assustados. Estavam começando a entender a realidade. Tinham ouvido falar de Dachau, de Sachsenhausen, de Mauthausen,[12] mas ver os campos de perto era algo bem diferente. O grupo caminhou por algumas centenas de metros até chegar à grande construção de cimento onde os experimentos seriam realizados.

– Reforçamos as portas para evitar que as cobaias a destruam – disse Höss. – Podem bater à vontade que não conseguirão derrubá-la.

– Confesso que eu não tinha pensado nisso – admitiu Carl. – Até agora, testei o produto apenas em insetos e pequenos animais, que não têm capacidade de reagir dessa maneira.

– Mas por que a porta precisa ser tão resistente? – Klaus cochichou para Helmut.

– Acho que vamos jogar gás nos prisioneiros para matar os insetos que causam o tifo – respondeu o jovem. – E, como disse o comandante, eles podem se assustar e tentar sair.

Carl tentava demonstrar frieza e domínio da situação. A insinuação de que os prisioneiros poderiam tentar derrubar a porta lhe causara arrepios, mas, como líder, ele precisava se manter firme.

Após analisar a câmara por dentro e por fora, o engenheiro se deu conta de que faltava algo.

---

[12] Dachau foi o primeiro campo de concentração nazista. Construído em 1933, logo que Hitler chegou ao poder, era usado para deter prisioneiros políticos, homossexuais e inimigos do regime. Depois, também passou a encarcerar judeus. Mais de 180 mil pessoas passaram por Dachau e quase 40 mil morreram. Sachsenhausen foi estabelecido em 1936, inicialmente como campo de prisioneiros políticos, posteriormente para trabalho escravo e experimentos médicos. Das 200 mil pessoas que passaram pelo campo, 100 mil morreram. Mauthausen, um complexo de setenta subcampos de trabalho forçado, foi criado em 1938, quando a Áustria foi incorporada pela Alemanha.

– *Herr* Höss, é necessário instalar visores para conseguirmos observar a reação dos prisioneiros dentro da sala. Pode ser uma pequena abertura na porta ou na parede, mas não se esqueça de que devemos vedá-la com um vidro resistente para evitar que os prisioneiros o quebrem e o gás saia.

– Faremos isso, engenheiro Farben. Mais alguma observação?

– Sim, eu gostaria de ver o alçapão por onde despejaremos o produto.

O grupo subiu até o teto da sala, onde havia um grande buraco quadrado tampado por uma grossa chapa de ferro. Após Carl aprovar a estrutura, Höss continuou a guiá-los.

– Agora, senhores, irei levá-los para conhecer os prisioneiros que participarão dos testes. – Ao pronunciar essas palavras, o sorriso do comandante se tornou ainda mais doentio.

Eles chegaram a uma pequena praça onde cem prisioneiros haviam sido divididos em filas de cinco. Seu estado era lastimável. Magros, machucados e imundos, pareciam farrapos humanos sob os uniformes listrados de azul e branco. Triângulos vermelhos, amarelos ou lilases, assim como uma letra "P", haviam sido costurados no tecido à altura do peito, e cada um deles tinha um número inscrito. Carecas e com os rostos emaciados, pareciam mais mortos do que vivos, e o cheiro que exalavam era nauseante. Os engenheiros, que nunca tinham visto nada parecido, se olhavam cada vez mais assustados. Klaus não conseguiu segurar o enjoo e correu para vomitar em um canteiro.

– Está tudo bem com você? – perguntou Helmut, aproximando-se para ajudar o colega a se recompor.

– É claro que não, Helmut! Você viu o estado dessas pessoas? O que estão fazendo com elas?

O jovem não sabia o que dizer. Também estava aterrorizado.

– Eles devem estar muito doentes, com todo tipo de parasitas – respondeu por fim, tentando acreditar nas próprias palavras.

Os oficiais da SS sorriram ao perceber a reação dos engenheiros; sabiam que era preciso estômago de aço para trabalhar nos campos de concentração. Corria entre eles a história de que até Himmler havia passado mal durante uma visita a um campo mais ao norte. Apesar de ser o principal líder da organização nazista, Himmler não passava de uma figura frágil que tentava parecer valente.

Aquela demonstração de fraqueza irritou Carl. Ele sabia que não podiam falhar; seu cargo na ITD dependia do sucesso daquele trabalho.

– *Standartenführer* Speer e *Obersturmbannführer* Höss, agradeço o empenho em nos ajudar – o engenheiro se apressou em dizer –, mas, para que os testes sejam precisos, necessitamos de pessoas saudáveis, em boa condição física. Esses prisioneiros parecem muito debilitados.

– Entendo, engenheiro Farben, mas esses são nossos homens mais dóceis – explicou Höss. – Acredito que essa característica facilitará a condução dos testes.

– Os testes não refletirão a situação real se forem executados em pessoas doentes. Preciso de homens mais fortes.

– O senhor é quem sabe. Vou pedir que tragam prisioneiros de guerra russos recém-capturados, que ainda estão vigorosos.

– Obrigado. Espero que não seja um problema.

– De maneira nenhuma. Se quiser, temos mulheres também – disse o oficial, como se estivesse se referindo a objetos.

– Não será necessário – respondeu Carl, ansioso para encerrar aquela estranha conversa. – Os russos serão perfeitos.

– Em que planeta estamos? – perguntou Helmut, sentindo um frio percorrer a espinha.

Speer e Höss não estranharam a reação dos engenheiros. Já haviam recepcionado diversos empresários que iam aos campos em busca de escravos para suas indústrias e conheciam bem o comportamento dos visitantes civis.

– Por hoje terminamos nosso trabalho – disse Höss, para o alívio dos engenheiros. – Os senhores são meus convidados para o almoço.

Os quatro já haviam perdido o apetite, mas sabiam que não podiam recusar. Acompanharam os oficiais até o refeitório e, ao entrarem, encontraram deliciosas vodcas polonesas. Algumas doses depois, finalmente conseguiram relaxar e ficaram animados quando o comandante Höss anunciou que havia selecionado belíssimas prisioneiras polacas para a diversão de todos. Os engenheiros, já embriagados, abriram um grande sorriso. Era a melhor maneira de se recuperar do que tinham visto.

Capítulo 4

Carl organizou minuciosamente os preparativos para o primeiro teste com o Taifun. Mandou os soldados da SS levarem amostras do produto para o teto do laboratório, como passaram a chamar a sala, e os instruiu quanto à maneira de abrir as latas e ao momento de despejar o conteúdo à sua ordem.

– Não se esqueçam também de usar as máscaras e as luvas de proteção – advertiu o engenheiro.

Helmut foi escalado para acompanhar os soldados. Estava acostumado a manipular materiais tóxicos e saberia orientá-los para evitar acidentes. Àquela altura, qualquer erro poderia ser fatal.

No corredor que levava ao laboratório ficaram Carl, Joseph, Klaus, Speer, Höss e outro grupo de soldados. Carl sentia um nó na garganta. Percebia agora que realizar testes com cobaias humanas não seria assim tão simples. Preocupava-o, também, a reação de sua equipe ao descobrir a verdade.

Até aquele momento, os jovens engenheiros não sabiam que o produto havia sido desenvolvido para assassinar seres humanos. Carl sentia o suor escorrer pelas costas. Queria demonstrar calma, mas não conseguia. Quando tentou pedir que iniciassem os testes, sua voz não saiu. Precisou pigarrear para ser ouvido.

– *Obersturmbannführer* Höss, podemos começar.

Höss fez um sinal ao seu subalterno, que gritou para que os soldados trouxessem os prisioneiros. Do fundo do corredor surgiu um grupo de cem homens. Estavam cercados por dezenas de oficiais da SS armados com metralhadoras.

Ao verem que estavam prestes a entrar em uma sala fechada, pressentindo que algo ruim iria acontecer, os homens pararam e se recusaram a seguir. Os soldados insistiram para que continuassem e os empurraram com o cano das armas, mas nenhum deles se moveu. Mesmo sob a ordem do sargento responsável pelo pelotão, que gritou para que fossem em frente, o grupo não deu um passo sequer. Teve início uma gritaria em alemão e russo, na qual ninguém se entendia.

Höss não parecia surpreso. Era justamente aquele o motivo de ele ter escolhido os outros prisioneiros.

– Eu avisei que seria melhor usarmos os presos políticos – disse ele a Speer. – Os russos sempre causam problemas, é um povo ignorante. E esses ainda estão fortes, acabaram de chegar no campo.

Os comandantes olharam para Carl como se esperassem que ele tivesse alguma solução para o impasse. Mas o engenheiro estava petrificado de terror, assim como os outros de sua equipe.

Então, Höss decidiu tomar as rédeas. Ordenou que seus homens fizessem o necessário para que todos entrassem na sala, incluindo agir com violência. Era um homem impaciente e impiedoso. Antes que os soldados pudessem obedecer, ele mesmo pegou o cassetete e partiu para cima dos prisioneiros.

Em poucos segundos, a confusão se agravou. Alguns prisioneiros conseguiram arrancar as armas dos soldados e começaram uma troca de tiros. Centenas de balas voavam e ricocheteavam nas paredes. Todos gritavam em uma babel de línguas. O caos estava instaurado: uma violenta briga corpo a corpo entre uma centena de russos enfurecidos contra dezenas de soldados que, acostumados a lidar apenas com prisioneiros cansados e sem forças, não sabiam o que fazer ao serem atacados.

Speer sacou sua pistola e começou a atirar. Höss fez o mesmo. Ninguém se lembrou dos apavorados engenheiros que não sabiam o que fazer nem como se proteger. Até que, num lampejo de clareza, Carl mandou que entrassem no laboratório, ironicamente o lugar mais seguro para se abrigarem naquele momento. Ele fechou a porta reforçada, mas ainda era possível ouvir os tiros e gritos.

Do lado de fora da sala, Höss e Speer gritaram por reforços, e mais algumas dezenas de soldados alemães surgiram atirando. Demorou alguns minutos até que todos os russos fossem mortos a tiros. Do lado alemão também houve vítimas fatais e muitos feridos. Os engenheiros tremiam aterrorizados. Nunca tinham estado no meio de uma batalha, eram apenas jovens recém-formados. Klaus, praticamente um garoto, chorava copiosamente, em estado de choque.

Ao final do embate, havia mais de cem mortos, entre russos e alemães. Foi nesse momento que Carl percebeu a magnitude de seu trabalho.

Depois de alguns minutos que pareceram uma eternidade, Höss bateu à porta.

– Podem abrir, está tudo em paz. Já controlamos a situação – ele falou calmamente, como se estivesse se referindo a um grupo de alunos repreendidos por mau comportamento.

Não havia mais nada a ser feito naquele dia. Era melhor voltarem ao hotel para descansar. Retomariam os testes em outro momento.

Uma Mercedes-Benz preta parou na frente de uma mansão branca de dois andares com amplas janelas adornadas por floreiras. Uma escada de quatro degraus levava à entrada principal, uma porta maciça de pinho-de-riga que se abria em duas partes. O jardim que cercava a casa estava muito bem cuidado. A casa se encontrava no melhor bairro de Frankfurt.

Helke e um funcionário da ITD desceram do automóvel.

– *Frau* Farben, esperamos que a senhora goste do imóvel – disse o homem entregando a ela a chave da casa.

A alemã estava ansiosa para conhecer sua nova residência e finalmente sair do apartamento onde vivia com Carl desde que ele fora contratado pela ITD, motivo pelo qual se mudaram para a cidade. O pequeno apartamento de um dormitório ficava em um bairro distante, mas era o que cabia no orçamento do jovem engenheiro.

Agora, a situação havia mudado. O projeto desenvolvido pelo marido traria eficiência e economia para o governo nazista e um aumento considerável no faturamento da ITD. Só a população judaica na Europa somava onze milhões de pessoas, sem contar ciganos, eslavos, prisioneiros de guerra e tantos outros inimigos do regime que deveriam ser eliminados.

A casa parecia perfeita. Ao subir os degraus para colocar a chave na fechadura, porém, Helke observou, no batente direito da porta, uma *mezuzá*.[13] A alemã ficou visivelmente incomodada. Percebendo seu olhar, o homem se apressou em corrigir a situação.

– *Frau* Farben, nos desculpe por essa falha lamentável. O responsável por preparar o imóvel não deve ter se atentado a esse símbolo asqueroso – disse o funcionário enquanto tentava, com um canivete, despregar a *mezuzá* do batente. – Hoje mesmo mandarei um pintor aqui para retocar a pintura.

– É mesmo lamentável, mas agradeço ao senhor por resolver logo o problema.

– Garanto à senhora que o imóvel foi totalmente desinfetado. Pode ter certeza quanto a isso.

Helke assentiu e entrou na casa. Estava completamente mobiliada, até mesmo com quadros nas paredes, almofadas nos sofás, cortinas nas janelas e tapetes e objetos de decoração enfeitando a sala. Os antigos donos, judeus, tiveram que abandonar tudo ao fugir. A impressão era a de que voltariam a qualquer instante. A cozinha também estava totalmente equipada, com jogos de louças e talheres completos. Nos três dormitórios, Helke encontrou roupas de cama, banho e até mesmo bolsas e casacos de pele.

– A senhora pode se mudar imediatamente – disse o solícito funcionário.

A jovem abriu um largo sorriso. Aquela mansão seria o lar dos Farben durante os mil anos do Reich. Ao final do dia, já instalada na nova residência, sentou-se à escrivaninha de madeira e escreveu uma carta ao marido.

Frankfurt, 9 de setembro de 1941
Querido Carl,
A empresa nos deu uma casa maravilhosa, completamente mobiliada, só precisei trazer nossas roupas e objetos pessoais. As roupas de cama e

---

[13] Pequeno recipiente cilíndrico colocado pelos judeus nos batentes das portas. Contém um salmo para abençoar a residência.

banho são da melhor qualidade, e temos jogos de talheres de prata e de louça francesa. A sala de jantar é linda, planejada para doze pessoas. Podemos organizar jantares para nossos amigos e para os diretores da ITD. Seu novo cargo exigirá essas recepções, das quais cuidarei com grande prazer. Será que algum dia Herr Himmler virá nos visitar? Seria o máximo! Meu querido Carl, a cada dia fico mais orgulhosa de você e do seu trabalho. Já construíram o laboratório? Escolheram as cobaias? Espero que ainda não esteja muito frio na Polônia. Mande notícias. Com amor, Helke.

Ela havia acabado de terminar a carta quando ouviu batidas na porta e correu para atender.

– Mamãe, papai! Que bom que vocês vieram – disse, convidando os pais a entrar.

– Que casa grande, minha filha! Meus parabéns. Seu marido já voltou? – perguntou a mãe, beijando-a no rosto.

– Não, ainda está na Polônia realizando os testes.

– Então guarde este champanhe para quando ele chegar – disse o pai, entregando uma garrafa à filha.

Helke agradeceu o presente e levou os pais para conhecer a casa. Sem se aguentar de felicidade, fez questão de mostrar cada detalhe: pediu para os dois se sentarem no sofá e examinarem o tecido, um veludo macio e aconchegante; mostrou todos os utensílios da cozinha, os mais chiques que já tinham visto; os levou até as amplas janelas, que permitiam a entrada de luz natural em abundância. O casal ficou admirado com o bom gosto dos antigos moradores e a qualidade do acabamento.

– Esses dormitórios podem acomodar várias crianças! – exclamou a mãe quando chegaram aos quartos.

– Vamos com calma, mamãe – disse a jovem. – Pretendemos esperar um pouco, Carl quer focar na carreira agora. Temos muito tempo pela frente.

Na hora do jantar, Helke usou tudo o que tinha direito: os talheres de prata, a louça francesa e as taças de cristal da Bohemia.

– Quando vejo uma mansão como esta, não posso deixar de pensar em quão malditos são os judeus – comentou seu pai, irritado. – Olhem o luxo em que eles viviam enquanto exploravam o povo alemão! Tudo o que eu, que trabalho há tantos anos, consegui conquistar foi uma casa que cabe nesta sala de jantar.

A esposa segurou a mão do marido com carinho.

– Não se irrite, meu querido. O *Führer* está acabando com isso, está fazendo justiça ao nosso povo. Agora, esta é a casa da nossa filha.

Orgulhosos, os três brindaram à boa vida que teriam pela frente.

Na Cracóvia, a cerca de mil quilômetros de Frankfurt, Carl jantava com sua equipe. O restaurante ficava na Rynek Główny, a maior praça medieval da Europa, com mais de quarenta mil metros quadrados. Durante a ocupação nazista, passou a ser chamada de Praça Adolf Hitler.

O lugar era charmoso e agradável, decorado à moda polonesa e restrito aos alemães. Nem mesmo os poloneses podiam frequentá-lo, à exceção de prostitutas, que, com as dificuldades da guerra, trocavam seus serviços por um bom jantar e uma garrafa de vodca.

– O que foi aquilo em Auschwitz? – perguntou Helmut, ainda abalado pelos acontecimentos recentes.

Pelo tom do engenheiro, Carl percebeu que eles ainda não tinham entendido que o objetivo do projeto não era matar insetos, e sim os próprios prisioneiros. Era melhor manter essa versão. Até que tudo corresse como o planejado, quanto menos gente soubesse da verdade, melhor.

– O que você esperava, Helmut? Russos são como animais violentos, ficaram com medo e reagiram – respondeu ele.

Os três aceitaram a explicação e, depois de jantarem pratos típicos da culinária polonesa, decidiram beber para relaxar. Klaus ficou rapidamente embriagado, queria fugir da realidade. Desde que chegaram à Polônia, sentia-se angustiado e deprimido.

– Ei, garoto, vai devagar! Isso aí não é água – brincou Helmut.

– É verdade, Klaus. Você já tomou meia garrafa de Żubrówka – concordou Joseph.

Mas Klaus não deu ouvidos, e pouco depois estavam todos bebendo como ele. Outros clientes alemães se uniram ao grupo e cantaram várias músicas típicas de seu país. Pareciam turistas de férias.

Quando caiu a madrugada, voltaram a pé para o hotel, caminhando com dificuldade. Carl entrou na suíte arrancando a gravata, o paletó e os sapatos. Estava exausto não só por ter bebido, mas também pela responsabilidade de sua missão e pelo estresse daquele dia. Então, desabou na cama e tentou dormir. Mas sentia falta de Helke. Os dois tinham se conhecido quando adolescentes e, desde que ficaram juntos, nunca mais se separaram.

Carl e Helke haviam nascido e crescido em Wolfsburgo. Em 1937, foi inaugurada na cidade uma fábrica da Volkswagen. O evento de estreia contou com a presença do então chanceler da Alemanha nazista, Adolf Hitler. Os pais de ambos trabalhavam como engenheiros na fábrica e as famílias foram convidadas para a solenidade de inauguração, um almoço com muita música e danças típicas da cultura alemã. Foi lá que Carl e Helke se encontraram e se apaixonaram.

– Nunca vou me esquecer do dia 28 de maio de 1937. Meu encontro com Carl foi abençoado pelo *Führer* – Helke dizia para as amigas, orgulhosa.

Naquela festa, era a moça mais bonita. Os dois dançaram e Carl contou para ela que, no ano seguinte, iria para a Universidade de Berlim cursar Química. Ela respondeu que aguardaria ele se formar para se casarem.

– Helke sempre foi assim, decidida. Por isso, não faço nada sem falar com ela antes – Carl dizia aos pais.

Agora, sozinho em um quarto de hotel na noite fria de Cracóvia, tudo o que ele queria era consultar a esposa sobre como prosseguir com os testes. Nos momentos difíceis, os dois sempre trocavam ideias, debatiam soluções. A situação de Carl era mais delicada do que ele tinha imaginado. Não podia falhar de maneira nenhuma. Sua responsabilidade era imensa não só pelo que a empresa havia apostado e investido no projeto, mas também pelo compromisso que havia assumido perante o *Führer*. Ele não conseguia dormir. Virava de um lado para o outro da cama. Ao final da madrugada, se levantou e escreveu mais uma carta para a esposa.

Cracóvia, 10 de setembro de 1941
Minha querida Helke,
Conheci o campo de trabalho de Auschwitz, que os poloneses chamam de Oświęcim. O lugar é muito bonito, arborizado e com um belo gramado.

É bem grande, maior do que eu imaginava, ainda nem conheci o campo todo. As construções são prédios de tijolos vermelhos. Segundo me informaram, os tijolos são produzidos na região, por isso a cor vermelha tão forte.

É tudo limpo, organizado e bem sinalizado, dentro dos padrões germânicos. A comida é boa e farta. Experimentamos vários pratos da culinária polonesa à base de batata. O que mais gostei foi o pierogi, um pastel cozido com cebola frita em cima e creme de leite.

O comandante do campo, Rudolf Höss, é um sujeito rude, porém foi muito atencioso. Eles construíram o laboratório exatamente como pedi, e, quando solicitei que fizessem pequenos visores para acompanharmos os experimentos, ele rapidamente me atendeu.

Após os ajustes, fomos selecionar as cobaias. O primeiro grupo que nos apresentaram estava muito fraco e debilitado, o que afetaria os resultados. Pedi que trouxessem homens mais fortes e saudáveis para obter uma gama maior de alternativas. Escolheram os soldados russos.

Tivemos um pequeno problema no primeiro teste, que acabou tendo de ser cancelado. Mas prefiro contar pessoalmente o que aconteceu.

De qualquer maneira, foi um dia muito produtivo.

Te amo, querida Helke. Heil Hitler.

Quando Carl conseguiu pegar no sono, já havia amanhecido. Acordou pouco depois com batidas na porta do quarto; o café estava servido e logo mais partiriam para Auschwitz.

Naquele dia, não entraram no campo. Os veículos estacionaram junto ao muro, na frente de uma enorme casa de dois andares com um jardim muito bem cuidado. Carl reparou, pelos uniformes, que os jardineiros e empregados eram prisioneiros de Auschwitz. Na porta, Höss e sua esposa aguardavam os engenheiros.

– Sejam bem-vindos! – disse a Sra. Höss com um grande sorriso.

Os quatro entraram na casa, onde Speer também já os esperava. A primeira impressão da sala é que havia sido decorada em excesso. Pratarias e obras de arte saltavam de estantes e paredes. Carl achou aquilo curioso, uma vez que Höss parecia ser um homem simples e sem muita cultura. Ele também reparou que a esposa do comandante estava muito bem vestida e usando joias valiosas. Naquele momento, o engenheiro ainda não tinha se dado conta de onde vinham todos aqueles objetos de valor.[14]

– Por favor, sentem-se – disse a Sra. Höss. – Vou pedir um café para os senhores.

Ela saiu em direção à cozinha, deixando os convidados com o marido e Speer.

– Minha esposa sente falta da vida social que tinha na Alemanha – explicou o comandante. – Sempre que temos visitas no campo, ela faz questão de recebê-las em nossa casa. Ah, vocês sabem como são as mulheres.

Depois de alguns minutos, a Sra. Höss voltou acompanhada de duas copeiras com bandejas de café e biscoitos. Quando serviram os convidados, Carl reparou que usavam o uniforme do campo por baixo do avental. O grupo conversava descontraidamente quando foi surpreendido por cinco crianças que entraram correndo na sala. A Sra. Höss apressou-se para pegá-las e levá-las de volta para o quintal de onde tinham saído.

– São nossos filhos – ela se desculpou ao voltar. – Estavam curiosos para vê-los. Já estamos há mais de um ano na Polônia e, quando recebemos visitas, as crianças sempre querem ver quem são. Gostamos muito de morar aqui, mas elas sentem falta de companhia para brincar.

– Não precisa se desculpar, *Frau* Höss. As crianças são o futuro da nossa pátria. Aliás, parabéns pelos lindos filhos – disse Helmut.

Klaus, que não conseguia parar de pensar no que havia acontecido no dia anterior, achou estranho que Höss tivesse levado a família para morar na Polônia. E o pior, ao lado de um campo de concentração.

– Onde eles estudam? – quis saber o engenheiro.

– Quando novos prisioneiros chegam ao campo, vou até lá com meu marido e escolho os professores de que mais gosto – respondeu, com

---

[14] O enriquecimento ilícito dos comandantes dos campos era imenso. Roubavam bens dos prisioneiros, desviavam parte do dinheiro que deveria ser enviado à Alemanha, negociavam com empresas que utilizavam mão de obra escravizada, entre outros crimes. Quando Rudolf Höss se mudou para a mansão ao lado de Auschwitz, um caminhão de mudança foi o suficiente para levar seus bens. Quando voltou à Alemanha, foram necessários cinco caminhões para carregar tudo o que havia roubado.

toda a naturalidade, a esposa do comandante. – Seleciono os que falam alemão e podem dar aulas para as crianças. É um pequeno sacrifício que fazemos para morar neste lugar paradisíaco.

Klaus definitivamente não via um paraíso ali. Quando terminaram o café, Höss levantou uma questão para o grupo.

– Senhores, temos que encontrar uma maneira de fazer os prisioneiros entrarem na câmara de gás. Se me permitem, acho que esse nome é o mais apropriado para o nosso laboratório.

Ninguém se opôs à ideia.

– A última experiência nos mostrou que forçá-los com violência não funciona. Muitos são soldados treinados e preparados para lutar – continuou o comandante.

– Os animais percebem quando estão prestes a entrar em uma armadilha, e os soviéticos não passam de animais – disse Speer.

A Sra. Höss pediu a palavra.

– Desculpem, cavalheiros, mas posso dar uma ideia?

Todos olharam espantados para ela. Jamais imaginaram que uma mulher tão elegante pudesse opinar sobre um assunto como aquele.

Ela percebeu os olhares e ficou encabulada. Então, Speer fez uma deferência para que ela continuasse.

– Por favor, *Frau* Höss, fique à vontade para apresentar sua proposta. Somos todos ouvidos.

A mulher se levantou, passou as mãos no vestido, alisando uma dobra que não existia, e falou em voz baixa:

– Ontem à noite, quando meu marido me contou o que aconteceu no campo, pensei muito em como resolver o problema. Agora, ouvindo-os falar em armadilha, acho que encontrei a solução.

Os engenheiros continuavam a encará-la, agora com curiosidade.

A Sra. Höss pegou uma folha de papel, uma caneta e rabiscou o que seriam quatro paredes.

– O que faz um animal entrar na armadilha? – ela perguntou, já dando a resposta: – Uma isca. O rato cai na ratoeira para pegar um pedaço de queijo.

– *Frau* Höss, está sugerindo que coloquemos comida na câmara de gás? – perguntou Speer.

– Não, nossa isca não será comida – respondeu a mulher. – As refeições sempre são servidas no pátio, então eles ficariam desconfiados se precisassem entrar em uma sala para comer.

O grupo estava curioso para saber que tipo de isca poderia levar os prisioneiros a entrar pacificamente na câmara de gás. Percebendo a confusão de todos, a Sra. Höss pegou novamente o papel e desenhou outra sala anexa à primeira. Na nova sala, rabiscou chuveiros no teto.

– Nós vamos oferecer um banho a eles.

Todos se olharam sem entender. Ela continuou.

– Vamos transformar a câmara de gás em um banho coletivo. Basta fazer uma antessala para tirarem as roupas e entregar-lhes sabonetes. Eles entrarão na câmara de gás acreditando que irão tomar banho, mas os chuveiros serão falsos. Depois que a porta se fechar, em vez de água, sairá Taifun! – finalizou *Frau* Höss com um grande sorriso.

Carl, Speer e Höss a aplaudiram. Os outros engenheiros a olharam assustados. Aquela mulher elegante, mãe de cinco filhos, havia acabado de criar uma máquina de morte.

– Meus parabéns, minha querida – Höss deu um beijo na esposa. – Trabalhei muitos anos em Dachau e participei do desenvolvimento de diversas técnicas de controle para evitar motins. Preciso confessar: sua ideia é brilhante.

– Nem sempre a violência é a melhor solução – disse ela, envaidecida.

– Um chuveiro. Um simples chuveiro! – exclamou Carl, atônito. – Eu jamais teria pensado nisso.

Klaus se virou para Helmut e comentou em voz baixa:

– Por que simplesmente não dizemos aos prisioneiros que eles serão desinfetados? Que o produto foi desenvolvido para aniquilar insetos e parasitas que infestam seus corpos? Não seria mais fácil?

– Você acreditaria nisso? Se fosse um prisioneiro russo e levassem você para uma sala fechada, com porta reforçada, acreditaria que seria para desinfetar seu corpo?

Klaus ficou pensativo.

– Acho que estão todos loucos – disse, por fim.

– Inclusive nós – completou Helmut.

O dia estava ensolarado e o grupo aproveitou para ir a pé até o campo.

– Este lugar é tão agradável que, pela manhã, costumo pegar um cavalo e passear pela região antes de ir para o trabalho. O ar puro e gelado do outono é revigorante – Höss falou para Carl.

Ao chegarem, mandou chamar o encarregado das obras no campo e explicou a ele a ideia dos chuveiros falsos.

– Perfeito, comandante – respondeu o funcionário. – Só preciso de alguns dias para fazer as modificações necessárias na sala.

– Câmara de gás. É assim que a chamaremos agora – corrigiu Höss.

Speer e os engenheiros químicos decidiram aproveitar que não haveria nada para fazerem no campo naquele dia e conhecer Cracóvia. Afinal, só tinham ido ao hotel e à praça central.

– Vocês vão gostar da cidade – disse Höss. – Adoro passear lá com minha esposa e as crianças. Vou pedir que levem vocês.

Os jovens se sentiram em casa ao andar pela cidade. Bandeiras nazistas decoravam prédios importantes como a prefeitura, as delegacias, as repartições públicas, os museus e os hotéis. Soldados alemães passeavam pelas ruas orgulhosos em seus uniformes. Os poloneses, por outro lado, andavam de cabeça baixa, evitando olhar para os invasores. Quando podiam, mudavam de calçada.

Dois agentes da Gestapo os acompanhavam como guias. O primeiro lugar que visitaram foi a mina de sal de Wieliczka, uma obra de engenharia fantástica com centenas de quilômetros de escavações terra abaixo. Explorada por séculos, Wieliczka possuía salões imensos com esculturas feitas de sal. Quem descia pelos corredores para buscar os blocos de sal eram escravos trazidos de Auschwitz.

Em seguida, foram conhecer o bairro de Kazimierz, onde os judeus haviam morado antes da invasão nazista. Parecia um bairro fantasma: as construções estavam intactas, mas vazias. Após expulsarem os judeus, os alemães ainda não tinham decidido o que fazer com os imóveis. As sete sinagogas foram transformadas em estábulos ou depósitos de armas e mantimentos. O cemitério judaico que ficava junto à pequena praça de Kazimierz era usado como depósito de lixo. As lápides haviam sido retiradas e seriam usadas para pavimentar alguma estrada.

– E para onde os judeus foram levados? – perguntou Helmut a um dos agentes que os acompanhava.

– Para o gueto, do outro lado do rio.

– Podemos visitar?

– Claro, é uma caminhada de meia hora – informou o agente, convidando-os a acompanhá-lo.

Eles saíram do bairro Kazimierz, pegaram a avenida Dietla e atravessaram uma ponte sobre o rio Vístula. Pouco depois, avistaram um imenso muro com arame farpado que circundava uma área da cidade, isolando os judeus. Torres de controle e soldados armados patrulhavam o local para não haver fugas.

– É permitido entrar? – quis saber Helmut.

– Não aconselho fazermos isso – respondeu o agente da Gestapo. – Os judeus são porcos, há muita sujeira e miséria do outro lado do muro. Eles vivem como animais largados nas ruas e tem muitas doenças.

Foram convencidos. Decidiram ver algo mais bonito.

– Que tal o Castelo de Wawel? – sugeriu Klaus, que tinha lido sobre Cracóvia antes da viagem e conhecia alguns pontos turísticos.

– Boa ideia – concordou Speer. – Podemos nos encontrar com *Herr* Frank.

O Castelo de Wawel ficava no alto de um morro à beira do Vístula. Lá de cima, era possível ver toda a cidade. A propriedade agora era a residência oficial de Hans Frank, um impiedoso advogado que dominava a Polônia com mãos de ferro. Ele havia sido escolhido pelo próprio *Führer* para o cargo de governador-geral da Polônia.[15]

Ao chegarem nos portões fortemente protegidos do castelo, Speer explicou ao chefe da guarda que estavam ali para uma visita informal e imprevista, por isso não tinham avisado Frank com antecedência.

---

[15] Hans Frank foi um dos primeiros membros do Partido Nazista, muito antes da filiação de Hitler. Graduado em Direito, foi assessor jurídico do partido e, posteriormente, advogado de Hitler. Durante o Reich, conseguiu ser nomeado governador-geral da Polônia, um cargo com características de ditador. Cruel e violento, foi responsável por aprovar leis restritivas que quase sempre puniam com a morte, além de ter ajudado a organizar a deportação dos judeus para os campos de extermínio. Após ser julgado em Nuremberg, foi condenado e enforcado.

O guarda entrou no castelo e, depois de alguns minutos, informou que eles podiam passar.

Frank e Speer se conheciam de longa data e trocaram um abraço apertado ao se encontrarem. Speer apresentou o grupo de engenheiros e contou o que tinham ido fazer na Polônia.

– Já ouvi falar do senhor, *Herr Ingenieur* Carl, e do seu projeto também – disse o governador Frank. – Parabéns pelo trabalho, o produto que estão desenvolvendo será extremamente útil para exterminar os insetos.

"Insetos", "vermes" e "parasitas" eram termos comumente usados pelos nazistas para se referir aos judeus. Assim, os engenheiros seguiram sem entender as entrelinhas do advogado.

O governador fez questão de mostrar pessoalmente os aposentos mais impressionantes do castelo, além da incrível vista panorâmica da cidade. Um fotógrafo os acompanhou, tirando fotos como se fossem um grupo de turistas a passeio.

– Depois envio cópias a vocês. Agora, os senhores são meus convidados para o almoço – falou gentilmente o advogado, não transparecendo nem por um instante ser o que realmente era: um assassino sanguinário e inclemente com judeus e poloneses.

O convite foi aceito e todos passaram o resto do dia se divertindo, bebendo vinho francês e vodca da melhor qualidade.

Ao chegar ao hotel naquela noite, Carl, que havia recebido a primeira carta da esposa, escreveu-lhe de volta.

Cracóvia, 10 de setembro de 1941

Querida Helke,

Recebi sua carta e fiquei muito feliz em saber que já ganhamos uma casa nova que você adorou. Eu já sabia que o presidente Tesch havia solicitado uma residência para nós ao ministro do Interior, mas não achei que resolveriam tão rapidamente. Podemos ver que o partido realmente reconhece quem trabalha pelo crescimento da Alemanha! E saiba, meu bem, que sem seu apoio e incentivo jamais teríamos chegado até aqui. Formamos uma boa dupla!

Hoje não trabalhamos, tiramos o dia para fazer turismo por Cracóvia, uma cidade muito bonita. Você ficará orgulhosa em saber que conheci o governador-geral da Polônia ocupada, Hans Frank. Ele nos recebeu em seu castelo, nos mostrou os salões e depois nos convidou para um almoço. Eu me senti como um rei, comendo na sala de jantar do Castelo de Wawel com vista para o rio Vístula. Quando a guerra terminar, voltaremos aqui só para passear; afinal, a Polônia agora é território alemão.

Tivemos que atrasar mais uma vez os testes. Por motivos óbvios, os prisioneiros não quiseram entrar no laboratório. Para contornar o problema, a esposa de Höss sugeriu que disfarçássemos o local em uma sala de banho: instalaremos chuveiros falsos no teto, distribuiremos sabonetes e, quando os prisioneiros estiverem lá dentro, liberaremos gás em vez de água. Uma boa ideia, não acha?

Me conte detalhes da casa, estou muito curioso. Não vejo a hora de estar com você.

Com amor, do seu Carl. Heil Hitler.

— A obra está perfeita. Parece mesmo uma sala para banhos coletivos — disse Speer ao ver os ajustes feitos na câmara de gás.

— Os chuveiros ligados por encanamentos parecem de verdade! — exclamou Carl, admirado.

— Cuidamos de todos os detalhes. Vejam esses estrados de madeira no chão para "escoar a água". Foram instalados para disfarçar a ausência de ralos — explicou o responsável pela obra.

— Meus parabéns, foi um serviço de mestre — elogiou Speer. — Os prisioneiros realmente acreditarão que virão aqui para tomar banho.

Helmut, Joseph e Klaus ainda tentavam acreditar que o alvo do Taifun seriam apenas os insetos. Embora todo o ambiente que os envolvesse fosse assustador, não imaginavam que o projeto visava assassinar pessoas. Enquanto os oficiais distraíam-se com a obra, Helmut desabafou com Carl.

— Tudo isso é muito estranho, Carl. Esses homens parecem perigosos, sinto que estão escondendo alguma coisa. Aliás, precisavam mesmo chamar o laboratório de "câmara de gás"?

— Onde você acha que estamos, Helmut? — respondeu Carl, começando a perder a paciência. — Isso não é uma colônia de férias ou um acampamento de verão. Isso é uma prisão, e os homens detidos aqui são inimigos do Reich, prisioneiros de guerra. É preciso tratá-los com rigidez, caso contrário, você pode imaginar o motim. Precisamos encarar nossa missão como um trabalho, nada além disso.

– Isso parece um hospício! Estão todos loucos! – Klaus se exaltou. – O comandante Höss tem cinco filhos pequenos e vive em uma casa grudada nesse lugar macabro. A esposa dele acha que estão em um paraíso. Viver aqui enlouquece as pessoas!

– Quem quiser ir embora, vá! Mas saibam que, se deixarem o projeto, não terão mais emprego na ITD, e sem trabalho, na idade de vocês, o risco de serem convocados para o exército é grande.

O grupo ficou em silêncio. Carl percebeu que, dos três, Klaus era quem mais parecia abalado. Decidiu que ele não deveria assistir ao que estava prestes a acontecer dentro da câmara. Então, trocaria de lugar com Helmut e ficaria no teto da sala, acompanhando os soldados da SS na manipulação do Taifun. Dali, o panorama seria mais tranquilo.

O novo teste teria início. Os prisioneiros começavam a chegar no pátio onde aguardariam o suposto banho.

– *Obersturmbannführer* Höss, é melhor ficarmos fora de vista – disse Carl. – Não faz sentido que oficiais graduados e engenheiros químicos assistam ao que seria apenas um banho de chuveiro.

O comandante concordou. Era preciso manter a mentira até o final para evitar uma nova revolta e um novo tiroteio desnecessário.

Com todos a postos, Carl informou o comandante que podiam iniciar o teste. Cercados por soldados, cerca de cem prisioneiros aguardavam em um corredor em curva, de forma que nem todos enxergavam o que os esperava à frente. Um oficial ordenou que os primeiros vinte e cinco homens entrassem na antessala e tirassem as roupas. Foram distribuídos sabonetes para cada um. Escondidos, Carl e sua equipe aguardavam ansiosos, torcendo para que tudo desse certo dessa vez.

Para a felicidade dos alemães, o plano corria perfeitamente bem. Os prisioneiros entraram na segunda sala, viram os chuveiros no teto e nem imaginaram que se tratava de uma armadilha.

– O queijo funcionou – sussurrou Speer.

– Os ratos caíram na ratoeira – brincou Höss, divertindo-se com aquela macabra situação.

Os engenheiros, tensos, não falavam nada. Os prisioneiros continuaram entrando na antessala, seguindo o mesmo ritual, até estarem todos reunidos na câmara de gás. Quando o último deles entrou, os soldados fecharam a porta reforçada. Alguns russos, desconfiados, correram para tentar abri-la. Mas era tarde, não podiam mais sair. Alguns batiam na porta enquanto outros, mais ingênuos, olhavam para os chuveiros esperando que a água caísse.

Höss, Speer e a equipe de Carl tomaram seus lugares nos visores, observando o que acontecia no interior da sala. Apenas Klaus acompanhava de longe, ajudando os soldados a manipular o Taifun pelo alçapão no teto.

Os russos, estranhando a demora, começaram a ficar agitados. Algo ali não parecia certo, mas o quê? A tensão e a dúvida tomaram conta do ambiente.

Do lado de fora, Carl ainda não havia autorizado que soltassem o gás. Höss olhou para ele, irritado.

– *Ingenieur* Farben?

O engenheiro estava paralisado. Havia cem homens no interior da câmara e cabia a ele dar a ordem que mataria todos. Cem prisioneiros de guerra, cem russos desarmados, cem homens que podiam ter mulheres e filhos esperando-os em casa. E Carl estava prestes a envená-los sem piedade. Era só nisso que conseguia pensar.

– *Ingenieur* Farben? – chamou mais alto o comandante Höss. – Está me ouvindo?

Carl tentava se convencer de que era "apenas mais um teste", como tantos que já fizera na Indústria de Tintas e Derivados. Mas, na ITD, as cobaias eram insetos ou pequenos animais, e não homens.

O engenheiro suava e tremia. Pelo visor, via os prisioneiros cada vez mais impacientes e desconfiados. Passaram-se segundos que pareceram horas.

– *Ingenieur* Farben, o que estamos aguardando? – foi a vez de Speer perguntar, impaciente.

Mas Carl não respondeu. O medo havia tomado conta. Sentia vontade de vomitar, não parava de pensar na responsabilidade que teria sobre o que estava para acontecer. Ele era um engenheiro químico, não um assassino. Era um civil, não um soldado. Ainda assim, seria ele o responsável pela morte daqueles cem homens, e de outros quinhentos, outros milhares, outros milhões.

Dentro da câmara de gás, os prisioneiros decidiram tomar uma atitude. Já haviam entendido que não tomariam banho. Haviam caído em uma armadilha. O instinto de sobrevivência falou mais alto e eles correram para a porta, desferindo socos e chutes na estrutura de madeira. Apesar de reforçada, talvez ela não aguentasse a força de cem homens.

Preocupado com o risco de um novo motim, Höss decidiu assumir o controle. Não esperaria mais pela autorização de Carl. Então, gritou para os soldados soltarem o gás.

Ao seu lado, Speer falou com toda a calma e tranquilidade, como se estivessem prestes a assistir a um concerto de Wagner:

– Senhores engenheiros, preparem-se. A experiência vai começar.

Os soldados abriram o alçapão e despejaram o conteúdo das latas. Pequenos cristais azulados começaram a cair. Aquilo atraiu a atenção dos prisioneiros, que saíram de perto da porta e se aproximaram dos chuveiros para ver do que se tratavam as pedras. Alguns chegaram a pegá-las para examinar com mais atenção.

Depois que os soldados esvaziaram as latas de Taifun, o alçapão foi fechado. Os cristais estavam espalhados pelo chão. Os homens os examinavam com curiosidade. Um deles lambeu uma das pedras e rapidamente a cuspiu longe. Outro, que segurava um punhado nas mãos, observou que começavam a soltar fumaça, virando gás.

Com o calor que fazia no interior da câmara, os cristais gaseificaram rapidamente, transformando-se em uma neblina que começava a tomar conta da sala. Os prisioneiros entenderam que algo muito grave iria acontecer. Alguns correram novamente para a porta, esmurrando e empurrando com toda a força. Outros chutavam as paredes, tentando derrubá-las. O terror tomou conta do ambiente dentro e fora da câmara de gás.

Höss ordenou que os soldados se organizassem em dois grupos. O primeiro ficaria encostado na porta, evitando que fosse derrubada.

O segundo ficaria logo atrás, com as armas a postos, caso os homens conseguissem escapar.

Os golpes forçavam a estrutura de madeira, que tremia sob o peso e a força de tantos homens desesperados. Carl não tirava os olhos do pequeno visor.

A porta começou a ceder. Os soldados se esforçavam para segurá-la de todas as maneiras. Mas, para o infortúnio dos prisioneiros, o gás começou a fazer efeito. Os homens começaram a tossir e sufocar. Com isso, a pressão que faziam para derrubar a porta diminuiu. Muitos caíram no chão, cansados de tanto esforço e com falta de ar.

– Carl, algo deu errado. O gás está muito forte! – disse Helmut, sem entender o que estava acontecendo.

– Cale a boca! – gritou Carl.

– Temos que tirá-los de lá, estão asfixiando! – insistiu Joseph.

– Fiquem quietos!

Naquele momento, os dois jovens engenheiros finalmente entenderam a verdade sobre o projeto. No teto da sala, sem conseguir ver o que se passava no interior, Klaus ouvia os gritos dos prisioneiros e se perguntava o que estaria acontecendo.

Os prisioneiros, por outro lado, já haviam entendido que estavam sendo asfixiados. Tossiam cada vez mais forte, sentindo o pulmão arder. Por fim, viram os pequenos orifícios por onde os alemães os observavam. Correram para esmurrar o vidro, como se isso pudesse salvá-los.

Um dos homens colocou os olhos exatamente no visor de Carl, que instintivamente afastou a cabeça, aterrorizado. Quando voltou à sua posição, o prisioneiro não estava mais lá. Outro conseguiu arrancar um chuveiro do teto e, com o cano, abrir o alçapão. Tentou escalar para respirar o ar puro que entrava, mas rapidamente o alçapão foi fechado e o homem caiu no chão, exausto e sem ar.

Höss e Speer assistiam a tudo com um leve sorriso. Estavam satisfeitos com o resultado.

Helmut e Joseph estavam petrificados. Ainda não haviam digerido o fato de que o produto que ajudaram a desenvolver seria usado para matar seres humanos.

O tempo parecia se arrastar. Uma hora depois, os prisioneiros ainda tentavam encontrar uma saída.

Uma hora e meia depois, os primeiros homens começaram a morrer. Speer cumprimentou Höss pelo feito.

Carl, ainda com o olhar fixo no pequeno visor, estava catatônico. Helmut chorava, caído de joelhos. Joseph tremia dos pés à cabeça. Klaus tampava os ouvidos para não escutar os gemidos de agonia.

Höss e Speer riam daquele grupo de homens que, para eles, agiam como crianças.

Ao final de duas horas, todos os russos estavam caídos no chão, sem se mexer.

Höss ordenou então que os soldados entrassem e dessem o tiro de misericórdia em quem ainda estivesse respirando.

– Esperem! – gritou Carl. – Deixem a porta aberta por um tempo antes de entrar. O gás precisa se dissipar.

O comandante concordou e mandou que os soldados escancarassem a porta. Ao verem a cena, os engenheiros correram para vomitar no pátio. Speer e Höss caíram na gargalhada. Ainda estavam rindo quando, minutos depois, também entraram na câmara de gás para atirar nos últimos sobreviventes. Pareciam crianças caçando sapos na lagoa.

– Aqui tem um vivo! – E um tiro ecoava.

– Este está respirando! – Ouvia-se mais um tiro.

Os corpos nus dos prisioneiros estavam entrelaçados, como se buscassem se salvar abraçando uns aos outros.

– Traga uma equipe de prisioneiros para limpar essa sujeira – ordenou Höss ao líder dos soldados. – Precisamos carregar os corpos para fora e incinerá-los.

– Sim, senhor – concordou o oficial.

– E não se esqueça de matá-los em seguida, ok? Não queremos testemunhas do que aconteceu aqui.

– *Heil* Hitler!

O oficial se afastou para cumprir a missão e Speer e Höss foram ao encontro de Carl e sua equipe no pátio.

O chefe dos engenheiros tentava recuperar o controle. Os outros três não escondiam o desespero por terem participado do experimento.

– *Herr* Farben – chamou Speer, aproximando-se de Carl –, o teste foi excelente. Todos os prisioneiros morreram. O senhor e sua equipe estão de parabéns pelo trabalho.

"Que trabalho? Matar cem homens covardemente?", Helmut pensou ao ouvi-lo.

– Höss e eu estamos muito satisfeitos com o resultado. O *Führer* e Himmler também ficarão contentes ao saberem que o Taifun funciona.

– Vocês realmente fizeram um ótimo trabalho, *Herr* Farben – elogiou Höss. – Só acho que o gás poderia matá-los em menos tempo, não concorda? Seria mais produtivo e eficiente.

Carl concordou com a cabeça.

– Vocês podem trabalhar nisso amanhã – disse Höss. – Agora, vou deixá-los a sós para discutirem os próximos passos do projeto. *Heil* Hitler!

– *Heil* Hitler! – respondeu Carl, finalmente recuperado do choque. Se o próprio *Führer* se orgulharia de seu trabalho, talvez estivessem fazendo a coisa certa, afinal.

Joseph, que tinha ouvido toda a conversa, aproximou-se aos gritos:

– Exijo saber o que está acontecendo aqui, Carl! Fomos contratados para matar seres humanos?

– Ele me deu os parabéns – murmurou o chefe dos engenheiros, ignorando o colega.

– Você nos disse que o objetivo do Taifun era matar insetos – choramingou Klaus. – Agora, somos responsáveis pela morte de uma centena de prisioneiros. Você mentiu para nós.

Carl olhou friamente para sua equipe.

– Não, eu não menti. Vocês sabem o que são *untermenschen?* Sub-humanos? São piores que insetos.

Klaus agora chorava desesperadamente, puxando os cabelos.

– Você me transformou em um assassino!

– Todos nós somos assassinos agora! – gritou Helmut. – O que você fez, Carl?

– Vocês não entendem que estamos em guerra? Pessoas morrem na guerra. Foi isso o que aconteceu aqui – respondeu o engenheiro, com toda a frieza do mundo.

Capítulo 5

Uma situação surreal acontecia no apartamento da família Kaufmann. Após proibir que os judeus trabalhassem, o governo alemão confiscou todo o dinheiro que tinham nos bancos. Agora, vender os móveis era a única maneira de os Kaufmann conseguirem recursos para comprar comida. Ernest achava que joias e pratarias deveriam ficar para o último momento.

— Se conseguirmos fugir, podemos levar objetos menores conosco. Independentemente da guerra, ouro, prata e pedras preciosas manterão seu valor.

A primeira coisa que venderam foi o piano, o bem mais valioso da família. Era Ruth quem tinha talento para a música e adorava tocá-lo. Também foi ela quem sugeriu que fosse vendido.

— Não me importo mais com o piano, Ernest. Pode vendê-lo. Não tenho ânimo para praticar.

— Mas, querida, você sempre adorou tocar. Podemos esperar um pouco mais — insistiu o marido.

— Não, vamos vender agora. A música é para momentos de alegria, algo que já não temos mais.

Depois do piano foi a vez da cristaleira, dos utensílios de cristal e do jogo de jantar. Afinal, sabiam que não receberiam pessoas nem fariam festas tão cedo.

— Venda a mesa e as cadeiras também, Ernest. Tudo o que temos para comer é sopa. Não precisamos mais de uma mesa de jantar.

Na sala restaram apenas três poltronas, uma para cada membro da família. O que não era essencial, foi vendido. Todo o dinheiro era usado para comprar o básico, como legumes, frutas e, raramente, carne.

Ao mesmo tempo que o apartamento ganhava espaço, parecia encolher. Viver entre quatro paredes era sufocante, claustrofóbico.

Dos três, quem mais sofria era Ruth, que, de tão abalada, chegava a sentir falta de ar. Eles sabiam que tinham razoável conforto: estavam na própria casa, tinham uns aos outros e, até o momento, ainda havia o que comer. Mas a prisão do apartamento e a incerteza do futuro os oprimiam. Era estressante.

Para se distrair, os Kaufmann estudavam, liam, jogavam cartas e jogos de tabuleiro. Mas, passado algum tempo, os livros já tinham sido lidos e relidos. O baralho havia desbotado de tanto uso. Os jogos de tabuleiro se tornaram monótonos e previsíveis. O tempo parecia não passar. O tique-taque do cuco passou a irritá-los tanto que acabaram vendendo-o a qualquer preço.

Por falta de atividades físicas, tinham dificuldade para dormir e sentiam-se indispostos com frequência.

Tédio, tédio e mais tédio. Martina já tinha até contado os azulejos da cozinha e do banheiro.

Dia após dia, semana após semana, mês após mês, torciam por alguma melhora, o que nunca acontecia. O mundo era um retângulo visto da janela. Era como se estivessem presos sem terem cometido qualquer crime. O único momento em que os judeus podiam sair de casa era para comprar comida, e apenas em horários determinados pelo Reich. Fora isso, precisavam respeitar o toque de recolher. Sair à rua também havia se tornado perigoso: podiam ser atacados por soldados, policiais ou mesmo cidadãos comuns pelo simples fato de serem judeus.

Os ataques aconteciam com frequência, assim como espancamentos coordenados. E, se alguém intervinha, era para ajudar a bater mais, nunca para socorrer a vítima. Um castigo comum consistia em obrigar os judeus a lavar calçadas com escovas de dentes. Quando acontecia, uma multidão de alemães se reunia em volta para se divertir com a cena, rindo ao verem homens e mulheres de joelhos esfregando o piso.

– Aqui ainda está sujo. Limpe direito, seu judeu imundo! – gritava um alemão, para a alegria dos demais.

– Sua judia porca! Quanto mais você limpa, mais você suja! – xingava outro.

Até as crianças sofriam com os abusos, sem entender o que se passava.

– Mamãe, o que aconteceu com o povo alemão? Como podem achar graça em nos humilhar? – uma garotinha perguntou à mãe enquanto ambas esfregavam o chão.

Mas como os judeus eram reconhecidos na rua?

Àquela altura, em toda a Alemanha, os judeus eram obrigados a costurar uma estrela amarela de seis pontas em um lugar visível da roupa para serem facilmente identificados. A medida contradizia a própria propaganda nazista, que afirmava que os judeus eram diferentes, com características físicas próprias. Se fosse verdade, por que precisariam de uma estrela amarela para serem reconhecidos? De toda forma, sair sem essa marca era arriscado. Os documentos dos judeus haviam sido sinalizados com uma letra "J" em vermelho, e, se alguém fosse pego sem a estrela, era imediatamente preso, fosse homem, mulher ou criança acima de 7 anos.

Mas, mesmo com a estrela amarela, os judeus podiam ser presos sem motivo algum. Se um policial ou um soldado implicasse com alguém, bastava levá-lo para a Gestapo ou para a SS, que se encarregavam de despachá-lo para um campo de trabalhos forçados. Uma vez que isso acontecia, a pessoa nunca mais voltava para casa, deixando para trás uma família sem notícias, que não sabia por que seu parente havia sumido nem para onde havia ido.

Sem nenhum direito como cidadãos, os judeus viviam sob um medo constante. Os homens eram os alvos mais visados para o trabalho escravo, e, com a mãe deprimida em casa, era Martina Kaufmann quem saía para comprar comida.

Certa vez, numa tarde fria, enquanto a garota aguardava sua vez na longa fila de um estabelecimento onde judeus podiam fazer compras, Friedrich passou ao seu lado. Seu coração disparou. Fazia muito tempo que não via seu antigo amor. Ele parou e também olhou para Martina.

Ela ficou impressionada ao ver como ele estava bonito, com um terno elegante e o cabelo bem penteado. Por um instante, a garota pensou que ele poderia ajudá-la, quem sabe, com uma porção extra de comida ou uma simples palavra de afeto. Mas o rapaz, na verdade, havia se assustado ao vê-la. Sua expressão era de puro desapontamento.

Martina logo entendeu a razão. Sabia que suas roupas estavam velhas e sujas, que sua aparência estava desleixada. Sentiu-se envergonhada. Queria sumir, evaporar, correr para longe, mas não podia perder o lugar na fila. Ele a olhava sem dizer nada. Não perguntou se ela precisava de algo ou o que podia fazer para ajudar. Friedrich não demonstrava piedade. Em seu olhar, só havia espanto por tê-la encontrado viva.

De repente, uma linda moça se aproximou e pegou o jovem pelo braço.

– O que foi, querido? Por que está encarando essa porca judia? – perguntou ela.

A resposta de Friedrich desmontou Martina.

– Por nada, amor. Ela só se parece com alguém que conheci há muitos anos.

Quando os dois saíram do estabelecimento, Martina se desmanchou em lágrimas.

O governo nazista tentava alienar os judeus de todas as formas: não podiam comprar jornais, não tinham como saber o que de fato estava acontecendo. As informações a que tinham acesso chegavam de duas maneiras: em comunicados dirigidos especificamente a eles por meio de cartazes, folhetos e cartas, ou nas filas de comida, quando as notícias eram sempre trágicas.

"A família Lewin foi presa."

"O casal Meyer se matou."

"O marido e os filhos da Sra. Rotten foram detidos."

"O rabino Walt e a esposa foram assassinados."

Martina tentava não prestar atenção, mas era impossível. Então, não contava o que ouvia para os pais, temendo preocupá-los mais ainda.

– Martina, o que você ouviu na fila hoje? – perguntava seu pai sempre que ela chegava em casa. Ele sabia que era lá que as notícias corriam de boca em boca.

A garota inventava uma história para tentar animá-los.

– Hoje ouvi que os Lewin conseguiram um visto e fugiram para a América! – mentia.

— Mas que ótimo! E quanto ao rabino Walt, alguma notícia?

— Encontrei a mulher dele. Estão esperando mais um filho.

— Excelente! Isso significa que eles também acreditam que as coisas vão melhorar.

Martina não se chateava por enganar os pais. Sabia que as mentiras eram por uma boa causa e, portanto, seriam perdoadas. As histórias que contava eram tão otimistas que, por um momento, todos ficavam felizes e se esqueciam dos próprios problemas.

Até que um dia, justamente enquanto comentavam as boas notícias trazidas por Martina, ouviram alguém bater na porta. Os três se assustaram. Ninguém os visitava, nenhum vizinho queria falar com uma família de judeus. O medo estendeu seu manto sobre eles. Ficaram em silêncio, como se assim pudessem fazer a pessoa desistir e ir embora.

Bateram novamente, dessa vez com mais força.

O Dr. Kaufmann se levantou e abriu a porta. Era um oficial da Gestapo, que lhe entregou uma notificação. Ele não precisou abrir para saber do que se tratava. Em dia e hora marcados, a família deveria se apresentar na estação de trem com apenas uma mala. O papel caiu da mão de Ernest. Martina abraçou a mãe e as duas começaram a chorar. O pior acontecera. Seriam transportados para o Leste.

***

O jovem Klaus havia concluído o curso de Química da Universidade de Berlim dois anos depois de Carl. Foi o melhor aluno da sua turma e, como acontecia nesses casos, assim que se formou foi contratado pela ITD, que estava sempre em busca dos melhores talentos. Dedicado, esforçado e inteligente, Klaus se encaixava perfeitamente no perfil.

Seu pai havia lutado na Primeira Guerra. Ao voltar para casa, tinha perdido o braço direito, mas ganhara uma medalha – o que, para ele, era mais importante do que um membro largado em uma trincheira qualquer. Seu irmão, seguindo os passos do pai, fez carreira militar e se tornou major da Wehrmacht. Apesar dos apelos da família para que Klaus fizesse o mesmo, ele preferiu seguir a carreira acadêmica.

– Não nasci para ser soldado – dizia sempre que insistiam no assunto.

Agora, após o terrível teste que havia presenciado em Auschwitz, Klaus temia que a guerra fosse seu destino. De volta ao hotel em Cracóvia, os quatro engenheiros se reuniram para discutir o que havia acontecido e o que fariam dali em diante. Helmut foi o primeiro a falar.

– Carl, por que você disse que iríamos desenvolver uma fórmula para matar insetos? Você mentiu para nós.

– Esse projeto é secreto. Eu não podia falar a verdade – defendeu-se o chefe.

– Então está admitindo que nos enganou – pressionou o engenheiro.

– Helmut, estamos em uma missão muito importante para o Reich. Somos alemães, é assim que devemos enfrentar esse desafio.

Klaus, com os olhos marejados e as mãos trêmulas, se levantou.

– Eu não quero mais participar disso. Quero voltar para Frankfurt.

Os outros três olharam para o jovem assustados, mas não surpresos. Ele estava emocionalmente destruído, não tinha condições de continuar.

– Klaus, você não pode ir embora. Nossa missão é de grande importância para a Alemanha. Nosso nome entrará para a história! – disse Carl na tentativa de animá-lo.

Mas Klaus, que já havia perdido o controle, começou a gritar.

– Sim, entraremos para a história como assassinos! Você viu o que aconteceu naquela sala? Matamos cem homens da maneira mais cruel possível! Eles tentaram resistir até o último suspiro, mas foram asfixiados sem piedade! Eu quero ir embora agora!

Helmut e Joseph entendiam a posição do colega e concordavam com ele.

Carl se levantou e abraçou o jovem.

– Tenha calma, Klaus. Foi ruim para todos nós. As coisas não saíram como imaginamos, mas o pior já passou.

Klaus começou a chorar. Ele estava arrasado.

– Eu quero voltar para casa.

– Ninguém vai voltar para casa – falou Carl, sacudindo com firmeza os ombros do engenheiro para que ele se controlasse. – Se você voltar, será demitido e convocado para a guerra. É isso que você quer? Acredite, é melhor ficar aqui. Prometo aumentar seu salário, o que acha?

– Eu não quero esse dinheiro sujo! Esse dinheiro está manchado de sangue!

– Klaus, aqueles prisioneiros eram eslavos! Não eram como nós, arianos – argumentou o chefe. – Não podemos ter piedade dos eslavos. Não viemos aqui para fazer turismo nem para brincar. Estamos em guerra!

Sem forças, o jovem engenheiro desabou no sofá. Joseph sentou-se ao seu lado para tentar consolá-lo.

– Klaus, eu entendo o que você está sentindo. Também não gostei do que aconteceu, mas, neste momento, não podemos recuar. Carl tem razão. Voltar agora implicaria ser convocado para o exército.

– Escute o que estamos dizendo. Aqueles homens eram prisioneiros de guerra, e haverá cada vez mais deles. Quando a Alemanha vencer, não será possível alimentar a todos. – Carl procurava argumentos para convencer o colega a ficar. Não podia dizer que, além dos eslavos, o Taifun seria usado para exterminar judeus e outras raças consideradas inferiores.

Mas Klaus só chorava e balançava a cabeça.

– Não posso continuar, não posso participar disso.

– Vamos focar no trabalho – disse o chefe, tentando encerrar a discussão. – Precisamos rever a fórmula e descobrir como agilizar o processo de envene... de gaseificação.

– Você ia dizer "envenenamento"? – perguntou Helmut.

– Eu... preferi usar uma palavra mais leve.

– Não acho que palavras leves vão amenizar o que estamos fazendo – discordou Joseph. – É como Klaus disse, estamos usando nossos conhecimentos para matar seres humanos. Isso não está certo.

– Somos acadêmicos, Carl, não soldados. Não estudamos para matar.

– Já desenvolvemos venenos para matar ratos e insetos. Qual a diferença? Nossos inimigos são como pragas que devem ser exterminadas. O *Lebensraum*[16] é uma necessidade do Terceiro Reich.

---

[16] Esse conceito, criado por Friedrich Ratzel, faz referência ao "espaço vital" para o povo alemão. Ratzel defendia que sociedades mais desenvolvidas têm o direito de conquistar territórios de outras consideradas menos desenvolvidas, apossando-se

Carl queria manter a equipe unida. Sabia dos benefícios financeiros que ganharia com o sucesso do projeto e não queria que questões morais os abalassem.

– Vou para o meu quarto – falou Klaus.

Os dois colegas tentaram fazê-lo ficar.

– Deixem ele ir – disse Carl.

Quando o jovem deixou o *lobby*, o chefe retomou a conversa com os outros engenheiros.

– Senhores, não estamos aqui para discutir conceitos morais e abstratos. Somos químicos, nosso papel é encontrar a fórmula ideal do Taifun. Foi para isso que viemos à Polônia. Não temos nada a ver com as mortes, só desenvolvemos o produto. O que fazem com ele não é problema nosso.

– Você realmente acredita nisso, Carl? – perguntou Joseph.

– Me diga, Joseph: o engenheiro que constrói um tanque de guerra é responsável pelas mortes que ele causa?

– É diferente. Estamos produzindo um veneno.

– Se um engenheiro desenvolve um rifle mais eficiente para ajudar o exército de seu país, ele será culpado pelas mortes de inimigos? Ou se tornará um herói por ajudar seus aliados?

– Não misture as coisas. Fizemos um veneno para matar prisioneiros!

– Por que nós? – questionou Helmut. – Por que entramos nessa loucura?

– Se não fizermos, alguém vai fazer. Ponto-final! – exclamou Carl, irritado. Então, decidiu abordar o assunto de outra forma, fingindo sentir muito pelas vítimas. – Pensem o seguinte: se o gás agir mais rápido, o sofrimento será menor para os prisioneiros. Não é algo vantajoso?

O engenheiro-chefe sabia que a questão não era essa; o que importava era a produtividade do processo de extermínio. Sabia dos planos do Dr. Georg Leibbrandt, ministro do Reich, para os territórios do Leste, que em breve começariam a receber judeus de toda a Europa.

---

de terras para o bem-estar do próprio povo. Hitler se baseou no *Lebensraum* para invadir o Leste Europeu: ao considerar a "raça ariana" como superior, os alemães tinham direito sobre as terras férteis dos países do Leste.

Quando isso acontecesse, as câmaras de gás precisariam estar funcionando a todo vapor.

Só em Auschwitz, a previsão era eliminar dezenas de milhares de pessoas por dia. Se levassem duas horas para matar cem pessoas e mais uma hora para limpar tudo, a produtividade seria muito baixa. A indústria da morte de Auschwitz precisava de uma linha de produção eficiente, tal qual as indústrias alemãs.

Carl também sabia que, quanto mais Taifun fosse usado, maior o faturamento da ITD, o que significaria um bônus maior em seu bolso.

Helmut e Joseph não viam saída. Com papel e lápis na mão, os três sentaram-se à mesa. Recalcularam os componentes, refizeram as fórmulas e chegaram a uma nova composição. Deram-lhe o nome de Taifun A.

Satisfeito com o resultado, Carl se levantou, exausto.

– Vou para o quarto dormir. Vocês também deviam descansar.

– Estou sem sono – resmungou Helmut. – Vou ficar aqui e beber.

– Acompanho você – Joseph falou para o amigo.

Os engenheiros se despediram e seguiram seu caminho. Quando chegaram ao bar, os dois continuaram a conversa.

– Joseph, o que você acha que devemos fazer? – perguntou Helmut, virando uma dose de vodca.

– Também não sei – o outro suspirou. – Por um lado, Carl tem razão. Se voltarmos agora para casa, perderemos o emprego e seremos convocados. Com certeza nos mandariam para a frente Leste, onde a morte é certa. Estamos em um beco sem saída.

– Então vamos sujar as mãos de sangue?

– Se os prisioneiros não forem mortos com gás, serão fuzilados, não é?

– Acho que sim. Tiros, gás, fome... Será que a forma como irão morrer fará alguma diferença?

– Para nós, fará toda a diferença. Fomos nós que desenvolvemos esse gás.

Acomodado em seu quarto, Carl sentou-se à mesa para escrever à esposa.

Cracóvia, 15 de setembro

Querida Helke,

Nem sei como descrever o que se passou hoje. O dia foi muito estressante. De manhã, fomos para Auschwitz iniciar os testes. A sala de banho ficou perfeita, com chuveiros falsos no teto e até mesmo um estrado para "escoar a água". Os prisioneiros realmente acreditaram que iam tomar banho e entraram no laboratório sem resistência. Porém, o produto demorou muito para fazer efeito, e, quando as cobaias perceberam o que estava acontecendo, entraram em pânico. Esses untermenschen são realmente animais. Tentaram derrubar a porta e as paredes do laboratório, mas felizmente não conseguiram.

O Taifun levou duas horas para fazer efeito e o resultado foi devastador. Não vou entrar em detalhes para não indispor você. Tive que me manter forte para não abater o moral da minha equipe. Sei da importância do nosso trabalho para a vitória da Alemanha e modifiquei a fórmula para acelerar o processo. Em breve realizaremos novos testes no laboratório. Manterei você informada.

Te amo. Heil Hitler.

Ele preferiu não comentar sobre a discussão com a equipe.

No dia seguinte, Carl, Helmut e Joseph acordaram cedo para o café da manhã. O plano era ir para Auschwitz, onde estavam os produtos químicos, e trabalhar na fórmula do Taifun A. Queriam agilizar tudo, terminar os testes e voltar para casa.

Enquanto comiam, estranharam que Klaus não havia descido. Pediram que um funcionário do hotel fosse chamá-lo, mas o engenheiro não atendeu a porta.

Quando estavam prontos para sair, Helmut subiu até o quarto de Klaus e bateu novamente à porta. Não houve resposta. Preocupado, desceu ao encontro dos colegas.

– Bati até cansar. Ele não respondeu.

– Vamos pedir para a camareira abrir o quarto – disse Carl.

Os três foram em busca da funcionária e a levaram até o quarto. Quando a porta foi aberta, o corpo de Klaus balançava de um lado para o outro do teto. Ele havia se enforcado.

Höss e Speer aguardavam os engenheiros no portão principal de Auschwitz, bem abaixo do letreiro *"Arbeit macht frei"*. Estavam animados para o segundo teste do Taifun.

Quando Carl chegou sozinho, os dois estranharam. O engenheiro-chefe contou o que havia acontecido e explicou que Joseph e Helmut tinham ficado na cidade para cuidar do corpo de Klaus. Os restos mortais seriam despachados para a família na Alemanha.

– Ele parecia mesmo um fraco – disse Speer com desprezo.

– A boa notícia é que desenvolvemos uma nova fórmula – Carl informou. – Vou preparar outra dose do produto para iniciarmos os testes.

– Estou curioso para ver o resultado – comentou Höss, satisfeito, como se estivessem trocando uma receita de bolo.

– Pelos nossos cálculos, o gás será bem mais letal – continuou o engenheiro. – Nosso objetivo é que faça efeito em até vinte minutos. Também decidimos dobrar o número de prisioneiros na sala, assim podemos testar que volume de produto usar. Batizamos a nova fórmula de Taifun A.

– Excelente, *Herr* Farben! Aliás, Himmler tem me perguntado frequentemente sobre o seu trabalho – informou Speer. – Ele gostaria de começar a usar o Taifun, ou melhor, o Taifun A, no começo do próximo ano. Se tudo der certo, até lá teremos quatro câmaras de gás com capacidade para dois mil prisioneiros cada uma.

– Para aumentar a segurança, também mandei trocar a porta de madeira por uma porta de ferro reforçada. Será impossível derrubá-la agora.

– Ótima ideia, *Obersturmbannführer* Höss – elogiou Carl.

Como da primeira vez, a equipe usou a estratégia do banho coletivo. Os duzentos prisioneiros entraram pacificamente na antessala, despiram-se, pegaram os sabonetes e foram para a sala dos chuveiros sem desconfiar de nada. Uma vez lá dentro, aguardavam a água cair dos chuveiros.

Tudo corria como planejado. Após orientar um sargento sobre a maneira correta de abrir as embalagens de Taifun A, Carl deu sinal para iniciar a operação. Novamente, os prisioneiros entraram em pânico ao ver que não saía água dos chuveiros, e sim cristais que imediatamente começavam a gaseificar. Alguns correram para a porta, mas não tinha como derrubá-la. Outros começaram a correr de um lado para o outro em busca de uma saída. Dessa vez, o gás fez efeito mais rápido. Os prisioneiros sentiam o pulmão queimar. Começaram a subir uns em cima dos outros para tentar alcançar a escotilha, mas foi em vão. O alçapão já estava fechado.

Höss e Speer sorriam com o andamento do teste.

– Parece que o produto está mesmo funcionando melhor – disse Höss.

Mas o tempo passava e os russos continuavam vivos. Levou mais alguns minutos até que todos estivessem mortos. Carl olhou para o relógio.

– Trinta minutos. Ainda preciso diminuir esse tempo.

– Não se preocupe, engenheiro Farben. O senhor está no caminho certo! – Speer o cumprimentou.

– Excelente, senhores. Agora, gostaria que me acompanhassem para o almoço – disse Höss animado. – Fiz uma seleção especial de polacas para comemorar nossos avanços.

***

Frankfurt, 18 de setembro
Querido Carl,
Até esta carta chegar às suas mãos, você provavelmente já terá modificado o Taifun para atingir o nível máximo de eficiência. Talvez esteja até realizando novos testes neste momento. Tenho certeza da sua competência e do seu sucesso, e vamos ganhar muito com isso (você entende o que estou dizendo, não é?).

O que você está fazendo pelo Reich é muito nobre. Já imaginou seu nome sendo lembrado nos livros de história? Você será um dos poucos civis a ganhar uma medalha do nosso querido Führer! Não vejo a hora de você voltar para casa.

Com carinho, Helke.

Começar o dia com uma carta de Helke fazia Carl sentir mais vontade de trabalhar. Mais uma vez, reuniu-se com Joseph e Helmut para refazer a fórmula. Era preciso deixá-la ainda mais tóxica. Fizeram novos cálculos, mexeram novamente nas doses e, algumas horas depois, concluíram ter chegado ao resultado ideal. Batizaram a nova fórmula de Taifun B.

Outros duzentos prisioneiros foram selecionados para o novo teste. Novamente, tudo correu como o planejado: acreditando que tomariam banho, os russos não ofereceram resistência para entrar na sala.

Carl já tinha se habituado ao que acontecia dentro da câmara de gás. As mortes não o incomodavam mais. Agora, o processo não passava de um trabalho como outro qualquer. Era como um simples teste de laboratório, e pouco lhe importava se as cobaias eram animais ou seres humanos.

Helmut e Joseph, por outro lado, ficaram novamente horrorizados com o que viram. As cenas de sufocamento eram de revirar o estômago.

– O que estamos fazendo? – perguntou Helmut, atônito.

– Acho que deixamos de ser humanos! Somos nós os *untermenschen*! – Joseph respondeu desesperado.

Apesar de abalados, nenhum dos dois sabia como sair daquela situação. Carl, que cronometrava os minutos, vibrou ao ver o resultado.

– Vinte minutos! Estão todos mortos com vinte minutos!

Speer e Höss deixaram as formalidades de lado e se abraçaram alegremente. O Taifun B era um sucesso. As cobaias haviam sido eliminadas no tempo previsto.

Helmut e Joseph não estavam se sentindo bem e pediram para voltar ao hotel. Como o teste tinha terminado, Carl os liberou. Quando os engenheiros saíram, um oficial da SS se aproximou.

– Senhores, ainda restam cem dos prisioneiros selecionados. O que fazemos com eles?

– Se tiver mais produto, podemos testar mais uma vez. O que acha, engenheiro Farben? – perguntou Höss, animado com a ideia.

– Claro, vou preparar o material – respondeu o engenheiro, também feliz ao pensar no seu futuro na ITD.

A ideia de estar se transformando em um assassino em série não o incomodava mais. O dinheiro e o prestígio que ganharia fariam tudo valer a pena.

Terminada a segunda rodada, os homens só pensavam em comemorar.

– Vamos às putas! – disse Speer.

– Às putas! – festejou Höss.

Durante a orgia que se seguiu, Carl era o mais animado. Ele sabia o que o Taifun B significava para a ITD e para a sua carreira.

"Quando a Alemanha conquistar o mundo, a produção de Taifun B será de centenas de milhares de toneladas. Vou ganhar uma fortuna", pensava alegremente.

Pela primeira vez desde que chegara à Polônia, o engenheiro dormiu feliz e relaxado. Na manhã seguinte, com a cabeça estourando de ressaca, escreveu à esposa a última carta antes de voltar para a Alemanha.

Cracóvia, 28 de setembro
Querida Helke,
Como estou feliz! O Taifun B, como batizamos a fórmula final, é um sucesso. Em apenas vinte minutos, surtiu o efeito desejado e eliminou todas as cobaias. Primeiro, colocamos duzentas delas no laboratório, e em seguida mais cem. O resultado foi o mesmo. Speer já informou Himmler que minha missão foi um sucesso. Himmler quer me conhecer assim que eu voltar para a Alemanha. Compre um lindo vestido, quero você maravilhosa para esse encontro.

Também recebi um telefonema de Tesch. Ele já estava sabendo do resultado e me parabenizou em nome de toda a diretoria da ITD pelo desenvolvimento do Taifun B. No próximo mês, iniciaremos a produção em massa.

Em breve estarei em Frankfurt. Avise meus pais. Te amo, Heil Hitler.

Três dias depois, ele recebeu a resposta.

Frankfurt, 1 de outubro
Meu querido Carl,
Você não tem ideia do orgulho que estou sentindo de você. Tenho ouvido no rádio sobre os avanços do nosso glorioso exército em direção ao Leste e com certeza vamos precisar de muito Taifun B. Aliás, adorei o nome!

Você acha que vamos poder trocar nosso Volkswagen por uma Mercedes em breve?

Um beijo amoroso, Helke.

***

Fazia muito frio naquela madrugada de dezembro de 1941. A previsão era de neve, e o Dr. Ernest Kaufmann abriu discretamente a cortina de seu apartamento apenas para confirmar o óbvio: as ruas estavam vazias naquele bairro residencial de Frankfurt. "Vazias e escuras, uma noite perfeita para fugir", pensou consigo mesmo.

Virando-se para Ruth e Martina, informou que era hora de partirem. A família estava trancada no apartamento havia mais de dois anos e já tinha se desfeito de quase todos os móveis. Quase já não havia móveis na casa. Nos dormitórios, os colchões estavam no chão. As poucas roupas que restavam estavam espalhadas pelos cantos; os guarda-roupas também haviam sido vendidos.

Costurado nos casacos havia uma quantia razoável de marcos alemães para enfrentar os tempos difíceis que teriam pela frente. Esperavam que fosse o suficiente para comprar comida no mercado ilegal e se reerguerem num futuro incerto.

Martina deu um último abraço em seu gatinho e colocou um pouco de comida no pires.

– Fique bem, meu pequeno. Um dia eu volto para te buscar – despediu-se com lágrimas nos olhos.

A jovem agora tinha 16 anos. Estava mais alta e muito mais magra. Com os dias de privação, seus cabelos ruivos tinham perdido o brilho. Mesmo assim, continuava bonita. Sua mãe, por outro lado, parecia cada vez mais deprimida e abatida. O marido tentava animá-la.

– Vamos, Ruth. Temos que aproveitar que é noite sem lua para chegar à casa da professora Margot o mais rápido possível.

Ernest segurava uma única mala onde havia guardado tudo o que era possível levar. Sua vida inteira estava, agora, comprimida naquele pequeno espaço. A Sra. Kaufmann precisou se apoiar na filha para se levantar. Aos prantos, deixou sua casa e tudo o que tinha para trás. Martina segurava o choro para que sua mãe não desabasse de vez. O gato correu à frente, achando que dariam uma volta, e a jovem o colocou dentro do apartamento novamente.

– Você fica, pequeno.

O Dr. Kaufmann foi último a sair, encostando a porta. Antes de descer as escadas, parou, pegou a chave no bolso do paletó, voltou e trancou a fechadura. Depois, tornou a colocar a chave no bolso.

– Para que deixar aberto? Os vizinhos ou a Gestapo que arrombem a porta. Não vamos facilitar a vida deles.

Ao chegarem à calçada, olharam para os dois lados da rua para confirmar se era seguro sair. Não havia ninguém. Os três partiram apressados em direção ao apartamento que lhes serviria de esconderijo por tempo indeterminado.

Caminhar pelas ruas escuras era um grande risco, mas, agora, já não fazia mais diferença. Se a polícia os visse, seriam presos e levados para algum campo de concentração. Já tinham sido intimados a se apresentar na estação central de Frankfurt, de onde certamente partiriam para a morte. A única esperança era chegar a salvo no esconderijo e permanecer lá enquanto a guerra durasse.

Andavam pelas sombras das ruas totalmente vazias. Naquele horário e com aquele frio, ninguém sairia de casa. Mas, de repente, um carro de polícia surgiu no outro extremo da rua. Vinha em baixa velocidade, com um policial iluminando as calçadas com uma lanterna. Os três conseguiram se espremer na entrada de um prédio. O carro seguiu seu caminho.

Alguns minutos depois, conseguiram chegar a salvo no prédio da professora Margot. Eles subiram as escadas sem fazer barulho e bateram levemente na porta, que imediatamente se abriu.

Margot parecia bastante assustada. Sabia que esconder judeus era perigoso, mas se dispusera a correr o risco. Os três entraram em completo silêncio para que os vizinhos não ouvissem nada. O pequeno apartamento tinha uma salinha, um dormitório, cozinha e um banheiro.

– Senhor e senhora Kaufmann, vocês podem ficar no meu quarto. Dormirei na sala com a Martina – sussurrou Margot.

– De maneira nenhuma, *Frau* Schultz. Nós dormiremos na sala – respondeu o Dr. Kaufmann. – A senhora já está se arriscando demais por nos esconder, não queremos causar mais incômodos.

– Por favor, *Herr Doktor* Kaufmann. Vocês terão mais privacidade no quarto, e eu também ficarei mais à vontade na sala.

– Até mesmo no chão ficaríamos bem, *Frau* Schultz. Não temos palavras para agradecer sua gentileza.[17]

A professora Margot já havia sofrido muito com as guerras da Alemanha. Seu marido morrera na guerra de 1914 a 1918; e seu filho, em 1940, durante a invasão da França. Sozinha no mundo, sentia-se revoltada com aquele novo regime. Quando soube que os judeus alemães estavam sendo enviados para o Leste, Margot passou a procurar por Martina em todas as filas de comida. Além de ela ser sua aluna preferida, o Dr. Kaufmann havia cuidado de sua família por muitos anos. Não podia abandoná-los naquele momento.

– Martina, finalmente te encontrei! Faz semanas que procuro por você – disse ela ao ver a garota.

– Professora Margot! Que saudade!

As duas se abraçaram com lágrimas no rosto. Martina tentou se recompor, ajeitando os cabelos dentro do lenço amarrado na cabeça.

– Desculpe minha aparência, professora. A vida não está nada fácil – disse a garota.

– Você está linda como sempre, querida – sorriu Margot, tentando animá-la.

Então, abraçou Martina novamente e cochichou em seu ouvido:

– Depois que comprar o que precisa, me encontre na próxima esquina à esquerda.

As duas sabiam que não era seguro conversar em público e que o que Margot tinha para falar era perigoso. Mesmo assim, com a modesta compra nas mãos, Martina foi até a esquina e encontrou a professora na entrada de um prédio.

– Martina, os judeus alemães serão mandados para o Leste. Vocês precisam ir para a minha casa. Ficarão seguros lá.

Os olhos da jovem se encheram de lágrimas novamente. As palavras da professora eram uma tábua de salvação para eles. Por outro lado, era um risco muito grande para ela.

---

[17] Esconder judeus na Alemanha nazista ou nos países ocupados era um crime punido com pena de morte. Mesmo assim, milhares de pessoas correram esse risco, tendo sido homenageadas por Israel, após a guerra, com o título de "Justo entre as nações".

– Professora, não sei como agradecer, mas não podemos aceitar. É muito perigoso para a senhora.

– Por favor, querida, aceite meu convite. A casa é pequena, mas é um esconderijo seguro.

– Agradeço, *Frau* Schultz, mas não posso. Não vamos colocar sua vida em risco.

Obstinada, a professora explicou à garota que o Dr. Kaufmann já havia salvado a vida de seu filho uma vez. Agora, isso era o mínimo que ela podia fazer para retribuí-los.

– Além disso, Martina, você é minha melhor aluna. Uma garota tão inteligente não deve interromper seus estudos. Com vocês em minha casa, posso continuar lecionando para você.

Martina não conseguia parar de chorar.

– Papai não vai aceitar...

Margot segurou as mãos dela e, apertando-as carinhosamente, falou com todo o coração:

– Martina, se eu não fizer isso, me sentirei culpada por toda a vida. Se aceitarem, vocês é que estarão me salvando. Aqui está o meu endereço. – Ela entregou um papel à garota e as duas se despediram.

Em casa, Martina contou a notícia para os pais. Ernest disse que pensaria no assunto. Poucos dias depois, concluiu que precisava tentar salvar a filha, mas sabia que ela se recusaria a ir sozinha para a casa da professora. Decidiu que os três iriam e, se a situação ficasse muito arriscada, ele e Ruth partiriam sem dizer à filha. Era a única maneira de salvá-la da sanha nazista.

Nas semanas que se seguiram, ele vendeu o que era possível e juntou dinheiro para que a professora pudesse comprar comida. O salário da Sra. Schultz não seria o suficiente para alimentar os quatro. Quando a família recebeu a intimação, não restou alternativa a não ser se esconder na casa da professora.

Capítulo 6

A Mercedes preta conversível corria pela estrada arborizada que margeava o lago Wannsee, região a sudoeste da capital alemã, uma espécie de praia para os berlinenses.

Era agosto de 1942, período de férias escolares, e as famílias aproveitavam o sol: crianças brincavam na beira da água sempre gelada, jovens bebiam cerveja e namoravam, adultos se bronzeavam nas areias amareladas e pequenos veleiros deslizavam pela superfície do lago. Algumas famílias levavam cestas de piquenique e acendiam pequenas fogueiras para esquentar as famosas salsichas alemãs. As marolas que lambiam a areia faziam um ruído relaxante. Do céu vinha o canto de gaivotas que buscavam algum peixe distraído ou um pedaço de pão que alguém jogava para o alto. A paz reinava, todos estavam felizes. Quem olhasse para aquele ambiente tranquilo e pacato jamais imaginaria que a apenas centenas de quilômetros a guerra se desenrolava com imensa ferocidade. Muito menos que, nos campos de extermínio, milhares de pessoas eram assassinadas diariamente em escala industrial graças ao eficiente Taifun B. Em torno do lago Wannsee, os arianos desfrutavam de um período de fartura do Reich proporcionado por seu querido *Führer*.

Carl encontrou uma vaga para estacionar a Mercedes embaixo de uma árvore. Ao sair do carro pegou, no banco de trás, uma cesta de palha com uma garrafa de vinho branco e alguns queijos holandeses. Helke segurava duas toalhas de banho bordadas com o logotipo do Hotel Adlon, um dos mais luxuosos de Berlim. Os dois se deram as mãos e caminharam para a areia. Encontraram um lugar isolado, estenderam as toalhas e Carl se deitou, com Helke apoiando a cabeça em seu peito.

A felicidade brilhava no rosto do casal como o sol nas águas do lago.

– Há poucos anos, quando eu ainda estava na universidade, vínhamos para Wannsee de ônibus trazendo apenas duas latas de cerveja, você se lembra? – Carl perguntou à esposa.

– É claro que me lembro. E o quartinho onde você morava não tinha espaço nem para eu guardar minha pequena mala quando vinha passar os finais de semana com você.

– Era menor que o banheiro do quarto do hotel onde estamos hospedados!

– Nada mal para um engenheiro formado havia pouco tempo – disse Helke, sorrindo.

Ela se deitou sobre ele e deu-lhe um beijo apaixonado.

Carl a segurou pelos braços e a virou, colocando seu corpo sobre o dela.

– Querido, estamos em um lugar público. Tem crianças olhando.

– O que eu posso fazer se não resisto aos seus encantos?

– Espere até a gente voltar para o hotel.

Ele concordou e foi até a cesta, de onde tirou o vinho e serviu duas taças.

– A nós – brindou Carl.

– A nós! – respondeu Helke.

Enquanto apreciavam a vista, Carl percebeu que a esposa acompanhava, com o olhar, um veleiro que singrava as águas com rapidez.

– Já sei: está pensando que devemos comprar um desses, não é? – perguntou Carl.

– Como você adivinhou? – Helke riu, surpresa. – Aliás, sabe que nome eu daria ao nosso barco?

– Taifun B! – ele respondeu com uma gargalhada, beijando a esposa apaixonadamente.

Os dois entraram na água, beberam o vinho, comeram os queijos e, ao entardecer, decidiram retornar ao hotel.

– Querida, antes de voltar para Berlim, quero que você conheça uma mansão próxima daqui – disse Carl no caminho de volta.

– Que mansão? – perguntou Helke, curiosa.

Mas o engenheiro não respondeu. Ela, inquieta, tentou tirar mais informações do marido, mas sem sucesso. Dirigiram por alguns quilômetros até chegarem a um palacete imenso, de três andares, construído em 1915. Na entrada principal, rodeada por um jardim maravilhosamente bem cuidado, duas colunas sustentavam a soleira. Bandeiras nazistas desciam pelas paredes. Soldados da SS montavam guarda.

A curiosidade de Helke só aumentava, mas o marido não explicava o que tinham ido fazer ali.

– Será que podemos entrar? – perguntou ela, ansiosa.

O casal se aproximou da porta e o engenheiro pediu para falar com *Herr* Schultz. O soldado de guarda entrou e, pouco depois, um homem muito formal, de terno cinza, apresentou-se como Sr. Schultz, administrador do local.

– Boa tarde, *Herr* Schultz – cumprimentou Carl. – Minha esposa e eu gostaríamos de conhecer a mansão onde a decisão foi tomada.

O administrador olhou com desconfiança para o casal.

– A Schutzstaffel se reúne com frequência nesta residência para tomar decisões da mais variada ordem – respondeu o homem, com uma expressão arrogante. – A qual fato especificamente o senhor se refere?

Carl estendeu a ele um cartão de visitas. Ao ver seu nome, título e o logotipo da ITD, a expressão do administrador mudou para um leve sorriso e ele se tornou imediatamente solícito.

– *Ach so*! Compreendido. Sigam-me, por favor, *Herr Doktor* Farben e *Frau* Farben.

No interior da mansão, as amplas janelas deixavam entrar uma luz dourada que se espalhava pelo assoalho de madeira. O administrador caminhou em direção a uma porta dupla que se abria para uma grande sala de reuniões. Os três entraram.

– Esta é a sala a que o senhor se refere, *Herr Doktor* Farben. Foi um dia glorioso para a nossa Alemanha, um momento histórico. As mais importantes autoridades do Reich estavam presentes. Foi Eichmann quem coordenou o encontro – disse o Sr. Schultz com orgulho.

Carl passou os dedos pela madeira lustrada de uma grande mesa de reuniões. Era como se pudesse sentir o poder que emanava daquela sala.

– Foi aqui, querida. Nesta mesa – disse ele, emocionado.

Helke continuava sem entender o que era tudo aquilo.

– Correto, *Herr* Farben. Foi definida nesta mesa o que nossos mandatários batizaram de "Solução Final da Questão Judaica" – disse o administrador, solene.

Carl sorriu para a esposa, que agora sabia o motivo daquela misteriosa visita. Ela se aproximou do marido, deu-lhe um beijo e disse para o anfitrião, orgulhosa:

– Foi ele quem desenvolveu o Taifun B, *Herr* Schultz.

O homem não se conteve e apertou a mão de Carl.

– É uma honra conhecê-lo pessoalmente, *Herr Doktor* Farben.

A suíte do Hotel Adlon tinha vista para o Tiergarten, parque central de Berlim rodeado por embaixadas, a maior parte delas vazias desde que a guerra começara. Helke estava sozinha quando a camareira bateu à porta, levando o vestido que a alemã usaria naquela noite. Carl estava no bar do hotel tomando uma cerveja com Tesch.

O local estava repleto de oficiais da SS, empresários, banqueiros e diplomatas de países aliados. Ninguém falava sobre guerra, frentes de batalha ou combates nas trincheiras. Ali, o assunto era dinheiro. As conversas iam da exportação de trigo, tabaco, petróleo e aço à produção de tanques, aviões e munição de guerra. Da perseguição de judeus, ciganos e comunistas à sua escravização para que trabalhassem nas indústrias alemãs, esforço indispensável para a economia funcionar a todo vapor. O comércio de escravizados era intenso: os comandantes dos campos alugavam prisioneiros para grandes indústrias.

– Meu caro engenheiro, sua esposa gostou da suíte? – perguntou Tesch enquanto cumprimentava, com um aceno de cabeça, um cliente da ITD do outro lado do salão.

– Nós dois adoramos, senhor presidente. Não tenho palavras para agradecer.

– Vocês merecem. Aliás, hoje será uma noite inesquecível. Como está se sentindo?

– Muito nervoso, senhor.

– Não é para menos. Receber uma medalha diretamente das mãos de Himmler é uma honra reservada a poucos civis.

Carl sentiu um frio na barriga.

Então, Tesch puxou a cadeira para mais perto da mesa e apoiou-se nos cotovelos. Tinha um segredo para contar ao engenheiro.

– Vou dar uma boa notícia a você, Carl – disse, piscando o olho. – Speer me informou que precisaremos aumentar a produção de Taifun B para receber os milhares de judeus vindos da França, da Holanda e de outros países do Ocidente. Isso significa que teremos de construir uma nova fábrica.

O jovem engenheiro abriu um grande sorriso. Ele sabia que aquilo significava um bônus ainda maior no final do ano. Quem sabe o veleiro que sua esposa sonhava estivesse próximo de se tornar realidade?

– O que o senhor acha de construirmos essa fábrica junto a Auschwitz? – sugeriu Carl. – Já temos uma fábrica de borracha sintética em Monowitz.[18] Além de aproveitar a mão de obra escrava, economizamos no transporte, uma vez que estaremos próximos das câmaras de gás.

Tesch aprovou a ideia e pediu ao garçom mais duas cervejas para brindarem. Ele gostava do engenheiro.

– Vejo que o senhor tem um grande futuro na nossa empresa, meu caro.

Quando Carl voltou para a suíte, Helke estava pronta. Tinha colocado um vestido preto e vermelho, as cores da bandeira nazista. Ele aproveitou para contar sobre a nova fábrica.

– Já estou vendo nosso veleiro Taifun B deslizando pelas águas de Wannsee – disse a esposa, animada.

– Sabia que você diria isso, minha querida.

Ele vestiu o *smoking* Hugo Boss e espetou uma suástica de ouro na lapela. O casal se abraçou diante do espelho. Estavam lindos e radiantes.

A cerimônia de premiação aconteceria na sede da SS, na Prinz Albrecht Strasse, do outro lado do Tiergarten. Havia uma fileira de Mercedes-Benz

---

[18] Em outubro de 1942, foi criado exclusivamente para a IG Farben um novo campo de trabalho forçado batizado de Monowitz. Construiu-se ali uma fábrica de borracha sintética, Buna Werk, que utilizava mão de obra escravizada dos prisioneiros de Auschwitz. Existiram, então, três campos agregados: Auschwitz I, a sede principal; Auschwitz II, ou Birkenau; e Auschwitz III, ou Monowitz. Cerca de 12 mil prisioneiros trabalharam em Monowitz, entre eles os escritores Primo Levi e Elie Wiesel.

aguardando para desembarcar os convidados na entrada do local. Os homens civis vestiam *black-tie*; e os militares, trajes de gala oficiais com medalhas no peito. As mulheres desfilavam com joias valiosas, a maioria delas confiscadas dos inimigos do Reich. O evento fora patrocinado pela Indústria de Tintas e Derivados e pela Indústria Siderúrgica Croup,[19] que não economizaram nos preparativos. A Croup se orgulhava de produzir o aço necessário para o esforço de guerra e usava imensos contingentes de trabalhadores escravizados. Devia muito ao seu povo alemão e vice-versa.

O tema da festa era "O grande Reich". Cada país conquistado era representado por sua adega e cozinha: vinhos e champanhe da França, vodca da Polônia e dos Países Bálticos, queijos da Holanda e da França, azeitonas da Grécia, tudo em grande fartura.

Carl e Helke desceram do carro em meio à multidão de jornalistas. Sentiam-se como estrelas de cinema. Posaram para fotos com Rudolf Höss, com o governador-geral da Polônia, Hans Frank, e com suas respectivas esposas. Os quatro haviam vindo do Leste especialmente para o evento, o que deixou o engenheiro envaidecido.

– Será que o *Führer* vem? – perguntou Helke para a Sra. Höss.

– Pelo que sei, ele está em Obersalzberg, com os generais da Wehrmacht, organizando a batalha de Stalingrado – respondeu a bem-informada esposa do oficial.

Speer se aproximou do grupo e, após cumprimentar a todos, pediu que Carl e Helke o acompanhassem.

– Quero apresentá-los ao meu primo Albert Speer,[20] arquiteto preferido do *Führer* e nosso Ministro do Armamento e das Indústrias. Acho que vocês terão muito o que conversar, Carl.

---

[19] A siderúrgica ThyssenKrupp colaborou ativamente com o governo nazista. Gustav Krupp, seu diretor, utilizou fartamente de mão de obra escravizada em sua empresa. Após a guerra, Gustav estava muito doente para ser julgado por seus crimes, mas seu filho Alfred foi condenado a doze anos de prisão; e sua companhia, confiscada. Em 1953, Alfred foi solto e o grupo ThyssenKrupp voltou às mãos da família.

[20] O arquiteto Albert Speer caiu nas graças de Hitler, que, sendo um artista plástico frustrado, identificou-se com ele. Speer projetou a futura capital do Reich, que prometia ser mais grandiosa que a antiga Roma. Posteriormente, foi nomeado Ministro do Armamento e Produção. Ao ser julgado em Nuremberg, negou ter

Sofisticado e elegante, Albert Speer causou uma boa impressão em Carl e Helke. Ele contou ao casal que a maquete da nova Berlim estava pronta e já havia sido aprovada pelo *Führer*.

– Será maior e mais monumental que a antiga Roma. Quando a guerra acabar e os recursos do Leste estiverem sendo explorados por nós, darei início a essa obra que relegará as pirâmides do Egito ao esquecimento.

Alguns minutos depois, finalmente viram chegar Heinrich Himmler, cercado de guarda-costas. Foi diretamente para o palco, onde fez um acalorado discurso enaltecendo a Alemanha e as vitórias que o país conquistava em suas frentes de combate. Também elogiou Adolf Hitler e o povo alemão pelo sucesso em todos os segmentos da sociedade civil e militar. Por fim, explicou que as medalhas que iriam distribuir eram um reconhecimento do *Führer* pelo trabalho de valorosos arianos.

Quando o nome de Carl Farben foi anunciado, sua esposa chorou de alegria. O engenheiro tinha escrito um discurso de agradecimento, mas a emoção o impediu de ler. Desceu do palco com os olhos marejados.

Helke examinou a medalha do marido. De um lado, havia a efígie de Hitler, e do outro, uma suástica de ouro com os dizeres "Bons serviços prestados ao *Führer* e ao povo alemão, 1942". Era a coroação do trabalho de Carl.

No dia seguinte, o casal partiu para casa. Levaram três dias para cobrir, de carro, os quinhentos e cinquenta quilômetros que separavam Berlim de Frankfurt. Não tinham pressa; Tesch havia dado alguns dias de licença para o engenheiro. Era sabido que seu volume de trabalho aumentaria muito nos próximos meses. Carl adorava guiar pelas *autobahn* construídas por Hitler. Essas estradas eram motivo de muito orgulho para os alemães.

Apesar da guerra que destruía boa parte da Europa, a vida seguia em paz em Frankfurt. Naquele ano, 1942, em razão dos saques feitos nos países conquistados e do impulso da indústria bélica, que movimentava a economia, a Alemanha vivia um *boom* econômico que proporcionava um alto padrão de vida ao seu povo. Somava-se a isso o confisco de propriedades,

---

ciência das atrocidades cometidas pelo Reich. Era mentira: fotografias comprovavam que o arquiteto visitou campos de trabalho forçado e viu pessoas escravizadas em péssimas condições. Mesmo assim, ficou preso por poucos anos.

empresas, contas bancárias e bens dos mais de quinhentos mil judeus que viviam no país e das outras centenas de milhares dos países ocupados.

Os alemães não tinham do que se queixar. A guerra definitivamente era um bom negócio para o país. É claro que muitos sofriam com os familiares mortos nas frentes de combate, mas, com a propaganda nazista apelando para o patriotismo, os arianos acreditavam que tais sacrifícios valiam a pena pelo bem maior da pátria. Morriam, mas como heróis.

***

A situação da família Kaufmann piorou muito após a mudança para o apartamento da professora Margot. Todas as manhãs, quando ela saía para trabalhar, os problemas começavam. Sem a professora em casa, não podiam fazer qualquer barulho para não atrair a atenção dos vizinhos. Para todos os efeitos, o apartamento estava vazio. Se algum vizinho ouvisse qualquer coisa, poderiam xeretar e descobrir que ela escondia três judeus. Todos seriam, então, denunciados para a Gestapo e mortos, inclusive a professora. Já o vizinho, que teria cumprido seu dever cívico, ganharia uma boa recompensa.

– Doutor, estou saindo para trabalhar – sussurrava a professora todas as manhãs. Ao ouvi-la, Ernest dava um calmante para a esposa e a colocava na cama; se estivesse dormindo, não correria o risco de falar alto ou mesmo gritar.

O estado de Ruth piorava a cada dia. Os calmantes não a ajudavam a melhorar, mas não havia alternativa. A vida de todos dependia do silêncio. Ruth havia perdido a vontade de viver e, quando estava acordada, passava as horas chorando e se lamentando baixinho. Emagrecera mais do que todos não apenas pelas diminutas rações, mas também por falta de apetite. Estava tremendamente deprimida, o que preocupava muito a família.

Com Ruth medicada, Ernest e Martina se acomodavam na sala, onde passariam o resto do dia até que Margot voltasse para casa. Não podiam se levantar para beber água, comer ou mesmo ir ao banheiro; qualquer barulho representava um risco muito grande. Todos os dias, exceto aos domingos, quando a professora não trabalhava, cumpriam o mesmo ritual torturante.

Para se distrair, o Dr. Kaufmann buscava ocupar o tempo da melhor maneira possível. Lia o jornal de ponta a ponta, fazia palavras cruzadas, relia os livros que havia levado e também os que a professora tinha em casa. Sabia que ocupar a mente era a única maneira de não enlouquecer.

Martina fazia o mesmo, ajeitando-se na mesa da sala com seus materiais de estudo. Uma otimista incansável, foi quem melhor se adaptou àquelas circunstâncias: se não podia sair de casa, estudava sem parar, fazia as lições que Margot passava e lia tudo o que encontrava pelo apartamento.

Pai e filha também tinham outra maneira de passar o tempo. Com a ajuda do Dr. Kaufmann e do livro de rezas que ele levara para o apartamento, Martina aprendeu a ler, escrever e falar hebraico com perfeição. Sempre em voz baixa, quase aos sussurros, o pai também a ensinou iídiche, uma língua menos falada por sua geração, mas que ele dominava e cuja tradição continuaria com sua filha. Era preciso ocupar os dias, que passavam devagar.

Quando Margot chegava em casa, era um alívio para todos. Podiam comer, beber água, ir ao banheiro e esticar as pernas. Assim que entrava no apartamento, a professora colocava um disco na vitrola para encobrir o barulho. Fazia o jantar, que não passava de uma sopa de legumes com bastante água para render mais, e depois repassava as matérias com Martina.

– Martina, meus parabéns pela dedicação. Você está se saindo melhor do que no colégio! – disse certa vez enquanto corrigia as lições da jovem.

– Ah, professora, agora tenho todo o tempo do mundo para estudar – respondeu Martina, com otimismo.

Após jantarem, Ernest e Ruth voltavam para o quarto onde, todas as noites, ela chorava baixinho até adormecer. Martina se acomodava na sala e tentava descansar sob o turbilhão de pensamentos que a inundava durante a noite. Tudo o que podiam fazer era esperar pelo dia seguinte, quando o manto pesado e asfixiante do tédio cairia sobre eles novamente.

***

Carl encontrava-se sentado na mesma sala onde havia apresentado o projeto do Taifun pela primeira vez. Agora, porém, participava de uma reunião dos diretores da ITD e do Banco Nacional Alemão com o comandante de um campo recém-construído no interior da Bielorrússia.

– Senhores, como adiantei a vocês, receberei vários transportes de Minsk nos próximos meses e precisarei de um carregamento de Taifun B – disse o comandante. – Como é a primeira vez que compro o produto, gostaria de saber quais são os procedimentos necessários para sua manipulação.

– Em primeiro lugar, senhor comandante, temos que saber a quantidade de mercadoria que o senhor irá precisar – respondeu Carl. O homem não tinha a menor ideia. Então, Carl explicou como funcionava o processo.

– Se nos informar o número de peças, ou seja, quantas pessoas chegarão ao campo, podemos calcular a quantidade de produto.

O comandante assentiu e informou os números. Em seguida, quis saber sobre as condições de pagamento.

– Quanto a isso, procederemos como sempre, senhor comandante. O Banco Nacional Alemão emprestará o dinheiro e o senhor pagará com a venda das mercadorias arrecadadas dos prisioneiros – respondeu um dos diretores do banco.

– Bem, a maioria dos judeus da Bielorrússia são muito pobres – informou o comandante. – Não acredito que terão objetos de grande valor.

– Ah, os judeus sempre têm joias escondidas e dentes de ouro – garantiu o banqueiro. – Até seus cabelos são mercadorias interessantes para nós.

– Para que servem os cabelos, se me permitem questionar? – quis saber o comandante.

– São usados como material térmico em submarinos e como forro de acentos de aviões e tanques de guerra.

– E tem quem diga que os judeus não são úteis para o Reich! – disse Carl, e todos caíram na gargalhada.

A reunião prosseguiu e outros assuntos vieram à tona. O comandante também precisava de remédios para os soldados e veneno para exterminar insetos causadores do tifo, todos produtos fabricados pela ITD. Ao final, fecharam bons negócios. Carl estava voltando para sua sala quando encontrou Tesch no corredor.

– Estou muito contente com a sua performance, Carl – disse o presidente. – Vejo que tem se envolvido em outros departamentos com competência.

O engenheiro, esforçado e ambicioso, agradeceu os elogios.

– Obrigado, *Herr* Tesch. Procuro aprender o máximo possível.

– Sim, é importante conhecer outras áreas além da produção, entender como os departamentos funcionam, se envolver nas negociações. Quanto mais por dentro estiver do mecanismo da nossa indústria, melhor.

– Com certeza, senhor – concordou o engenheiro.

– Quem sabe depois da guerra o senhor não passe a dirigir uma das nossas filiais que serão montadas ao redor do mundo?

Carl ficou radiante ao ouvir aquelas palavras. Quando chegou à sua sala, já estava se imaginando como diretor da filial de Paris e pensando na felicidade de Helke ao saber que morariam na capital da França.

Porém, más notícias chegaram mais rápido. Batidas soaram na porta e um diretor da ITD entrou com a feição preocupada.

– Temos um grave problema para resolver, Carl – disse o homem, sem rodeios.

– Por favor, sente-se – pediu o engenheiro. – O que houve?

– Precisamos mandar uma equipe para Lublin o mais rápido possível.

– Na Polônia? Nesse inverno? – exclamou Carl, espantado.

– Os soldados alemães estão enfrentando problemas nas câmaras de gás do campo de Majdanek. O Taifun B não está gaseificando e os prisioneiros estão empilhados nos barracões como sardinhas.

– Não é possível aguardar a temperatura melhorar? O frio está congelante, não irei para a Polônia no inverno. Além do mais, semana que vem já é Natal.

– Infelizmente não. Os transportes não param de chegar no campo. O volume de prisioneiros está insustentável.

– Provavelmente estão usando o produto de maneira errada – bufou o engenheiro. – Você sabe como esses oficiais da SS são ignorantes. No início do ano irei até lá ver o que está acontecendo.

– Creio que não dê para esperar.

O diretor parecia mesmo preocupado. Carl sabia que deveria ir até Lublin pessoalmente, mas não queria estragar o Natal com a família.

– Fique tranquilo, meu caro. A intensidade da guerra diminuirá durante o Natal e os transportes certamente serão interrompidos. Já tenho reservas para passar o final do ano em uma estação de esqui nos Alpes austríacos e não pretendo cancelar. Informe ao comando de Majdanek que iremos para lá na primeira semana do ano novo.

– Se deseja prosseguir assim, informarei o comandante.

– *Heil* Hitler.

Cinco minutos depois, o diretor voltou à sala mais nervoso do que da primeira vez.

– Passei o recado para Hermann Florstedt, comandante de Majdanek.[21] Ele informou que Globocnik entrará em contato.

– Raios me partam! – gritou o engenheiro, dando um soco na mesa.

Carl não conhecia Odilo Globocnik[22] pessoalmente, mas sabia de sua fama. Era o braço direito de Hans Frank, o braço esquerdo de Adolf Eichmann,[23] o queridinho de Himmler, o elo direto com Martin Bormann, secretário de Hitler, e uma pessoa extremamente violenta. Globocnik de mau humor era problema na certa. Até o diabo tinha medo dele. Nem um segundo se passou e o telefone tocou. Carl atendeu.

---

[21] Arthur Hermann Florstedt comandou os campos de Sachsenhausen e Majdanek. Bens e objetos roubados das vítimas de Sobibor, Treblinka e Bełżec, que eram campos exclusivamente de extermínio, eram levados para Majdanek, onde eram armazenados para serem enviados à Alemanha. Florstedt roubou parte dos bens para si, foi descoberto, julgado e condenado à morte. Morreu vinte e três dias antes do fim da guerra.

[22] Odilo Globocnik foi um oficial da SS de origem austríaca. Muitos nazistas eram austríacos, especialmente comandantes de campos. Extremamente violento, participou ativamente da Operação Reyndardt, codinome dado pelos alemães para o extermínio de judeus. Peça importante nos transportes de judeus para os campos de Bełżec, Treblinka e Majdanek, também se envolveu no roubo de bens dos prisioneiros. Preso depois da guerra, cometeu suicídio para evitar seu julgamento.

[23] Adolf Eichmann foi responsável pela parte logística das práticas de extermínio. Não participava do dia a dia dos campos nem se envolvia pessoalmente com os assassinatos, mas atuava de maneira eficiente e burocrática para transportar o maior número possível de judeus para os campos da morte. Frio e calculista, tratava os prisioneiros como mercadorias a serem entregues para o consumidor final. Chegou a morar na Palestina durante o domínio inglês, onde conviveu com judeus e aprendeu hebraico. Depois da guerra, tornou-se um dos nazistas mais procurados. Foi descoberto na Argentina e julgado em Israel com vasta cobertura da imprensa.

– Sr. Farben, tem uma pessoa na linha gritando para falar com o senhor. Não quis se identificar. Posso passar a ligação? – perguntou a secretária.

– Sim, imediatamente.

Carl ficou de pé e respirou fundo. Nem teve tempo de falar "alô" quando ouviu berros do outro lado da linha.

– *Herr Ingenieur* Farben! Quem o senhor pensa que é para interromper os trabalhos da Operação Reinhardt? Processarei a ITD e mandarei a Gestapo prender o senhor por traição ao Reich!

O engenheiro tremia ao telefone. Quando falou, sua voz era quase inaudível.

– Houve um mal-entendido, *Gruppenführer* Globocnik. Pegarei o primeiro trem para a Polônia.

Globocnik nem o esperou concluir a frase para bater o telefone.

Carl caiu sentado na cadeira, o rosto mais branco do que a neve sobre os gramados da fábrica.

De sua mesa, gritou para a secretária.

– Avise Helmut e Joseph que iremos para a Polônia hoje e compre passagens para todos!

– Sim, senhor – respondeu a funcionária.

– E ligue já para a minha esposa! Lá se foram meu Natal e Ano-novo. Que droga!

Desde a experiência em Auschwitz, os três engenheiros não tinham mais tocado no assunto das câmaras de gás. Helmut e Joseph ainda supunham que o Taifun B era usado apenas contra prisioneiros de guerra. Sequer imaginavam o que se passava em Majdanek.

Capítulo 7

– Está muito frio aqui, Ernest. Por que não liga o aquecedor? – perguntou Ruth ao marido.

Ernest e Martina se olharam preocupados. Por razões de segurança, nem mesmo o aquecedor era possível ligar quando Margot não estava em casa; os vizinhos estranhariam, já que o apartamento supostamente estava vazio. Com o inverno, a situação ia se tornando mais tensa e desconfortável, quase insustentável.

Ruth, por sua vez, parecia cada vez mais afastada da realidade, intercalando momentos de lucidez e delírio. Às vezes, achava que ainda estavam no apartamento da família, e não escondidos na casa da professora. O marido tentava explicar a situação, mas a saúde mental da esposa deteriorava rapidamente sob o intenso estresse que viviam dia após dia.

– Ruth, não estamos em casa, estamos no apartamento da Sra. Schultz. Não podemos ligar o aquecedor.

– E o que estamos fazendo aqui? Vamos voltar para casa, lá é quentinho, posso pegar meus cobertores. Vamos embora já!

– Mamãe, não podemos voltar para casa. Estamos escondidos, lembra? Os nazistas estão prendendo todos os judeus.

Quando a mãe se queixava do frio, a jovem a abraçava na esperança de aquecê-la. Era tudo o que podia fazer naquele momento. Em seus pensamentos, Martina sonhava com vingança. "Quando a guerra terminar, vou fazer os nazistas pagarem por tudo. Minha mãe nunca fez mal a ninguém para sofrer assim", dizia a si mesma. Inconformada, passava horas e horas conversando com o pai em busca de alguma explicação para aquela situação, mas nunca chegavam a um consenso.

– O que os judeus fizeram para merecer esse tratamento, papai? O senhor é médico, sempre ajudou a todos independentemente de religião, etnia ou o que quer que fosse. Por que os alemães estão fazendo isso? Por que Deus está permitindo isso?

– A guerra não tem nada a ver com Deus, minha filha. É um problema dos homens.

A privação era enlouquecedora. Mesmo durante o dia, viviam no escuro, com as cortinas fechadas, temendo que alguém os visse pela janela e os denunciasse à Gestapo. A fome também era constante, com sopas cada vez mais ralas, e sequer podiam cuidar da higiene; passavam meses sem tomar banho ou trocar as roupas, que já estavam puídas e rasgadas. Suas escovas de dentes quase não tinham mais cerdas, e tudo o que tinham para cortar os cabelos e aparar a barba de Ernest era uma tesoura cega de costura.

Martina se chocava com a degradação dos pais em tão pouco tempo. Sua mãe, com apenas 40 anos, parecia ter 70. Em poucos meses, seus cabelos haviam ficado completamente brancos, a pele flácida e sem brilho, as costas arqueadas como as de uma velha senhora. Quando não estava dormindo sob efeito dos calmantes, passava horas sentada na beirada da cama, balançando a cabeça e gemendo baixinho, um som irritante contra o qual nada podiam fazer. Seu pai, que antes tinha as bochechas coradas e a pele quase sem rugas, agora parecia um fantasma. Estava magro, pálido, com o rosto vincado e manchado. Não era mais o homem vaidoso e bem-vestido, com a barba sempre feita e os cabelos penteados para trás com brilhantina. A camisa, antes impecavelmente branca, fechada no pescoço com uma gravata de seda italiana, estava amarelada e gasta no colarinho. O paletó, feito sob medida por um dos melhores alfaiates de Frankfurt, estava ensebado e sobrava nos ombros, resultado dos mais de quinze quilos que o médico havia perdido ao longo dos meses.

Mas o que mais consumia o Dr. Kaufmann não era viver trancado no apartamento, e sim não poder ajudar a família. Sentia-se completamente impotente diante daqueles que amava. Ele, que sempre fora o provedor, que trabalhava dia e noite para dar conforto à família, agora se via imobilizado, sem saber como agir para tirá-los dali. Vivia buscando uma saída e, diante do fracasso, recriminava-se por não terem fugido quando Hitler chegou ao poder.

Ernest Kaufmann se martirizava por não ter enxergado o futuro e não ter feito o impossível para tirar a família da Alemanha quando teve a chance.

Os nazistas tinham avisado o que fariam.

Os alemães tinham apoiado os planos nazistas.

"Ruth e eu não temos mais salvação, mas como posso salvar Martina?", o médico se perguntava dia e noite.

***

A locomotiva com destino à Polônia teve os freios acionados e parou na estação de Lublin. Os funcionários da rede ferroviária não conseguiram abrir as portas dos vagões; estava tudo congelado. Foi preciso usar ferramentas para tirar o gelo e conseguir liberar a passagem.

O piso da estação também estava coberto por uma grossa e escorregadia camada de gelo. Carl, Helmut e Joseph caminharam com cuidado em direção à saída. Não eram nem 16 horas, mas a cidade já estava completamente escura. Com as ruas e calçadas cobertas por mais de um metro de neve, havia uma pequena trilha por onde os pedestres podiam caminhar. O frio era insuportável. Um termômetro público marcava 35 graus negativos. Esse seria um dos invernos mais frios do século XX na Europa.

– Se está frio assim agora, só imagino como vai ser à noite – disse Joseph, tremendo dos pés à cabeça.

– Preciso de uma garrafa de vodca – comentou Helmut em tom de urgência.

"Quem precisa de Taifun B em um lugar como esse? Com esse frio maldito, é só deixar os prisioneiros ao ar livre que eles morrerão em minutos!", pensou Carl, com ódio de estar ali.

Os três tentavam caminhar o mais rápido possível, mas o piso escorregadio e o vento gelado penetrando os casacos dificultava a tarefa. Não havia ninguém nas ruas. Era impossível enfrentar aquela temperatura por muito tempo.

Chegaram ao Grand Hotel Lublinianka quase congelados. As mãos que seguravam as alças das malas mal se abriam. Nunca tinham sentido um frio igual. Os três correram para se esquentar na grande lareira do *lobby*. Quando se apresentaram no balcão e disseram que tinham uma reserva em nome da ITD, a recepcionista informou antes mesmo de lhes entregar as chaves dos quartos:

– *Herr* Globocnik os aguarda no bar do hotel.

Joseph pegou os dois colegas pelos braços.

– O pelotão de fuzilamento nos espera. É o nosso fim.

Ao entrarem no bar, a fumaça de tabaco os envolveu como uma densa neblina azulada. Era ali que oficiais da SS, empresários e industriais alemães realizavam negócios milionários. Parecia um mercado macabro de pessoas escravizadas, pratarias, joias, pedras preciosas e cabelo. Prostitutas também negociavam o corpo em troca de cartões de racionamento ou de alguns marcos para comprar comida.

Para os endinheirados, o ambiente era festivo, com bebida à vontade, semelhante a um bordel. Civis e militares alemães riam alto e cantavam músicas tradicionais germânicas. Quem visse de fora poderia imaginar que era uma festa de fim de ano, e não que uma guerra estava sendo travada, que estavam em um país ocupado e que, a trezentos metros dali, milhares de pessoas aguardavam para serem assassinadas.

Os únicos homens poloneses eram os garçons.

– Sabe nos dizer onde está Globocnik? – Joseph perguntou a um deles.

O garçom apontou para uma mesa no fundo do salão, onde um oficial da SS, de sobrancelhas grossas e com os cabelos bem penteados para trás, estava largado em uma cadeira com uma garrafa de vodca à sua frente. Visto assim, Odilo Globocnik parecia mais um aposentado do que um psicopata assassino. Ao lado dele estava Hermann Florstedt, muito elegante em seu uniforme da SS. Um pouco mais velho que Odilo, olhava ao redor com desprezo e superioridade. Seu cabelo, bem penteado, estava partido de lado. Tamborilava os dedos na mesa como se esperar por alguém o enojasse. Os dois pareciam bastante irritados.

Globocnik viu os jovens na entrada do bar e deduziu que fossem os engenheiros. Ele fez um sinal com a mão para que os três se aproximassem. Após as apresentações, o *Standartenführer* Florstedt foi direto ao assunto.

– Os senhores estão prejudicando meu trabalho. O campo de Majdanek está um caos.

– Viemos assim que recebemos o recado. Pegamos o primeiro trem para Lublin – explicou Carl, tentando aliviar o clima pesado.

– Seu produto não funciona – continuou o comandante, com desdém.

Os engenheiros, assustados com aquela dupla de oficiais da SS, nem ousaram se sentar. Eram as únicas pessoas no bar que não estavam se divertindo. Na verdade, os dois pareciam sentir um tédio imenso de tudo aquilo.

– O que aconteceu exatamente, senhor? – perguntou Carl da maneira mais gentil possível.

– Eu já disse, o Taifun B não funciona – grunhiu Florstedt.

– Trata-se do mesmo produto que mandamos para Auschwitz, Mauthausen, Belsen, Dachau, Sachsenhausen e tantos outros campos – foi a vez de Joseph explicar. – Em todos esses lugares, ele tem funcionado perfeitamente.

– Eu o usei em Sachsenhausen, mas em Majdanek essa porcaria não funciona. Você quer experimentar? Temos milhares de latas estocadas! – Florstedt gritou.

O engenheiro teve vontade de esmurrar o oficial, mas sabia que seria morto na mesma hora. Então, achou mais prudente responder com um sorriso.

– Por isso viemos analisar a questão pessoalmente, senhor. Estamos aqui para solucionar o problema.

– Às 6 horas da manhã, um carro virá buscar vocês – disse Globocnik, encerrando a conversa.

Os três engenheiros aguardaram por mais alguns segundos, mas, ao perceberem que seriam ignorados pelos oficiais, entenderam que era melhor se retirarem. Enquanto caminhavam em direção ao *lobby*, Helmut decidiu parar no balcão do bar.

– O que está fazendo? – perguntou Joseph, assustado.

– O que você acha, Joseph? Vou beber.

– Você perdeu a noção, Helmut? Precisamos sair de perto desses dois malucos. Se o Taifun B não funcionar, eles vão nos fuzilar!

– Vai funcionar, eles com certeza estão usando errado. Esses dois têm cara de idiotas – retrucou Helmut, pedindo uma vodca para o barman.

– O que você acha, Carl? Estamos correndo perigo?

– A fama deles é realmente terrível, por isso é bom que o produto funcione o mais rápido possível.

– Bem, eu é que não vou correr nenhum perigo sóbrio. Quem mais vai querer vodca? – perguntou Helmut.

– Peça uma garrafa – Carl se rendeu, sentando-se ao balcão. – Vamos nos embriagar.

Pouco antes das 6 horas da manhã, ainda estava escuro. Os três, de ressaca, aguardavam do lado de fora do hotel o carro que os levaria a Majdanek. Distraído, Joseph cuspiu para a frente. Antes de cair no chão, a saliva se transformou em uma pedrinha de gelo.

– Deve estar uns 40 graus negativos para congelar nessa velocidade! – exclamou, surpreso.

– Dá um tempo, Joseph.

Poucos minutos depois, um jipe do exército parou em frente ao hotel. O soldado ao volante acenou para entrarem.

– Senhores, irei levá-los a Majdanek.

Os engenheiros se olharam.

– Um jipe sem capota? Nesse frio? Florstedt realmente quer nos matar – disse Helmut.

– Você achou que ele ia mandar uma Mercedes? – retrucou Joseph, impaciente.

Os três entraram e o motorista seguiu pelas ruas estreitas de Lublin. Entre subidas e descidas, deslizaram pela superfície coberta de gelo até saírem da cidade e entrarem na estrada. Quanto mais o veículo aumentava a velocidade, mais o vento penetrava nos casacos, congelando até os ossos.

– O frio daqui não se compara ao da Alemanha – comentou o soldado ao ver o desconforto dos engenheiros.

Para a sorte de todos, Majdanek era muito próximo da cidade. Logo puderam ver as cercas de arame farpado eletrificado e as torres de segurança com seus potentes holofotes a iluminar tudo. Dezenas de barracões de madeira ocupavam a vasta área do campo. À direita, uma casinha branca se destacava isolada.

– O que é aquilo? – perguntou Carl, apontando o imóvel afastado.

– É a casa do comandante – informou o motorista.

– Num lugar desses? Não é por acaso que ele é mal-humorado – comentou Joseph.

Atrás dos barracões, uma chaminé retangular de tijolos chamava a atenção. Um cheiro desagradável inundava o ar.

– E esse fedor, de onde vem? – perguntou Helmut, enojado.

O motorista olhou para eles como se fossem de outro planeta. Apontando para a chaminé, respondeu secamente:

– Prisioneiros.

Foi o suficiente para que os três fizessem o resto da viagem em silêncio.

Ao chegarem nos portões de Majdanek, viram a já conhecida frase de Auschwitz: "*Arbeit macht frei*", "O trabalho liberta". Sentiram um frio na barriga ao recordarem os dias que haviam passado fazendo testes na câmara de gás.

O jipe parou na frente do escritório do campo, um barracão diferente dos outros. Os engenheiros entraram e ficaram aliviados ao ver que uma fornalha aquecia o ambiente. Tinham quase congelado no carro aberto e praticamente correram em direção àquela fonte de calor.

Várias mulheres em uniformes militares trabalhavam no escritório. Uma delas se aproximou e pediu que aguardassem; o comandante já iria atendê-los.

Depois de meia hora, um Florstedt mal-humorado saiu de uma sala privativa e foi em direção à porta sem nem mesmo cumprimentá-los.

– Sigam-me – disse ele, caminhando com firmeza.

A terra gelada estava escorregadia e os engenheiros andavam com dificuldade. Os sapatos não eram apropriados para aquela superfície lisa. Enquanto tentavam acompanhar os passos rápidos de Florstedt, observaram que os barracões estavam lotados de homens, mulheres e crianças com as expressões mais tristes que já tinham visto. Era como se soubessem do destino que os aguardava.

Joseph e Helmut ficaram chocados. Ouviram dizer que os judeus da Alemanha tinham sido transportados para o Leste e que os judeus dos países ocupados tinham sido colocados em guetos ou campos, mas não sabiam que havia tantas famílias aprisionadas naquelas condições deploráveis. Vê-las ali, indefesas, malvestidas para aquele frio rigoroso, totalmente sem esperanças, era de doer a alma.

– Carl, por que essas pessoas estão aqui? – perguntou Helmut, embora já imaginasse a resposta.

– Também não entendo. Eles não são prisioneiros de guerra russos – disse Joseph, espantado.

– Não olhem. Não estamos aqui para analisar o que está acontecendo. Somos engenheiros químicos, e não da Cruz Vermelha – Carl respondeu irritado.

Dois homens muito magros, de cabeça raspada, passaram puxando uma carroça carregada de cadáveres em direção à chaminé. Os vivos eram tão magros quanto os mortos. Todos vestiam o mesmo uniforme listrado de azul e branco, e, nos pés, tamancos de madeira dificultavam mais ainda caminhar no solo escorregadio.

Carl, Joseph e Helmut não falaram nada; nada havia a ser dito. Continuaram a seguir o comandante em silêncio, cada um sob o peso da própria consciência.

O oficial da SS parou na porta de um depósito. Todos entraram no local, que estava abarrotado de latas de Taifun B do chão ao teto. Ficaram espantados com o tamanho do estoque.

– Vamos analisar algumas amostras – disse Carl enquanto abria uma maleta cheia de reagentes químicos. Em seguida, pediu ao soldado de guarda no barracão para providenciar três máscaras de gás, ao que ele rapidamente obedeceu.

Após testarem amostras de várias latas, os engenheiros concluíram que a fórmula estava correta. Aparentemente não havia nada de errado, o que os deixou confusos. Do lado de fora, encostado na porta fumando um cigarro, Florstedt gritou impacientemente:

— Resolveram o problema? Tenho milhares de prisioneiros esperando na fila para serem atendidos – disse, seu senso de humor tão mórbido quanto aquele ambiente.

— Não há nada de errado com a fórmula, senhor comandante. Precisaremos realizar novos testes na câmara de gás para entender por que o produto não está gaseificando – respondeu Carl.

— Testes? Com aquelas pessoas que vimos nos barracões? – sussurrou Helmut.

— Sim.

— Você ficou louco? Eles não são soldados, são civis!

— Já fizemos isso antes, Helmut.

— Carl, em Auschwitz, as cobaias eram prisioneiros de guerra russos. Aqui são famílias, mulheres, até crianças! – reclamou Joseph.

— Não são pessoas, são *untermenschen*! – esbravejou Carl. – Quantas vezes terei que repetir isso?

Irritado, Carl deu as costas para os engenheiros e foi em direção ao comandante para solicitar que trouxessem os prisioneiros para os testes.

— De quantos precisa? – perguntou Florstedt, como se estivesse se referindo a legumes ou frutas.

— Cinquenta será o suficiente.

Quando Florstedt se afastou para dar a ordem a um soldado, Helmut segurou Carl pelo braço. Ele estava vermelho de raiva.

— Você enlouqueceu de vez. Vai mesmo usar gás contra essas pessoas?

— Helmut, não se faça de inocente. Você sabia muito bem para que o gás foi desenvolvido – disse Carl com desprezo.

— Você nos enganou de novo! Não podemos matar civis, não podemos participar disso! Carl, você viu o rosto daquelas crianças.

— Não sejam covardes!

— Não faremos parte disso! – disse Joseph, apoiando Helmut.

— Calem a boca! Somos profissionais e nos pagam muito bem para executar nosso trabalho. É nossa missão ajudar na construção do

Terceiro Reich! Precisamos eliminar os parasitas, os inimigos da nação! Não há diferença entre judeus e insetos! – Carl gritou, irado.

Naquele momento, Helmut e Joseph entenderam que o chefe não mudaria de ideia. Tinham se envolvido na produção do Taifun B sem saber as reais intenções do projeto e, agora, haviam chegado ao ponto de matar inocentes.

– Klaus tinha razão – disse Joseph. – Ele foi o primeiro a ter consciência do que estávamos fazendo.

Sem dar mais ouvidos aos colegas, Carl se encaminhou para a câmara de gás, única construção de cimento reforçado em todo o campo. Era semelhante à que havia mandado construir em Auschwitz. Estava orgulhoso de seu trabalho.

Helmut e Joseph o seguiam de longe, como se, distantes dele, não fizessem parte do que estava prestes a acontecer. Pouco tempo depois, um grupo de cinquenta pessoas, entre homens, mulheres e crianças, subiu a rua em direção ao prédio. Andavam devagar, arrastando os pés. Por mais que os soldados os mandassem se apressar, não tinham forças; estavam fisicamente destruídos e o frio era congelante.

O comandante gritava com um sorriso nos lábios:

– Rápido, rápido! Vocês vão tomar um banho quentinho e, depois, uma sopa bem gostosa.

Ao ver aquele grupo de judeus assustados, Carl se dirigiu ao comandante.

– *Standartenführer* Florstedt, não precisamos de mulheres e crianças, só de homens – disse, tentando amenizar o peso em sua consciência.

– Não vamos separar as famílias, meu caro. Não podemos deixar os filhos sem seus pais, não é? – respondeu Florstedt com seu típico humor sádico. – O governo francês agiu da mesma maneira ao enviar os prisioneiros: pedimos apenas adultos, mas eles também mandaram as crianças. Isso se chama humanidade.

Os prisioneiros entraram na primeira sala e se despiram. As mulheres sentiam-se envergonhadas por estarem nuas na frente dos homens. O desespero era constrangedor. Muitos sabiam que não iam tomar banho, e sim que algo terrível os esperava. Tremendo de frio, encolhidos em suas vergonhas, agiam sem vontade própria, seguindo as ordens dos soldados que, com cassetetes, batiam e gritavam para que se apressassem.

Quando entraram na segunda sala, a porta blindada foi fechada. Os homens começaram a rezar; as mulheres, a chorar; e as crianças, a gritar, todos buscando uma salvação que não viria. Do lado de fora, Carl tampava os ouvidos com as mãos para tentar não ouvir os gritos, mas era inútil. Helmut e Joseph, de longe, tentavam não olhar na direção da sala. Um alçapão foi aberto; e o Taifun B, despejado do teto. Os prisioneiros se assustaram e correram para todos os lados, tentando achar uma saída. Batiam nas paredes, arranhavam o concreto com as unhas, imploravam para sair. Em vão.

Carl consultou o relógio: fazia vinte minutos que o Taifun B havia sido jogado na sala e não tinha causado nenhum efeito. Os pobres coitados continuavam vivos. Florstedt não parava de gritar que o produto não funcionava. Carl não conseguia entender. Era para estarem todos mortos, e não implorando por ajuda.

Quando conseguiu criar coragem, o engenheiro olhou por uma escotilha da porta e ficou surpreso com o que viu. O Taifun B continuava cristalizado no chão.

Foi então que Carl compreendeu o problema. Ele foi ao encontro de Florstedt, que continuava a xingar.

– Viu só como esse produto não presta? Eles estão há meia hora correndo de um lado para o outro feito baratas tontas! Eu devia fuzilá-lo, engenheiro Farben! Gastei uma fortuna em um produto que não funciona. Vou processar a sua indústria, pode ter certeza!

– Fique tranquilo, senhor comandante. Já sei o que aconteceu – Carl falou calmamente, tentando não piorar a situação. – A temperatura está próxima dos 40 graus negativos. Está tão frio dentro da câmara que o Taifun B não gaseifica.

– Que besteira você está falando, engenheiro? – espumou Florstedt.

– Os cristais de Taifun B precisam de calor para mudar do estado sólido para o gasoso. Com este frio, a reação química não acontece naturalmente.

O comandante finalmente começava a se acalmar, ouvindo com atenção o que Carl dizia.

– E qual é a solução? Colocar uma lareira para aquecer a sala?

– Quase isso. Vamos abrir furos na parede e bombear ar quente para dentro – afirmou o engenheiro. – Instalaremos estufas, como as do seu escritório, para que o calor consiga entrar na câmara de gás.

– Espero que funcione – disse Florstedt, mal-humorado.

– Tenho certeza de que o problema é este inverno rigoroso. Eu vi os cristais intactos no chão. Quando conseguirmos jogar calor dentro da câmara, o Taifun B irá gaseificar.

– E o que eu faço com os judeus que estão lá dentro, senhor engenheiro?

– Eles precisam sair para reformarmos a câmara – respondeu Carl.

Florstedt fez um sinal para os soldados, que entraram com suas metralhadoras na câmara e, em poucos segundos, fuzilaram todos os prisioneiros. Não pouparam nem as crianças.

Com o assoalho coberto de sangue quente, os cristais começaram a gaseificar.

– O senhor engenheiro tinha razão! O Taifun B precisa de calor! – disse o comandante às gargalhadas.

Helmut e Joseph estavam horrorizados. Tomado pelo ódio, Helmut tentou correr na direção do comandante para agredi-lo, mas foi contido por Carl e Joseph.

– Você é um assassino, um psicopata, um criminoso! – gritou, descontrolado.

Num piscar de olhos, os soldados voltaram suas armas ainda fumegantes para eles. Aguardavam apenas a ordem do comandante para abrir fogo. A situação estava prestes a sair do controle. Aquele lugar era o inferno na Terra: as leis eram ditadas por Florstedt e tudo podia acontecer.

Carl tentava conter Helmut ao mesmo tempo que pedia aos soldados para baixar as armas. Do outro lado, Florstedt xingava os engenheiros, ameaçando matá-los. Os soldados tinham sangue nos olhos. Um passo em falso e todos poderiam ser mortos naquele fim de mundo. Carl, sentindo-se a única pessoa sensata entre eles, tentava acalmar a todos.

– Senhor, vamos manter a cabeça fria. Nosso problema foi identificado e será resolvido. Podemos baixar as armas.

O comandante olhou com desprezo para os engenheiros.

– Ou essa câmara volta a funcionar ou vocês serão fuzilados – rosnou Florstedt, cuspindo na direção deles. Então, ordenou a retirada dos soldados e saiu em seguida.

Carl esperou que o comandante se afastasse e agarrou Helmut pelos braços.

– Você é idiota?! Quer ser morto?

– Esses homens mataram mulheres e crianças sem piedade e é a mim que você chama de idiota, Carl?

– Não eram seres humanos! Eram *untermenschen*! *Untermenschen, untermenschen...* – gritou Carl, repetindo a palavra como se também precisasse se convencer de que não era o responsável pela morte de pessoas indefesas.

– Eu e Joseph estamos indo embora. Vamos pegar o primeiro trem para a Alemanha – disse Helmut em meio às lágrimas.

– Vocês não podem voltar agora! Precisamos limpar a sociedade alemã dos parasitas. Estamos colaborando para o sucesso do Reich!

– O que estamos fazendo é assassinato. Não estudei tanto tempo para isso – disse Joseph. – Você vendeu sua alma ao diabo, Carl.

– Se forem embora, estão despedidos!

Sem conseguir segurar a raiva, Helmut socou o chefe no rosto. O golpe foi tão violento que ele caiu no chão.

– Vá à merda, Carl!

– Eu vou acabar com vocês! – Carl vociferou, cuspindo sangue. – Mandarei os dois para a frente Leste! Vocês não perdem por esperar!

Mas Helmut e Joseph, ignorando as ameaças, viraram as costas e foram embora.

Mal havia amanhecido quando Carl voltou sozinho ao campo. De mau humor, o comandante o levou para conferir as adaptações. Tubos de ferro haviam sido instalados para enviar o calor da fornalha para dentro da câmara de gás. Com o ambiente aquecido, o Taifun B rapidamente se transformaria em uma névoa azulada e fatal, levando os prisioneiros à morte em vinte minutos.

Após o sucesso do primeiro teste, Florstedt aplaudiu o engenheiro.

— Parabéns, *Herr* Farben. Agora meu campo voltará a todo vapor. E, antes que eu me esqueça, feliz Natal para o senhor.

Antes de voltar ao hotel, Carl olhou mais uma vez para a fumaça preta que saía da chaminé, para as cinzas que caíam sobre os telhados dos barracões, e aspirou o cheiro desagradável que se espalhava por Majdanek.

— Feliz Natal, senhor comandante — despediu-se o engenheiro.

Dessa vez, havia uma Mercedes para levá-lo de volta.

Ao chegar, Carl enviou um telegrama de boas festas para a esposa, no qual prometeu que estaria em casa antes do fim do ano. Passou a noite de Natal com uma prostituta. Sua boca, ainda roxa e dolorida, amargava o soco que levara de Helmut. O frio continuava insuportável. Amaldiçoou os judeus por isso.

***

Desde o primeiro dia no apartamento da professora Margot, Martina tomou a decisão de não se olhar no espelho para não se decepcionar com a aparência. Sabia que definhava mês após mês: tinha perdido vários quilos, as roupas estavam largas e mal-ajeitadas, os lindos cabelos ruivos, grande motivo de vaidade para a jovem, eram agora um emaranhado de fios que ela preferia não ver.

Tentava focar nos estudos para que o tempo passasse, para esquecer a fome e a falta de higiene, mas vivia sonhando com um banho quente, uma roupa nova e um batom para dar cor aos seus lábios.

Domingo era o único dia em que a vida da família Kaufmann se aproximava do normal. Com Margot de folga, podiam ficar mais à vontade no apartamento, mover-se de um cômodo ao outro, usar o banheiro quando tinham vontade. Era um alívio para a família.

Ruth, mesmo aos domingos, não saía do quarto. Passava a maior parte do tempo deitada, sem forças ou ânimo para fazer qualquer coisa. Os dias se passavam e a esperança de saírem dali vivos só diminuía para a Sra. Kaufmann.

Trancados no pequeno imóvel, a sensação era a de que tinham sido enterrados vivos. Todas as manhãs, Ernest sentava-se para ler o jornal na sala. Cada notícia do avanço das tropas alemãs pela Europa era mais um prego no caixão dos Kaufmann.

– Papai, você devia parar de ler os jornais – insistia Martina. – Eles só trazem más notícias.

– Eu sei, minha filha, mas ainda sonho em ler sobre a derrota dos nazistas.

– Dr. Kaufmann, mesmo que a Alemanha perca batalhas, e com certeza perde algumas, isso não será publicado. A censura proíbe a divulgação nesses casos – comentou a professora. – Já ouvi sobre muitas derrotas. Algumas pessoas estão certas de que não conseguimos conquistar a Rússia e de que o Exército Vermelho tem recuperado território, só que isso jamais sairá nos jornais.

Mas o Dr. Kaufmann não desistia. Queria ler algo, mesmo que fosse nas entrelinhas. Quando Martina e Margot foram preparar o almoço, a professora aproveitou para cochichar com a jovem.

– Martina, seus pais estão cada dia mais deprimidos, principalmente sua mãe. A situação dela me preocupa muito.

– Concordo, professora, minha mãe está cada vez mais fraca. Papai tem medo de que ela sofra um infarto e morra a qualquer momento.

Ao ouvir isso, a professora gelou. Esse era o pior cenário possível. Como poderiam tirar um corpo do apartamento sem que os vizinhos vissem? A morte de algum deles era uma possibilidade para a qual ela não tinha se atentado e não via solução.

As duas ficaram em silêncio enquanto preparavam a única refeição do dia: sopa de legumes e uma fatia de pão para cada um. Estava cada dia mais difícil e caro conseguir comida no mercado ilegal, e as reservas do Dr. Kaufmann estavam quase no fim. Ao terminarem, primeiro Martina deu sopa para sua mãe na boca e, depois, sentou-se para comer com o pai e a professora. Almoçaram em completo silêncio. Sabiam que, se algo não mudasse nas próximas semanas, teriam que tomar uma atitude. O relógio girava contra eles.

***

Em fevereiro de 1943, péssimas notícias chegaram para a Alemanha. Depois de meses de intensas batalhas e quase dois milhões de soldados mortos de ambos os lados, a Wehrmacht tinha sido derrotada no cerco a Stalingrado. Esta viria a ser a batalha mais sangrenta e icônica da Segunda Guerra. O destino da Alemanha fora traçado ali, só Hitler não queria enxergar. A partir dessa vitória dos soviéticos, o Exército Vermelho iniciou uma contraofensiva que chegaria a Berlim dois anos depois, em 1945.

Um mês antes da derrota da Alemanha em Stalingrado, em uma conferência na cidade de Casablanca, no Marrocos, o presidente estadunidense, o primeiro-ministro inglês e os líderes do governo francês no exílio decidiram que não fariam nenhum acordo com a Alemanha; aceitariam apenas a rendição incondicional. Stalin, ocupado com a batalha em Stalingrado e com a contraofensiva do Exército Vermelho, não participou da reunião, mas já tinha decidido que não haveria acordo de paz enquanto a Alemanha não fosse destruída e ocupada pelo seu exército. Ele queria vingança pela forma violenta como os alemães haviam invadido a União Soviética.

Mas Hitler e alguns poucos seguidores fanáticos, como Goebbels, Himmler e Göring, se recusavam a aceitar que a guerra estava perdida. Ainda acreditavam em uma possível reviravolta. Entre empresários e militares alemães da Wehrmacht, as conversas giravam em torno do novo rumo da guerra a favor dos Aliados. Notícias de falsas vitórias alemãs eram divulgadas na imprensa, a mando de Goebbels, e mesmo quem sabia a verdade tinha medo de afirmar que era uma mentira. Afinal, ninguém queria ser denunciado como traidor.

Ao voltar de Majdanek, a primeira ação de Carl foi comunicar a demissão de Helmut e Joseph ao departamento pessoal da ITD. Os dois ficaram arrasados. Trabalhavam naquela empresa desde a formatura e sabiam o destino que os esperava agora.

Por duas semanas, tentaram inutilmente conseguir emprego em outras indústrias químicas. Sempre que alguém buscava referências sobre eles, Carl os desqualificava, tratando-os como traidores. De grandes amigos, passaram a inimigos mortais. O chefe dos engenheiros era vingativo e rancoroso. Acreditando que tinha feito muito pelos dois, sentia-se traído e, pior, desprezado. Seu orgulho não permitiria isso. Iria destruí-los.

Helmut e Joseph passaram a temer o destino dos jovens que não trabalhavam em atividades fundamentais à máquina de guerra: serem convocados para o exército, que precisava de cada vez mais soldados. A carnificina no Leste Europeu dizimava milhares de homens diariamente e era preciso repô-los.

Até que, numa quarta-feira, enquanto tomavam cerveja no apartamento que dividiam na periferia de Frankfurt, o portador do exército chegou com duas correspondências para eles. Helmut recebeu e abriu os envelopes. Sua reação foi de total desamparo. Os dois haviam sido convocados para a frente Leste.

– Não bastou Carl impedir que conseguíssemos emprego, ele ainda mexeu os pauzinhos para que tivéssemos o pior destino na guerra – lamentou Helmut.

– Ele tem amigos no alto comando nazista. Pode fazer o que quiser – disse Joseph.

– É um canalha que só pensa em dinheiro. Está tentando se livrar de nós porque sabemos sobre a participação dele nos extermínios praticados nos campos. Quando a Alemanha perder a guerra, todos saberão o que ele fez. Ele pagará caro por isso.

Mas a conta de Carl ainda demoraria a chegar. Já os dois amigos deveriam se apresentar no posto militar em poucos dias.

Helmut não queria pegar em armas para defender um país em cujo lema ele não acreditava mais. Achava que os alemães tinham se transformado em assassinos em série. Quando participou do teste com os prisioneiros russos, tentou se convencer de que aquilo deveria ser feito; afinal, eram soldados inimigos que tentavam matar seus compatriotas alemães. Mas tudo mudou quando ele testemunhou, pessoalmente, o uso do gás contra civis, incluindo mulheres e crianças. Sua consciência falou mais alto: não havia propaganda, por mais eficiente que fosse, que o convencesse de que os judeus eram sub-humanos e de que o extermínio era necessário.

Inconsolável, abriu uma cerveja e a tomou em um gole só.

– Este não é o país onde nasci, Joseph. Não é a Alemanha que eu acreditava ser civilizada.

Pegou outra cerveja e despejou todo o conteúdo garganta abaixo. Embriagado e desesperado para achar uma saída, pensou em fugir e começar a vida em outro país, longe de toda a barbárie que vinha destruindo a Alemanha. Seu plano era deixar Frankfurt, chegar a um porto na França livre ou na Espanha e pegar um navio para um local bem distante da Europa. Tentou convencer Joseph a ir com ele. Seu amigo não acreditava nessa possibilidade.

– Concordo com você que nosso país enlouqueceu – disse Joseph. – Mas, agora, não conseguiremos fugir. As fronteiras são bem controladas e, mesmo se chegarmos em outro país, correremos o risco de ser pegos pelo exército inimigo e até fuzilados. Somos alemães, Helmut. Seremos vistos como espiões, não como fugitivos.

De fato, a propaganda nazista dizia que qualquer alemão que fosse capturado por inimigos seria morto na hora. Essa era mais uma das mentiras de Goebbels para alimentar a imagem de que os inimigos eram cruéis e implacáveis, o que convencia os alemães a não se renderem nem fugirem.

Helmut tentava convencer o amigo de que isso não era verdade.

– Nossa única salvação é sair da Alemanha. Se formos para a frente de batalha, aí sim seremos mortos. Mas, se tentarmos fugir, teremos uma chance de sobreviver.

– Somos engenheiros químicos, Helmut. Provavelmente seremos escalados para serviços de logística ou para trabalhar em oficinas, não para os campos de batalha. A guerra vai acabar logo, os nazistas serão derrotados e nossa vida voltará ao normal – argumentava Joseph, tentando convencer o amigo a não fugir.

As conversas entre os dois giraram em torno do que fazer até o dia de se apresentarem no posto do exército.

– Eu não vou, Joseph. Já arrumei as malas, deixarei este apartamento hoje mesmo.

– Então adeus, Helmut. Espero que tenhamos sorte.

Os amigos se abraçaram e combinaram de se reencontrar quando a guerra acabasse.

Ao chegar ao campo de batalha, Joseph recebeu um treinamento superficial de poucas semanas. Por economia de munição, não deu um tiro sequer. Foi incorporado a um batalhão de engenheiros e embarcou para a Ucrânia, onde se juntaria às tropas que tentavam desesperadamente manter as posições alemãs.

O exército soviético avançava com velocidade, libertando cidade por cidade e reconquistando os territórios invadidos pelos nazistas. Os alemães, por outro lado, destruíam cada vilarejo por onde passavam. A ordem de Hitler era "terra arrasada", o que significava explodir as casas e matar a população local, não importando se eram mulheres, crianças ou idosos. A Wehrmacht parecia uma nuvem de gafanhotos. Os soviéticos, revoltados com a violência desmedida do exército nazista, prometiam que fariam o mesmo quando chegassem à Alemanha.

Nos primeiros dias, Joseph estava tranquilo. De fato, como engenheiro químico, ele não participava das batalhas. Sua função no QG era burocrática: cuidava da logística de armamentos, combustíveis e mantimentos e fornecia o que fosse necessário à linha de frente para manter o Exército Vermelho a distância. Fazia tudo sem pegar em armas nem entrar em combate, que acontecia a alguns quilômetros do posto de comando.

Mas nada disso impediu que ele fosse reduzido a uma massa disforme quando seu posto foi atingido pela artilharia soviética. Aos 27 anos, Joseph morreu em nome da Alemanha.

Capítulo 8

Margot Schultz havia chegado cedo para o trabalho naquela segunda-feira. Mal havia se acomodado quando foi surpreendida por uma circular informando que todos deveriam se dirigir imediatamente para a sala de reuniões da escola.

Lá, o diretor da instituição e um oficial da SS aguardavam os funcionários. Quando todos estavam presentes, o diretor iniciou seu discurso ressaltando, pela enésima vez, a importância de denunciarem os judeus.

– Meus caros, mais do que nunca, precisamos estar atentos ao nosso redor. Sabemos que há muitos judeus escondidos em residências de alemães. Eles são traiçoeiros e, com o dinheiro que acumularam ao longo de décadas de exploração do nosso povo, podem ter corrompido muitos arianos. É por razões como essa que o *Führer* sempre diz que essa praga precisa ser eliminada da sociedade alemã. Não podemos permitir que esses ratos continuem a espalhar doenças que conspurquem nosso sangue puro. Eles têm que ser exterminados como insetos! Quando a Alemanha for *judenfrei*, livre de judeus, seremos um país forte e invencível.

Os professores aplaudiram o diretor de pé.

– E não se esqueçam de que há uma boa recompensa para quem encontrar judeus escondidos – completou ele. – Fiquem atentos à vizinhança, principalmente aos porões. Eles se escondem como baratas.

Mais aplausos. Então, o SS pediu a palavra.

– Também é bom lembrar que quem for pego escondendo judeus será punido com a morte.

A professora Margot sentiu o rosto enrubescer. Apavorada, ela se perguntou se alguém teria percebido seu mal-estar.

Na volta para casa, ainda sentia o coração bater forte. Instintivamente, olhou para os lados com medo de estar sendo seguida. Tentou se recompor antes de entrar no prédio, temendo encontrar algum vizinho que percebesse seu nervosismo. Respirou fundo. Nas últimas semanas, a caça aos judeus tinha aumentado consideravelmente. Margot sentia-se cada vez mais tensa.

Ao abrir a porta do apartamento, respirou aliviada ao ver que tudo estava como havia deixado. A Gestapo não tinha aparecido. Ainda assim, a professora se preocupava. Os meses de enclausuramento destruíam física e mentalmente a família Kaufmann, principalmente Ruth e Ernest.

Mas nem a jovem Martina escapava dos efeitos daquela prisão. "Essa pobre garota tem se esforçado tanto nos estudos, mas ainda assim vem encontrando mais dificuldade em acompanhar as lições. É óbvio: está nervosa, mal alimentada, sedentária, trancada em um espaço tão pequeno. Tudo isso tem um custo físico e mental terrível", pensava Margot.

Ao ver a professora, Martina percebeu sua preocupação.

– A senhora parece tensa. Aconteceu alguma coisa? – perguntou a jovem.

Margot tentou disfarçar.

– Está tudo bem, querida. Tive um dia difícil na escola, mas nada com o que se preocupar.

Mas Martina não se deixou enganar. Atenta e esperta, sabia que sua anfitriã estava mais agitada do que o normal.

Nas semanas seguintes, observou que a professora vinha sucumbindo às tensões. Tantos meses escondendo a família também havia destruído seu estado emocional. A tensão e o risco de serem pegos só aumentavam, a comida estava escassa e os recursos do Dr. Kaufmann acabariam nos próximos dias. Se nada mudasse até lá, precisariam repartir entre os quatro o que a Sra. Schultz conseguisse comprar com seu salário de professora, o que seria impossível. Por menos que os Kaufmann comessem, não haveria o suficiente para alimentar a todos.

Para piorar, o quadro de Ruth estava ainda mais delicado. Ernest sabia que em pouco tempo a esposa não conseguiria caminhar, e seria impossível carregá-la até o banheiro sem chamar a atenção dos vizinhos. Também temiam que sucumbisse a um ataque de nervos ou, pior, que seu coração parasse de bater. Os calmantes estavam no fim e não tinham como comprar mais; Ernest não podia escrever a receita.

A situação da família e da professora chegava a uma rua sem saída. Estavam no limite. O médico precisava achar uma alternativa para não colocar em risco a sobrevivência da filha e da Sra. Schultz, a quem devia a vida. Voltou a cogitar a única possibilidade que lhe vinha à mente: ele e Ruth iriam se entregar para salvar as duas.

Enquanto fazia companhia para a mãe no quarto, Martina se concentrava nos estudos. Ernest aproveitou que Margot estava sozinha na sala para conversar com ela sem que a filha ouvisse.

– *Frau* Schultz, não tenho palavras para agradecer tudo o que está fazendo por nós – começou ele.

Então, aproximando-se da professora, cochichou em seu ouvido:

– Não quero mais colocar sua vida em risco. Sei que a situação está insustentável: não tenho mais dinheiro para comprar comida e a qualquer momento minha esposa pode nos deixar, o que seria o fim de todos nós.

A professora tremeu só de ouvir aquelas palavras. Sabia que era verdade, mas tentou disfarçar sua reação com um pouco de otimismo.

– Dr. Kaufmann, isso não vai acontecer. Sua esposa vai melhorar e vou dar um jeito de conseguir mais comida para nós.

O médico balançou a cabeça negativamente e pegou carinhosamente em sua mão.

– Você já fez muito por nós, *Frau* Schultz. Não posso deixar que pague por nossa salvação com a sua vida.

Ela o encarou em silêncio.

– Mas ainda tenho esperanças de salvar minha filha.

Os olhos da professora se encheram de lágrimas. Antes de continuar, Ernest olhou em direção ao quarto para se certificar de que a menina não os ouvia.

– Esta noite darei um calmante para Martina. Ela dormirá profundamente, e eu e Ruth iremos embora. Estará escuro, ninguém vai nos ver saindo do prédio. Vamos nos afastar o mais rápido possível. Sei que em algum momento seremos descobertos e presos. Será o nosso fim, mas teremos poupado a senhora e a minha filha.

Horrorizada, a professora tentou dissuadir o médico, mas ele não lhe deu ouvidos.

– Já está decidido, *Frau* Schultz. Ruth e eu não temos mais saída.

– Dr. Kaufmann, por favor, vamos pensar em outra solução. Não posso concordar com isso!

– A senhora não precisa concordar. Agirei à sua revelia.

Margot estava arrasada, mas sabia que aquela era a coisa certa a ser feita para salvar Martina. Precisou controlar o choro para não chamar a atenção da jovem.

Então, o médico entregou à professora uma carta para Martina, na qual se despedia e explicava sua atitude. Era seu testamento de amor à filha.

Os dois ficaram em silêncio por alguns minutos até que, por fim, ele falou:

– Posso pedir um último favor?

– Claro, o que o senhor quiser.

– Encontre alguém da resistência e leve Martina até lá. É arriscado, mas é a única chance que ela tem de fugir da Alemanha e se salvar.

– Fique tranquilo, Dr. Kaufmann. Dou a minha palavra que farei isso.

***

No dia em que deveria se apresentar ao exército, Helmut abandonou o apartamento onde vivia e entrou na clandestinidade. Já tinha feito alguns contatos e conseguiu se unir a um grupo de jovens que resistia ao nazismo. Eles viviam em uma casa em ruínas na periferia de Frankfurt.

Entre os membros do grupo havia jovens que escreviam e distribuíam um jornal clandestino, a fim de encontrar mais pessoas que quisessem participar da resistência, e outros que, como Helmut, buscavam apenas fugir da Alemanha o mais rápido possível.

Foi a esse mesmo grupo que a professora Margot recorreu para tentar salvar Martina. Como o Dr. Kaufmann tinha planejado, o sonífero fizera a jovem cair em um sono profundo. Naquela noite, ele aproveitou para deixar o apartamento com a esposa.

Quando Martina acordou, encontrou um par de alianças junto a uma carta. Era tudo o que havia restado deles.

Única judia entre aqueles resistentes, Martina chegou à sede do grupo muito magra e abatida. Há tanto tempo sem sol, sua pele estava amaciada, branca como a lua. Os cabelos, que uma vez tinham sido ruivos, agora estavam ralos, quebradiços e sem cor. Parecia um fantasma da garota que fora antes das leis raciais.

O grupo cuidou dela da melhor maneira que pôde. Conseguiram alguns ovos para que ela absorvesse proteína e um par de botas resistentes para aguentar a longa caminhada que teria pela frente. O plano era cruzar a fronteira com a França, chegar à Espanha, que era um país neutro e, num porto espanhol, encontrar um navio que os levasse para a América. Era complicado e arriscado, e, embora soubessem que tinham poucas chances de serem bem-sucedidos, ficar na Alemanha era morte na certa.

A fuga teve início em uma noite de muita chuva. Dessa forma, conseguiriam aproveitar os blecautes que aconteciam nas cidades alemãs.

Eles se escondiam durante o dia e caminhavam à noite. Evitavam as estradas e andavam sempre pelas florestas. Era uma viagem extremamente desgastante, principalmente para Martina, que ainda estava anêmica e debilitada. Os fugitivos dividiam suas rações com ela, que ficava cada vez mais fraca pelo esforço físico.

Certa noite, Martina sentiu não ter mais forças para dar um passo. Estava completamente esgotada.

– Por favor, me deixem aqui. Não consigo mais continuar. Vocês precisam se salvar.

– De jeito nenhum, Martina! Você vai com a gente até o final, não irei abandoná-la – disse Helmut, pegando-a no colo para que ela conseguisse seguir viagem. Ele se espantou ao ver que a jovem pesava muito pouco.

Havia um motivo para Helmut agir assim. Quando Martina se uniu ao grupo, contou a eles sua dramática história. Falou sobre a ordem para que a família se apresentasse na estação, de onde seriam transportados para o "reassentamento no Leste Europeu", eufemismo criado pelos alemães para se referirem aos assassinatos nos campos nazistas da Polônia ocupada. Recordou a decisão de seu pai de se esconderem no pequeno apartamento da professora Margot. Contou do silêncio que eram obrigados a fazer durante o dia para que ninguém desconfiasse que estavam ali. Da pouca comida que dividiam entre os quatro. Da doença da mãe. Da partida dos pais.

– E onde estão seus pais agora? – Helmut perguntou ingenuamente.

– Tudo o que restou deles foi uma carta e um par de alianças.

O engenheiro deduziu então que o senhor e a senhora Kaufmann haviam sido presos e deportados para Auschwitz, onde provavelmente foram assassinados em uma câmara de gás, a partir de um produto que ele havia ajudado a desenvolver. Sentindo-se culpado, tomou para si a obrigação de ajudá-la. Salvaria aquela jovem, não importava o que custasse.

Depois de caminharem por semanas, sempre à noite, conseguiram chegar à fronteira da França com a Espanha. A liberdade estava cada vez mais próxima.

Martina não tinha forças para mais nada. Sua respiração estava cada vez mais fraca e ela passava a maior parte do tempo desacordada.

– Aguente firme, Martina. Já estamos na Espanha, não há guerra aqui. Logo chegaremos a Barcelona e cruzaremos o oceano com destino à América – dizia Helmut, tentando animá-la. O rapaz fazia um esforço sobre-humano para carregá-la no colo. Também estava esgotado.

Todos no grupo estavam no limite. Não comiam havia dias e bebiam água apenas quando encontravam um rio pelo caminho. Milagrosamente, foram encontrados por um camponês espanhol que lhes ofereceu um pouco de leite e pão e, em seguida, entrou em contato com a Cruz Vermelha. Foram levados para um campo de refugiados onde puderam se alimentar, cuidar da saúde e descansar. Martina recebeu soro na veia e aos poucos se recuperou.

– Há um provérbio judaico que diz que quem salva uma vida, salva a humanidade – disse ela a Helmut quando recuperou a consciência. – Você tem um coração muito grande, Helmut. Não tenho como agradecer.

O jovem engenheiro desabou em lágrimas ao ouvir aquelas palavras. Martina não entendia o motivo de tanta comoção.

– O que foi? Você devia estar feliz! Estamos salvos, escapamos da Alemanha!

Mas Helmut não podia falar sobre sua participação no desenvolvimento do Taifun B. Sentia-se tão envergonhado na presença de Martina que decidiu fugir do campo de refugiados e ir para Portugal. De lá, tentaria cruzar o Atlântico.

O engenheiro teria que percorrer a pé os quase mil quilômetros que separavam Barcelona do Porto. Assim que recuperou as forças, foi embora.

Martina ficou triste ao descobrir que o rapaz havia desaparecido. Achou que ele seguiria com o grupo até o final da guerra e que emigrariam juntos para a América.

Helmut conseguiu chegar a Portugal, onde entrou clandestinamente. Ficou espantado com a quantidade de espiões aliados e nazistas espalhados por toda a parte. O país era um centro de espionagem e fuga, onde judeus refugiados e desertores alemães, como ele, buscavam maneiras de sair da Europa.[24]

Procurou trabalho em vários navios até ser aceito em um cargueiro com destino à Argentina. Depois de cruzar o Atlântico, o navio fez a primeira escala em um país que ele nunca tinha ouvido falar, o Brasil. O cargueiro ancorou no porto de Paranaguá, na costa do estado do Paraná. Helmut, que não aguentava mais sofrer com enjoos terríveis no navio, não pensou duas vezes e desistiu de seguir para a Argentina. Ficaria naquele país desconhecido.

O engenheiro não entendia uma palavra do idioma local e sequer conseguia pronunciar o nome da cidade, "Paranaguá". O calor também era intenso, mas, naquele momento, só uma coisa importava: era longe o bastante do ensanguentado continente europeu.

---

[24] Portugal, assim como a Espanha, ficou neutro durante a Segunda Guerra Mundial. Salazar, nacionalista e anticomunista, não queria a presença de estrangeiros em Portugal e só permitia a entrada de judeus que estivessem de passagem: além de apresentar o visto do país que os receberia, precisavam provar que tinham dinheiro para se manter até a data da viagem.

Após alguns dias explorando o terreno, encontrou imigrantes alemães que viviam na cidade desde o começo do século. O grupo explicou a ele que, a cem quilômetros dali, havia uma cidade bem maior chamada Curitiba, a capital do estado. Lá, teria mais chances de conseguir trabalho. E mais uma vez Helmut partiu.

***

A guerra passou a ser calculada em números gigantescos. O Exército Vermelho recuperava, diariamente, centenas de quilômetros de território. As batalhas ceifavam milhares de vidas. Os nazistas continuavam a assassinar milhões de judeus nas câmaras de gás.

O exército alemão não conseguia manter suas posições no campo de batalha. Os generais pediam permissão a Hitler para recuar e, em muitos casos, se renderem para poupar a vida dos soldados. Sabiam que a guerra estava perdida; era apenas uma questão de tempo.

O *Führer*, entocado em sua casamata, não acreditava na derrota; achava que os generais estavam agindo com covardia. Em sua loucura, contava com tropas e batalhões que já tinham sido eliminados e acreditava ser possível conter a força do exército de Stalin, reverter o curso e conquistar Moscou.

Os oficiais germânicos, que viam seus soldados serem abatidos como moscas, se viram em uma situação desesperadora. Solicitavam trens para agrupar as tropas na fronteira da Alemanha, onde poderiam montar bolsões de resistência, e para levar os feridos aos hospitais. Mas a insanidade tinha tomado conta do país: a prioridade dos comboios não era servir ao exército alemão, e sim transportar judeus de países ocupados para os campos de extermínio e de trabalho.

– Esqueçam os trens, nossa prioridade é eliminar os judeus. Essa guerra é contra a nação judaica – Himmler repetia as ordens de Hitler.

Os empresários alemães, por outro lado, apoiavam as decisões de Hitler. Afinal, quanto mais judeus fossem feitos prisioneiros, mais mão de obra escrava teriam para trabalhar em suas indústrias.

Com a guerra em curso, a máquina de extermínio e as indústrias de armas e suprimentos para os campos funcionavam a todo vapor. Crianças, idosos e pessoas fracas ou doentes iam direto para as câmaras de gás. Já os prisioneiros que tinham forças para trabalhar eram enviados para as grandes indústrias, que negociavam com os comandantes o aluguel da mão de obra a um preço irrisório. Trabalhavam dezoito horas por dia, sete dias por semana. Maltratados e mal alimentados nos campos, chegavam às fábricas cansados e famintos. Os gerentes alemães reclamavam do estado físico dos prisioneiros, que rendiam muito pouco e morriam facilmente, atrapalhando a produção. Por outro lado, também os faziam trabalhar em condições sub-humanas e não forneciam alimentação. Cada lado jogava a responsabilidade para o outro, mas nenhuma mudança era feita. A razão era simples: os prisioneiros podiam ser imediatamente substituídos, já que levas e mais levas de judeus chegavam aos campos semanalmente.

Para a felicidade do alto escalão da ITD, as encomendas de Taifun B só aumentavam. As novas câmaras de gás de Auschwitz-Monowitz trabalhavam vinte e quatro horas por dia para atender a demanda de toda a Europa.

Em meados de 1943, Hermann Florstedt entrou em contato com Carl para avisar que iria a Frankfurt negociar uma nova carga de Taifun B para o campo de Majdanek. O engenheiro sugeriu que se reunissem na ITD, mas o comandante preferiu marcar um jantar.

Ao chegar em casa, Carl comentou o fato com a esposa, sua confidente e conselheira.

– O que será que ele quer comigo, Helke? Sempre que precisam de mais produto, os comandantes fazem o pedido diretamente ao departamento de vendas. Além disso, havia um estoque imenso de Taifun B em Majdanek. Não é possível que já tenha acabado.

– Ele certamente quer algo por fora, querido.

– Como assim? – perguntou o engenheiro, confuso.

– Pense comigo, Carl. Se ele vem de Lublin até aqui para falar com você e ainda quer se encontrar fora da ITD, é porque os interesses dele vão além dos limites da empresa.

O engenheiro ficou surpreso com a sagacidade da esposa, mas entendeu aonde ela queria chegar. O sexto sentido de Helke não falhava.

– Marque em algum lugar discreto, que não seja frequentado por empresários e oficiais da SS – sugeriu ela.

Carl seguiu o conselho da esposa e, na data marcada, os dois se encontraram em um pequeno restaurante distante do centro comercial de Frankfurt. Florstedt estava de terno, sem o tradicional uniforme da SS, e parecia bem descontraído.

– Boa noite, *Standartenführer* Florstedt – o engenheiro cumprimentou-o com formalidade.

– Por favor, Carl, me chame de Hermann – respondeu o comandante, bem-humorado.

Inicialmente, os dois recordaram o terrível frio da Polônia, as excelentes vodcas, as lindas polacas e o delicioso *pierogi*.

– E seus amigos engenheiros, por onde andam? – perguntou o comandante após algumas cervejas.

– Demiti os dois. Eles não conseguiram outro emprego na área de Engenharia Química, pois informei às empresas que não eram confiáveis. Então, foram convocados pela Wehrmacht. Devem estar em algum lugar da frente soviética agora – respondeu Carl, sorrindo.

– Fez muito bem. Esse é o castigo para os traidores da pátria.

Finalmente, a conversa chegou ao Taifun B.

– Meu caro engenheiro, com o sistema de aquecimento que instalamos em Majdanek, as câmaras de gás passaram a exigir uma quantidade de Taifun B maior que o normal. Eu diria que três vezes mais.

– Não era para isso ter acontecido, comandante. Com a sala aquecida, a quantidade de gás liberado deveria ser igual a de antes – Carl explicou, tentando entender se aquilo traria consequências para ele.

– Não se preocupe – o comandante o tranquilizou. – São águas passadas.

O engenheiro assentiu com a cabeça, aliviado.

– O que eu gostaria hoje é de negociar uma nova encomenda de Taifun B, pois em breve nosso estoque estará zerado – falou Florstedt.

Novamente, Carl estranhou o pedido. Ainda que as câmaras de gás exigissem mais Taifun B para funcionar, havia uma imensa quantidade de produto estocada em Majdanek. Ele tinha visto com os próprios olhos: havia gás suficiente para centenas de milhares de pessoas. Era impossível que tudo aquilo tivesse sido usado, mas, recordando-se do conselho da esposa, manteve-se calado e atento.

O comandante seguiu explicando que o campo receberia novos transportes da França, Alemanha, Áustria e Holanda.

– São judeus ricos, que chegam com bens muito valiosos. As mulheres, em geral, têm cabelos longos.

– E dentes de ouro! – afirmou Carl.

O comandante concordou e completou:

– Como dinheiro não será problema, quero negociar uma nova carga de Taifun B.

– Claro, temos até uma tabela de desconto para grandes quantidades.

Florstedt deu um longo gole na cerveja, depositou o copo sobre a mesa e fez sinal para Carl se aproximar. Então, falou baixinho, como de praxe em assuntos confidenciais.

– Acho que o senhor não me entendeu. Não quero desconto, e sim uma comissão por fora.

O engenheiro começou a raciocinar rapidamente. Hermann Florstedt era o comandante supremo do campo de Majdanek, senhor da vida e da morte de dezenas de milhares de prisioneiros nos confins da Polônia. Os transportes chegavam ao campo lotados, e ninguém sabia quantos morriam no caminho ou nas câmaras de gás. Os corpos eram incinerados; e o pó, espalhado sobre a terra. Hermann vendia mão de obra escrava, objetos de valor trazidos pelos judeus e até mesmo partes de seus corpos, como dentes de ouro, cabelos e ossos. O dinheiro arrecadado era usado para cobrir as despesas do campo, como manutenção, gás e salários. O que sobrava era enviado à Alemanha para financiar a máquina de guerra.

– Vamos ser sinceros, meu caro. Sabemos que o rumo da guerra mudou. Seremos derrotados e, quando isso acontecer, seremos capturados, julgados e condenados pelos nossos atos. Você sabe tanto quanto eu que o que estamos fazendo é crime de assassinato. Estamos massacrando civis, incluindo mulheres e crianças. Nós só temos uma chance de escapar da justiça, que é fugindo. Então, é prudente juntarmos um bom dinheiro na Suíça para recomeçar a vida em outro país.

– Hermann, nada disso acontecerá – respondeu Carl. – Você estava apenas cumprindo ordens.

O comandante tomou mais um longo gole de cerveja e novamente fez sinal para o engenheiro se aproximar, falando em voz baixa:

– Carl, quando eu digo "nós", me refiro a todo o sistema, o que inclui a mim e ao senhor. O senhor também será preso.

O engenheiro balançou a cabeça negativamente.

– Sou um civil, um simples funcionário da ITD – disse, tentando justificar sua inocência. – Não serei julgado por crimes de guerra.

Florstedt abriu um largo sorriso. Terminou sua cerveja e fez sinal para o garçom trazer mais uma.

– Se você pensa assim, boa sorte. Mas recomendo abrir uma conta na Suíça. Tempos difíceis se aproximam. *Prost!* – brindou o comandante.

Carl, que ainda acreditava na doutrina nazista e na grandeza da Alemanha, sentiu-se ofendido e falou com aspereza:

– *Standartenführer* Florstedt, o senhor é um oficial da SS, jurou lealdade ao *Führer*. Como pode pensar assim?

A reação de Carl não abalou o comandante. Era cínico o suficiente para não se importar com as palavras do engenheiro.

– Não sou o único oficial da SS a pensar isso. Você ficaria surpreso ao descobrir quantas pessoas próximas de Hitler já estão planejando salvar a própria pele. Ou acha que o que fizemos com os soviéticos, judeus e ciganos será esquecido por nossos inimigos?

Ele virou a caneca de cerveja e pediu mais uma. Apesar do restaurante estar quase vazio, o comandante sabia que aquele assunto deveria ser tratado com cuidado e continuava a falar baixo. Afinal, não faltavam espiões para denunciar qualquer ato de sabotagem ou traição.

– Você acredita mesmo que o sistema nazista é baseado na moral e nos bons costumes? Acorde, meu jovem. Assassinato de opositores, tortura, limpeza étnica, confisco de obras de arte em países ocupados, mão de obra escrava em indústrias alemãs, roubo de propriedades... Por acaso essas são atitudes de uma sociedade baseada na moral e na ética?

Carl relutou em responder. Era preciso enxergar o sistema com outros olhos.

– Você já ouviu falar da coleção de arte de Göring? Do luxo em que vive Hans Frank? Das amantes de Goebbels? Da fortuna que Höss amealhou? – perguntou Florstedt.

Diante do silêncio do engenheiro, o comandante se levantou para ir ao banheiro. Completamente bêbado, mal conseguia andar em linha reta. Quando derrubou uma cadeira ao se segurar para não cair, um garçom se aproximou para acompanhá-lo.

Sozinho, Carl pensava no que tinha acabado de ouvir. Lembrando-se dos conselhos de Helke, resolveu dar ouvidos ao comandante: era hora de abrir uma conta na Suíça. Florstedt voltou e desabou na cadeira, que quase quebrou sob seu peso.

– De quantas toneladas de Taifun B você precisa, *Standartenführer*? – perguntou Carl, sorrindo e erguendo o copo para brindar com o amigo.

Com um sorriso ainda mais largo, Florstedt bateu o copo no de Carl e gritou "*Sieg Heil*! Viva a vitória!".

– Assim que se fala, engenheiro! Consiga uma boa comissão para mim que a dividirei com você. *Heil* Hitler!

– *Heil* Hitler!

Os dois acertaram a encomenda e terminaram o jantar com duas garrafas de champanhe que, obviamente, o restaurante havia recebido de uma carga roubada da França.

Na manhã seguinte, ao chegar na ITD, Carl foi direto à sala de Tesch. Estava preocupado, sem saber como tocar no assunto da comissão com o presidente. Sem jeito, experimentou abordá-lo indiretamente e se surpreendeu ao ver que Tesch não achou o pedido estranho ou fora do comum. O engenheiro entendeu então que não era a primeira vez que aquilo acontecia, nem seria a última.

Naquela tarde, foi com a esposa abrir uma conta em um banco suíço. À noite, os dois saíram para comemorar.

– Querido, a partir de agora, não espere que os comandantes falem com o departamento de compras da ITD – aconselhou Helke. – Visite-os pessoalmente nos campos e negocie você mesmo o Taifun B.

– Sem dúvida, meu amor. *Herr* Tesch inclusive já me pediu para apressar as vendas. Todas as empresas estão correndo contra o tempo agora. Querem vender o máximo possível e colocar o dinheiro na Suíça antes que a guerra acabe.[25]

---

[25] As contas secretas numeradas na Suíça foram amplamente utilizadas tanto por nazistas que escondiam fortunas para o pós-guerra quanto por judeus que, na esperança de escapar do Holocausto, tentavam salvar recursos fora da Alemanha.

Com a ajuda de Helke, Carl planejou viagens para diversos campos na Alemanha, Áustria e Polônia. Mesmo os campos de trabalho forçado contavam com pequenas câmaras de gás para matar prisioneiros doentes ou muito fracos para trabalhar. Como representante da ITD, o engenheiro era sempre bem recebido pelos comandantes. Em pouco tempo de conversa, já sabia se podia ou não oferecer uma comissão, e, quando a negociação dava certo, as quantidades encomendadas eram sempre acima das necessidades dos campos.

Carl descobriu que o sistema estava podre, corrompido por dentro. Começava a entender por que as esposas dos comandantes aceitavam morar próximo às fábricas da morte, longe das grandes cidades alemãs: ainda que o cheiro dos fornos crematórios fosse insuportável, levavam ali uma vida de luxo. Entendeu por que a esposa de Höss achava o lugar paradisíaco e por que havia tantas obras de arte espalhadas pela casa. Mansões, empregados, joias, casacos de pele – tudo aquilo tinha um preço.

Lembrou-se das amantes, que custavam caro. Das prostitutas, que eram bem pagas. De toda a comida e bebida servidas, sempre da melhor qualidade. Era preciso muito dinheiro para manter a ostentação da SS.

Quanto mais o fim da guerra se aproximava, mais os pedidos se acumulavam na ITD e mais a conta numerada do casal crescia. Mas, depois de semanas percorrendo os campos de trabalho forçado e visitando locais de extrema violência, tudo o que Carl queria era voltar para casa. Precisava relaxar um pouco. Ao chegar, encontrou a esposa feliz a cuidar do jardim, cercada de flores de todas as cores. Cada vez mais bonita, Helke desabrochava como mulher; não era mais a garota que tinha conhecido anos atrás. Quando ela o viu, abriu um largo sorriso e correu para os seus braços. Se algum fotógrafo tivesse captado a cena, com certeza estariam na capa de alguma revista. Carl e Helke eram o casal perfeito: bonitos, saudáveis, ricos, felizes e arianos.

Após a guerra, diversos processos foram abertos por herdeiros das vítimas para pleitear os bens depositados nas contas. Foi só depois de muita briga nos tribunais que, a partir da década de 1990, os bancos suíços concordaram em liberar o dinheiro.

Ela o puxou para dentro de casa e os dois trocaram beijos no jardim de inverno, o local preferido do casal.

– Como foi a viagem, querido? – perguntou Helke.

– Produtiva, mas cansativa. Conheci muitos comandantes e fiquei surpreso em ver como são homens rudes, escolhidos justamente por serem violentos.

– Mas o que você esperava, meu amor? Para manter os *untermenschen* sob controle não é preciso cérebro, e sim lealdade ao *Führer*. O que importa é que você conseguiu fazer bons negócios, não é? – perguntou ela, interessada nos resultados financeiros da viagem.

– Na maioria dos campos, sim. Alguns comandantes se contentam em roubar os judeus, outros ainda acreditam que a Alemanha vai vencer a guerra. Felizmente, esses últimos são poucos. No geral, fechei muitos negócios e consegui uma boa comissão para nós.

– Você deve estar morrendo de fome. Vou preparar o seu almoço – disse ela, animada, indo em direção à cozinha.

Carl se levantou e pegou a esposa no colo, carregando-a para o quarto do casal.

– Não tão rápido. Temos um assunto para tratar antes do almoço – ele insinuou com malícia.

***

Ao final de 1943, a situação da Alemanha piorava drasticamente. O governo nazista seguia tentando camuflar a derrota com notícias falsas e dados forjados, mas era em vão. O fim estava inegavelmente próximo.

As negociatas de Carl com os comandantes, por outro lado, só progrediam. O casal Farben sentia-se tão bem-sucedido que, no dia de seu aniversário de casamento, decidiu chamar os pais para comemorarem juntos.

Era impossível não notar que o padrão de vida do jovem casal melhorava a cada dia. Vaidosa, Helke mostrou à mãe e à sogra as joias valiosas e os belos casacos de pele que ocupavam grande parte de seu armário. Carl também levou o pai e o sogro para darem uma volta em sua nova Mercedes, bem maior que a anterior.

– Pelo visto os negócios têm caminhado muito bem, não é, Carl? – comentou o sogro.

O velho Farben respondeu orgulhoso:

– O produto desenvolvido pelo meu filho é fundamental para a construção do nosso Reich.

Carl ficou cheio de si. Gostava de elogios, principalmente vindos do pai, um engenheiro que admirava tanto. Helke foi até eles avisar que o jantar seria servido. Ao contrário dos lares do povo alemão, onde tudo faltava e o que havia era racionado, na casa dos Farben havia fartura: carnes à vontade, frutas, champanhe e vinhos franceses.

– Um brinde ao meu filho! – puxava o velho Farben a cada nova dose de vinho servida em sua taça de cristal da Bohemia.

Todos comeram e beberam como reis. Após a refeição, as mulheres foram conversar na cozinha e os homens foram fumar charutos cubanos na sala.

– Querido genro, você que tem contatos na alta cúpula da SS e está envolvido com o governo, diga para nós: qual é a real situação da Alemanha na frente Leste? Os boatos dizem que o Exército Vermelho está nos massacrando.

Carl pigarreou, remexendo-se na cadeira. Gostava de demonstrar poder e sentia-se envaidecido por ter informações privilegiadas.

– Não vou mentir para vocês: a Wehrmacht vem sendo atacada com força e as baixas são altíssimas. Porém, o *Führer* tem se reunido com o Estado Maior e em breve iniciará uma grande reação que certamente surpreenderá os inimigos.

O velho Farben acreditava no filho e reforçou suas palavras.

– Eles sentirão a força das nossas armas. Chegaremos a Moscou ainda ao final deste ano!

– Vou lhes contar um segredo – cochichou Carl –, mas não pode sair desta sala.

Os dois prometeram silêncio e o jovem contou que o engenheiro Wernher von Braun vinha desenvolvendo um foguete poderoso que acabaria com a Inglaterra, invertendo o rumo da guerra.

O velho Farben se levantou animado e, com uma taça de vinho na mão, pediu um novo brinde em homenagem a Luftwaffe, a força aérea alemã, e a Wehrmacht, com seus valorosos soldados.

– *Heil* Hitler! – os três gritaram em uníssono.

Continuaram bebendo e se divertindo quando, subitamente, ouviram soar as sirenes. Era um aviso de que um ataque aéreo inimigo atingiria a cidade de Frankfurt. Correram para apagar as luzes e se refugiar no porão da casa. Aquele foi o primeiro de vários ataques aéreos que a cidade viria a sofrer.

Durante uma hora, ouviram explosões de bombas e canhões antiaéreos. O chão tremia. O céu parecia carregado de relâmpagos e fogueiras que tingiam tudo de vermelho. Sentados no porão, os seis aguardaram o sinal sonoro anunciar o fim do ataque e rezaram para que a casa não fosse bombardeada.

Quando finalmente puderam sair, foram até a rua para ver o que tinha acontecido. Nenhuma das casas vizinhas havia sido atingida, mas ao longe era possível ver vários pontos de incêndio, luzes de ambulâncias e carros de bombeiros correndo de um lado para o outro.

– Esses ingleses e americanos são assassinos! Onde já se viu bombardear um lugar onde só vivem famílias inocentes? – gritou o velho Farben.

– Nosso *Führer* dará a resposta merecida a esses sanguinários. Vamos destruir Londres! – completou o sogro.

Ao ouvir comentários tão hipócritas, Carl não conseguiu conter o riso. Xingar os Aliados por atacarem civis quando a Luftwaffe bombardeava Londres todas as noites só podia ser piada. Lembrou-se da conversa com Florstedt e teve certeza de que sua conta na Suíça era absolutamente necessária.

A situação se acalmou e os três casais se despediram, mas não sem antes combinar de passarem juntos as festas de fim de ano.

Capítulo 9

– Que frio é esse? – perguntou Helke ao acordar, toda encolhida e embrulhada no edredom de penas de ganso que a família de judeus tinha abandonado em sua nova casa.

O ano era 1944. Por causa dos racionamentos, não era fácil, nem mesmo no mercado ilegal, comprar combustível para ligar o aquecimento.

– Você não sabe o que vivi na Polônia no ano passado – respondeu Carl. – Se está frio aqui, só posso imaginar em Majdanek.

Os dois se levantaram sem a menor vontade de sair daquele aconchego. Carl tinha uma reunião com Tesch logo cedo e não queria chegar atrasado. Foi se arrumar enquanto Helke preparava o café da manhã. Quando terminou de vestir o terno, parou na porta da cozinha e admirou a esposa.

"Sou um homem feliz", pensou.

Realmente não havia do que reclamar. Viviam em uma casa confortável, levavam uma vida de luxo. Ele tinha um bom cargo na empresa e uma parceira maravilhosa.

– Que olhar é esse? – perguntou Helke ao vê-lo ali parado.

– O de um homem apaixonado – respondeu ele, sorrindo.

– Se você não tivesse essa reunião com *Herr* Tesch, eu arrancaria suas roupas agora mesmo!

Os dois se abraçaram e se despediram com um beijo.

A Mercedes do casal estava coberta de neve. Uma onda de frio fora de época havia atingido a Europa e já parecia inverno. Carl precisou raspar os vidros do carro para conseguir enxergar. As correntes dos pneus faziam barulho enquanto ele dirigia para a sede da ITD. Tinha que guiar com cuidado, pois uma camada de gelo cobria o calçamento. Sem as correntes, o carro derraparia em todas as curvas. Nevava intensamente.

Carl parou o carro em sua vaga exclusiva e, andando a passos largos em direção ao prédio, sacudiu o casaco e bateu o chapéu para tirar a neve antes de entrar. Foi diretamente para a sala de Tesch; como previsto, tinha chegado antes do presidente.

– Que frio é esse? – disse Tesch ao vê-lo.

– Helke me fez a mesma pergunta ao acordar – respondeu ele, com um sorriso.

A secretária serviu-lhes uma xícara de chicória bem quente, um substituto do café naqueles tempos de guerra.

– Até que o gosto não é tão ruim – comentou Carl.

– A gente se acostuma.

O engenheiro então foi direto ao assunto. Havia ido informar o presidente que partiria naquela semana para a Áustria, onde pretendia realizar uma grande venda de Taifun B.

– Era exatamente sobre isso que eu queria conversar com você, Farben – disse o presidente. – É melhor ir primeiro à Polônia e deixar a Áustria para depois. Os campos de extermínio poloneses estão mais necessitados de produtos. Vamos começar a esvaziar o gueto de Lódz, que tem dezenas de milhares de pessoas, e transportar os judeus da Bélgica. Mas tenho uma boa notícia para o segundo trimestre do ano.

Carl esfregou as mãos de curiosidade.

– O que é? – perguntou, ansioso.

– A Hungria é nossa!

– É sério, presidente?

– A informação veio diretamente de Adolf Eichmann.

– Se minhas contas estão certas, há oitocentos mil judeus na Hungria, e todos irão para Birkenau! – exclamou o engenheiro.

– Vamos trocar essa chicória por champanhe. Quem liga se são 8 horas da manhã?

Carl concordou e os dois brindaram a boa notícia. Não era entusiasmante ir para a Polônia naquele frio, mas as previsões de vendas lhe traziam um calor aconchegante. Voltou para a sala contente com a projeção de faturamento e a sua comissão.

"Preciso calcular quantos judeus húngaros podem ser mortos diariamente em Birkenau para descobrir quanto Taifun B posso vender", pensou o engenheiro.

Então, ligou para Helke animado.

– Querida, tenho uma boa e uma má notícia. A má é que vou para a Polônia.

– De novo, não! E a boa?

– A Hungria será *judenfrei*, livre de judeus!

Helke gritou de alegria. Sabia, literalmente, o quanto aquilo significava.

***

Carl desembarcou na estação ferroviária de Cracóvia. Era a primeira vez que voltava à Polônia desde os testes com o Taifun B. A cidade estava mudada: o clima era pesado, de opressão, com muitos soldados alemães patrulhando as ruas. A população estava ainda mais empobrecida e miserável, com todos cansados e mal alimentados. Os anos de ocupação tinham abatido os poloneses, que sofriam com o racionamento de comida e combustível. Cracóvia, que sempre fora uma cidade alegre, agora parecia triste.

O engenheiro se hospedou no mesmo hotel de antes. Mas o lugar também havia perdido o brilho e o luxo do passado. Os garçons, magros e cansados, vestiam uniformes velhos e puídos. Até as prostitutas estavam abatidas e maltrapilhas; sem dinheiro para nada, desenhavam um risco na parte posterior da perna para simular a costura de uma meia de nylon. A ocupação definitivamente havia sido dura com a cidade. Parecia ter se passado décadas e não apenas quatro anos.

Carl sentiu-se nostálgico ao entrar no *lobby* do hotel. Recordou-se da época em que era um engenheiro inexperiente, sem nenhum dinheiro, prestes a participar de um programa que mudaria a história do Terceiro Reich. De como estava nervoso pela responsabilidade que teria pela frente. De como apostara todas as fichas em um projeto que prometia impulsionar sua carreira imensamente.

De fato, o resultado havia sido um sucesso. Era um homem rico agora.

Foi para o bar do hotel e sentou-se na mesma poltrona em que havia se reunido com sua antiga equipe. Lembrou-se do primeiro teste da câmara de gás, antes da instalação dos chuveiros falsos, quando os russos se rebelaram e tudo terminou em tiroteio. Depois, na segunda tentativa, quando toda a equipe passou mal ao ver os soldados asfixiados. Lembrou-se com pesar do jovem Klaus, que não aguentara a pressão e se enforcara no quarto. Sentia pena dele. Se soubesse que era um rapaz tão emocionalmente frágil, não o teria escalado para participar dos testes. Também se lembrou da traição de Helmut e Joseph e percebeu que ainda os odiava. Não eram frágeis como o jovem Klaus. Dera aos dois a oportunidade de fazer uma bela carreira. Agora, desejava que estivessem mortos na frente Leste.

Emergindo de seus pensamentos, fez um sinal para o barman.

"Traidores, é isso que eles são. Podiam estar aqui agora, desfrutando do dinheiro que teriam ganhado, mas foram ingratos. Deixaram-se levar por sentimentos mesquinhos. Quem se importa com os *untermenschen*?", pensava Carl enquanto saboreava sua bebida.

Observando o ambiente, viu que um senhor grisalho se aproximar. Alto e aprumado, vestia um terno muito bem cortado e um nó perfeito na gravata de seda italiana. Com certeza era um homem rico.

– É bom encontrar um conterrâneo por aqui – o estranho falou em alemão.

Carl se levantou para cumprimentá-lo. O homem era Alfred Croup, herdeiro e vice-presidente da maior siderúrgica da Alemanha, que levava o nome da família. Carl ficou surpreso ao saber que um empresário tão importante estava em Cracóvia. Os dois se acomodaram nos macios sofás de couro do bar e pediram mais vodca.

Inicialmente, conversaram sobre amenidades: de qual cidade vinham, se iam com frequência à Polônia, se já conheciam a beleza do Castelo de Wawel. Até que, inevitavelmente, a conversava partiu para negócios.

Carl explicou ao empresário sua função na ITD e o motivo de sua visita ao país em pleno inverno. Croup contou ao engenheiro que sua siderúrgica se dividia em duas grandes áreas, militar e civil. Era responsável pela segunda, que também fornecia materiais para os campos nazistas.

– *Herr Ingenieur*, os campos sáos nossos grandes clientes – disse o empresário. – Fornecemos cabos, estruturas de aço, fios, arames. O senhor não tem ideia de quantos quilômetros de arame farpado já produzimos, e isso para cercas duplas e eletrificadas.

– É preciso cuidado para evitar que os prisioneiros fujam.

– Sim, mas não somos os únicos a fazer bons negócios. Vocês também são grandes fornecedores dos campos, e o Taifun B é fundamental para os planos do Reich – comentou Croup, demonstrando conhecimento do assunto.

Envaidecido, Carl não conseguiu controlar seu ego.

– Vou contar um segredo, *Herr* Croup: sou o engenheiro responsável pelo Taifun B. Fui eu quem criou a fórmula.

O alemão imediatamente propôs um brinde.

– Meus parabéns, *Herr* Farben! *Prost*! – saudou Croup. – O senhor é um nobre cidadão. Graças ao seu gás, economizamos dinheiro e recursos e poupamos nossos soldados de fuzilar aqueles parasitas!

– Muito obrigado – respondeu Carl, orgulhoso.

– Nem imagino quantas toneladas de Taifun B a ITD já vendeu.

Carl se aproximou do alemão como se estivesse prestes a contar um segredo de Estado. Como toda pessoa vaidosa, queria mostrar que tinha informações privilegiadas.

– Muitas, meu caro. E posso garantir que a Operação Reinhardt não chegou nem à metade. Em breve haverá um imenso transporte – disse o engenheiro, omitindo se tratar da Hungria. Sabia que a informação era confidencial.

O empresário fez um sinal para o barman trazer mais vodca.

– Um brinde aos húngaros – disse, piscando um olho para Carl.

– Um brinde aos húngaros! – sorriu o engenheiro.

Mais à vontade, os dois passaram a conversar informalmente, como dois homens de negócios trocando informações úteis a ambos. Croup simpatizou com o jovem engenheiro e o convidou para jantar. Quando se levantaram para ir ao salão do restaurante, duas prostitutas que circulavam pelo bar se aproximaram na tentativa de se sentarem com eles. O magnata deu a elas algumas notas de marcos e pediu que voltassem depois do jantar.

– O senhor fala bem polonês – surpreendeu-se Carl ao ouvi-lo com as mulheres.

– Venho com frequência à Polônia, tenho muitos negócios para tratar aqui.

No salão de refeições havia uma grande mesa ocupada por oficiais da SS. Jantavam com várias prostitutas, algumas com os seios de fora, e os militares com as fardas abertas. Riam e falavam alto, eles em alemão e elas em polonês. Não se entendiam, mas estavam tão embriagados que aquilo não fazia diferença.

A cena não se encaixava no ambiente sóbrio do hotel. Parecia mais um grupo reunido em um bordel, e Croup não conseguiu evitar um comentário de desaprovação.

– Veja no que se transformou a elite do nosso exército – o empresário disse ao sentarem-se.

Carl ficou em silêncio. Aquele era um assunto sobre o qual tinha medo de opinar.

– Enquanto os soldados da Wehrmacht morrem como moscas para impedir que os soviéticos cheguem a Berlim, a Schutzstaffel se diverte como um bando de bêbados depravados!

O engenheiro percebeu que o empresário estava alcoolizado e começava a falar o que não devia.

– Perdemos cada vez mais territórios no Leste, os Aliados desembarcaram na Itália e esses SS estão preocupados com o quê? Com prostitutas e com o extermínio judeu!

Carl estava surpreso com o que ouvia. Poucas pessoas teriam coragem de falar aquilo, mas sabia que estava na presença de um dos empresários mais poderosos da Alemanha nazista. A metalúrgica Croup era responsável pelo fornecimento de todo o aço do país, incluindo o utilizado em aviões e tanques de guerra. Mesmo assim, por segurança, o engenheiro preferiu não emitir opinião.

Os oficiais da Schutzstaffel se levantaram e, trançando as pernas, saíram do restaurante abraçados com as jovens polonesas. Ao passarem pela mesa de Carl e Hans, todos gritaram "*Heil* Hitler". Parecia uma comédia barata.

O empresário se voltou para o engenheiro e continuou com as críticas. Agora, não poupava nem Hitler.

– Nossos trens deveriam estar trazendo os soldados da frente Oriental para defender Berlim. Em vez disso, o que Hitler faz? Usa-os para transportar mais e mais judeus para o extermínio. Ironicamente, nossa prioridade passou a ser os judeus, e não o povo alemão!

Carl sabia que era verdade. Por outro lado, enquanto o governo se dedicasse a matar judeus, a ITD venderia Taifun B e ele ganharia ainda mais dinheiro. "É isso que me importa", pensava.

A mistura de vodca e vinho fazia Croup soltar a língua.

– Esse pintor fracassado matou milhões de compatriotas tentando conquistar Moscou. Em breve, nos levará à destruição total. Ouça minhas palavras, meu jovem. Estive na guerra de 1914, sei o que estou dizendo. Por ora, devemos esquecer os judeus e pensar na nossa sobrevivência.

Três garrafas de vinho depois, Croup mal conseguia falar. Ele, que tanto criticara os oficiais da SS, estava no mesmo estado de embriaguez. Jogou algumas notas de dinheiro na mesa, fez sinal para as duas prostitutas se aproximarem e foi com elas para o quarto.

– Se quiser uma polaquinha, é por minha conta – disse antes de sair.

Mas Carl preferiu ficar sozinho no salão. Ele sabia que o empresário tinha razão. Precisava vender o máximo de Taifun B e engordar sua conta na Suíça o quanto antes. Em breve a Alemanha iria ruir, e ele tinha que estar preparado para quando esse dia chegasse.

Uma jovem polonesa se aproximou e forçou um sorriso, arrancando-o de seus pensamentos. Então, resolvendo deixar os problemas de lado, ele se levantou, passou o braço pela cintura da jovem e os dois foram para o quarto.

***

Após a passagem pela Polônia, Carl decidiu ir direto para a Áustria, sem voltar para casa. Começava a ver a urgência da situação e precisava se apressar. Os soviéticos já tinham descoberto dezenas de campos de extermínio em massa na Ucrânia e nos Países Bálticos, e os Aliados já falavam em acusar os alemães por crimes de guerra quando o conflito terminasse. O tempo corria contra o engenheiro.

Na Áustria havia quase setenta subcampos que gravitavam em torno da grande sede de Mauthausen.

— A maioria dos nossos internos são prisioneiros de guerra e políticos da oposição — explicou o comandante de Mauthausen. — Também há muitos espanhóis comunistas que lutaram na guerra civil, enviados para cá pelo Generalíssimo Franco.

— Incrível, senhor comandante, mas vocês usam câmaras de gás? — perguntou Carl, na esperança de fechar um bom negócio e pouco se importando com quem eram os prisioneiros.

— Claro, *Herr* Farben. Muitos prisioneiros não aguentam o trabalho e adoecem, e é mais barato eliminá-los do que tratá-los. Afinal, novos carregamentos chegam o tempo todo.

— Então que tal encomendar uma nova carga de Taifun B?

O nazista gostou da ideia, mas, antes de concluírem o negócio, queria que o engenheiro conhecesse "seu campo", como ele se referia a Mauthausen. Tinha orgulho do que fazia.

— Vou lhe mostrar a pedreira — disse o comandante. Então, guiou Carl por uma escadaria imensa feita em uma montanha, pela qual centenas de prisioneiros subiam e desciam continuadamente, carregando enormes pedras nas costas.

Parecia a visão do inferno. Centenas de homens sujos, esfarrapados, magros e alquebrados. Eram como formigas a andar de um lado para o outro.

— O granito extraído aqui é enviado para Berlim, onde o *Führer* planeja construir a nova capital do Reich. O ministro do Armamento, Albert Speer, esteve aqui e garantiu que a obra fará a antiga Roma parecer uma cidadezinha qualquer.

— É mesmo muito impressionante — elogiou Carl, deveras surpreso.

— Agora, quero que o senhor veja nossos paraquedistas em ação — disse o comandante, sorrindo.

Os dois caminharam até o pé da pedreira, que tinha cerca de setenta metros de altura, e o comandante deu ordens para um soldado providenciar os paraquedistas. Carl estava curioso. Quando o soldado chegou ao topo da montanha, o comandante exclamou:

— Olhe para cima, engenheiro! Veja que belo espetáculo os paraquedistas vão nos proporcionar.

Carl obedeceu, ainda sem entender o que o nazista queria dizer. O soldado havia colocado três prisioneiros na beirada da montanha. Subitamente, ele os empurrou para o vazio. Desesperados, os homens sacudiam os braços enquanto caíam, até se estatelarem no chão duro de rocha, espalhando sangue para todos os lados.

– Viu como eles agitavam os braços? Parecia que queriam voar! – O comandante gargalhou. – Os paraquedas não funcionaram!

Incrédulo, Carl se perguntou onde Himmler encontrava aqueles malucos.

– Agora, meu caro, quero que conheça nosso bordel. Sempre seleciono as mais belas prisioneiras para nosso divertimento. Depois poderemos falar de negócios, mas a diversão vem em primeiro lugar! – disse o oficial, puxando o engenheiro pelo braço.[26]

Carl topava tudo sem questionar. Os dois se divertiram, beberam, almoçaram e, no fim, fecharam uma boa venda.

O engenheiro negociou novos estoques de Taifun B com os comandantes dos maiores campos da Áustria. Muitos fizeram grandes pedidos, mesmo sabendo que boa parte não seria utilizada; com os prisioneiros trabalhando em condições tão insalubres, acabavam morrendo de exaustão antes de serem levados para as câmaras de gás.

A volta para Frankfurt foi complicada. A viagem de trem, que deveria durar poucos dias, levou quase duas semanas. Os trilhos estavam retorcidos ou destruídos em vários pontos, resultado dos ataques aéreos dos Aliados. Ao cruzar a fronteira da Alemanha, Carl percebeu que o país começava a sentir os efeitos da guerra. Viu os resultados dos bombardeios inimigos, que haviam destruído vilarejos e cidades inteiras. Cenas

---

[26] Muitos campos nazistas contavam com bordéis para soldados e oficiais da SS. Em ocasiões excepcionais, podiam ser utilizados por prisioneiros como prêmio por algum trabalho executado, desde que não fossem judeus. As mulheres dos bordéis, em geral prisioneiras políticas, criminosas ou prostitutas, raramente eram judias, uma vez que as leis raciais proibiam o relacionamento sexual entre arianos e judias. Mesmo assim, é claro que muitos alemães, incluindo nazistas do alto escalão, tinham amantes judias.

que se acostumara a ver na Polônia, como filas de pessoas desabrigadas e miseráveis em busca de alimento, se passavam agora em seu próprio país. Não havia a menor dúvida de que a Alemanha perderia a guerra.

A estação central de Frankfurt já não apresentava o mesmo luxo de outrora. Sacos de areia cobriam as entradas e havia poucos passageiros nas plataformas. Ao sair, percebeu que quase não circulavam carros pelas ruas. Tentou pegar um táxi para casa, mas não encontrou nenhum. Foi preciso caminhar por mais de uma hora. Enquanto isso, observava a preocupação nos rostos dos alemães e a quase total ausência de homens na cidade. Quase todos tinham sido convocados pelo exército, independentemente da idade. Agora, mulheres faziam os trabalhos que antes eram exclusivamente masculinos.

Quando finalmente chegou em casa, exausto, sua esposa se assustou. Estava com a barba por fazer, emagrecido, com as roupas sujas e um cheiro agridoce desagradável. Com a troca de trens durante toda a viagem, não tivera tempo para cuidar da higiene. Queria tomar um banho com urgência para eliminar aquele odor.

– Que cheiro terrível é esse, Carl?

– É o fedor dos *untermenschen*. Sai das chaminés junto com as cinzas – respondeu ele, arrancando as roupas e entrando na banheira.

– Pense pelo lado bom, querido: você vendeu toneladas de Taifun B em poucos meses – ela comentou, otimista como sempre, enquanto esfregava as costas do marido.

A situação da Alemanha beirava o insustentável. Em 20 de julho de 1944, tentaram matar Hitler em seu próprio refúgio secreto, a "Toca do Lobo". Mas o atentado falhou e o *Führer* saiu apenas com alguns poucos arranhões, salvo pela mesa de madeira maciça que impediu que a explosão o atingisse. Hitler, que já estava abalado física e mentalmente, piorou ainda mais. Sua ira levou à prisão de milhares de suspeitos e à morte de quase duas centenas de envolvidos, a maioria oficiais muito próximos a ele, como o líder da operação, Claus von Stauffenberg.

Hitler se recusava a aceitar a derrota desenhada à sua frente e mantinha as tropas lutando inutilmente. Suas táticas megalomaníacas levaram à morte centenas de milhares de alemães. Ele dizia que, se todo o povo alemão morresse, seria merecido por não terem vencido a guerra.

No lado Oriental, os soviéticos tomavam cidade após cidade e se aproximavam da fronteira alemã. Na frente Ocidental, os Aliados já tinham tomado Roma e lutavam para prosseguir na Itália em direção à Áustria e à Alemanha. Estados Unidos, Canadá e Inglaterra tinham desembarcado nas praias francesas e estavam próximos de libertar Paris. Pouco a pouco, em breve, os exércitos se juntariam em Berlim. Apenas Hitler e seus fanáticos seguidores acreditavam ser possível inverter o curso da derrota. Os ataques aéreos às principais cidades alemãs haviam se tornado cada vez mais frequentes. Eram raras as noites em que as sirenes não tocavam e as bombas não levavam destruição, pânico e morte.

Frankfurt era uma cidade importante e, por isso, muito atingida. Como a residência dos Farben ficava próxima à ITD, a área era poupada de bombardeios. Os Aliados sabiam que a vitória estava próxima e tinham interesse em preservar a estrutura industrial alemã; seria útil no pós-guerra.

A Wehrmacht convocava homens cada vez mais jovens e também mais idosos. Garotos de 10 anos e veteranos da guerra de 1914, já acima dos 60, formavam batalhões muitas vezes sem uniformes e com armas ultrapassadas.

Por ser uma peça importante no processo de extermínio, Carl não era convocado. A produção de Taifun B era prioridade dentro do esforço de guerra, e a máquina assassina nazista não podia prescindir dos esforços do engenheiro. Em pouco mais de três meses, quatrocentos mil judeus da Hungria haviam gaseificado nas câmaras de gás de Birkenau.

Carl passou os meses seguintes cada vez mais ocupado. Organizava a produção e distribuição do produto ao mesmo tempo que coletava suas comissões ilegais. Com a elite alemã tentando salvar suas economias em moeda-forte, os gerentes dos bancos suíços também trabalhavam sem parar. Havia um clima de desespero generalizado. A destruição da Alemanha se avizinhava.

Certo dia, em meio a tantos afazeres, Carl recebeu um telefonema de seu pai. O homem estava arrasado.

– Meu filho, preciso da sua ajuda. A Wehrmacht está convocando quem lutou na Primeira Guerra e eu fui chamado. Por favor, ajude o seu pai a se livrar disso – o homem chorou ao telefone. – Não posso deixar sua mãe sozinha. Não tenho mais idade para lutar. Eu vou morrer!

Carl usou de toda a sua influência para tentar ajudar o pai. Falou primeiro com o presidente Tesch, depois com oficiais da Wehrmacht e da SS, até que chegou à pessoa certa, um alto oficial com poderes para aliviar a situação do velho Farben. O engenheiro foi encontrá-lo em Berlim.

– *Herr* Farben, evitar a convocação é impossível – respondeu o oficial ao ouvir o caso. – O *Führer* deu ordens de chamar todos os homens com capacidade de lutar. O que posso fazer é colocar seu pai como soldado em um campo de trabalho forçado na Áustria. Dessa forma, ele não participará de nenhuma batalha e não correrá riscos.

– Muito obrigado, senhor – respondeu o engenheiro, aliviado. – Não tenho como agradecer.

– Pois é muito fácil me agradecer, *Herr* Farben. Aqui está o número da minha conta na Suíça. Assim que enviar este valor, carimbo os documentos para transferir seu pai em segurança para um dos subcampos de Mauthausen, onde ficará a salvo. Tudo o que ele precisará fazer é supervisionar prisioneiros cansados e esfomeados.

O valor pedido pelo oficial era alto. Para salvar o pai, Carl teria que usar boa parte do que havia amealhado durantes meses junto a comandantes corruptos dos campos. Tentou negociar, mas não foi possível. Por um momento, chegou a pensar em deixar que o pai fosse para a frente Oriental, mas acabou por aceitar o acordo. Afinal, era seu pai.

Sua decisão foi motivo de uma grande discussão com Helke, que achou um absurdo dar toda aquela quantia ao oficial.

– É meu pai, Helke! Estou de mãos atadas.

– Seu pai está velho, Carl! Somos nós que temos toda a vida pela frente, e vamos precisar de muito dinheiro para recomeçar depois da guerra.

– E se fosse o seu pai? Você não faria o mesmo por ele?

– Não importa. A guerra está perdida, a Alemanha será destruída, não há futuro aqui! Precisamos do dinheiro para nos salvar.

Os dois brigaram até cansar, mas Carl não mudou de ideia. O Terceiro Reich agora desabava rapidamente. Os bombardeios destruíam as cidades e os soldados alemães morriam aos montes. O povo também padecia de fome. A única coisa que funcionava a pleno vapor era o extermínio de judeus e a corrupção dentro do governo nazista.

Helke também não precisou se preocupar com a convocação do pai. A casa onde ele vivia com sua mãe, nas imediações de Berlim, foi destruída por uma bomba incendiária. Ela sequer pôde viajar para o funeral; não havia transporte e os corpos dos pais estavam carbonizados, misturados às ruínas.

As más notícias não cessavam.

Certa tarde, o engenheiro estava trabalhando em seu escritório quando a secretária o informou que Speer queria falar com ele. Fazia muito tempo que os dois não se viam e Carl estranhou o oficial o procurar. Ficou apreensivo: se desconfiassem que estava fazendo negócios por fora, ele seria levado para a sede da Gestapo e torturado, então acabaria confessando e sendo levado para morrer em um campo de concentração. Helke, considerada cúmplice, certamente seria enviada para um bordel igual ao que havia visto em Mauthausen.

O medo tomava conta do engenheiro. Mesmo assim, marcou de encontrar o oficial em um restaurante. Quando chegou, Speer já o esperava sentado à mesa, bebendo vinho e com a cara fechada. Era um mau sinal. Carl forçou um sorriso para parecer descontraído e disfarçar sua tensão. Mal se cumprimentaram e o oficial lançou a pergunta:

– *Herr* Farben, o senhor sabe o que aconteceu com o *Standartenführer* Florstedt?

Ao ouvi-lo, o sangue de Carl gelou. Foi por causa de Florstedt que havia entrado na engrenagem da corrupção. Sentindo a face corar, tentou desesperadamente não demonstrar culpa. Se Florstedt tivesse dado com a língua nos dentes, precisaria negar até o fim sua participação no esquema. Carl queria desaparecer, evaporar. Como era impossível, deu uma resposta evasiva.

– Soube que os soviéticos chegaram a Lublin em julho e que os SS abandonaram o campo de Majdanek praticamente intacto. O comandante não teve tempo de destruir as instalações, que caíram nas mãos dos comunistas. Acredito que isso tenha sido um erro – disse, tentando não aparentar seu nervosismo.[27]

---

[27] Majdanek é o campo mais conservado da Polônia. As tropas soviéticas chegaram a Lublin tão rapidamente que os nazistas não tiveram tempo de destruir as provas

– Foi pior que isso, *Herr* Farben.

O tom do oficial deixou o engenheiro ainda mais preocupado. Já se imaginava em uma sala da Gestapo, sendo torturado para entregar o nome dos comandantes corruptos e o número de suas contas na Suíça. Depois, iriam à sua casa prender Helke. Tudo estava acabado. Pensou em abrir o jogo e oferecer todo o dinheiro que tinha em troca de sua vida. Mas, para sua sorte, Speer continuou a falar.

– Hermann Florstedt vendia dentes de ouro e joias em benefício próprio. Comandava uma rede de contrabandistas dentro do campo. Ele roubou o Reich! – O oficial bateu a mão na mesa com tanta força que sua taça virou, derramando o vinho.

Carl respirou aliviado. Afinal, não tinha nada a ver com aquilo.

– Mas não acaba aí – Speer continuou, para o desespero do engenheiro. – Hermann Florstedt também superfaturou materiais para uso no campo. Havia arame farpado para construir mais três campos em Majdanek!

Carl se recordou do jantar com o vice-presidente da Croup. O oficial prosseguiu.

– Também encontramos Taifun B para matar duas vezes todos os judeus da Polônia. Como você explica isso, *Herr Ingenieur* Farben?

Agora, o tom de Speer era de extrema desconfiança. Mas, pela forma como fez a pergunta, Carl percebeu que não tinha sido denunciado; caso contrário, já o teriam levado para a sede da Gestapo. O engenheiro sabia que não podia errar na resposta. Suas próximas palavras decidiriam se iria voltar para casa ou ir direto para a tortura.

Ele respirou fundo, tentando se acalmar. Precisava demonstrar tranquilidade enquanto pensava no que dizer. Levantou a taça que tinha caído e repôs o vinho. Tinha que ganhar tempo para pensar na resposta. Speer olhava fixamente em seus olhos.

---

dos crimes antes de fugir. A câmara de gás permaneceu intacta, assim como os fornos crematórios, descobertos ainda quentes e com ossos humanos. Centenas de sacos com cinzas humanas e restos mortais também foram encontrados. Os nazistas sequer tiveram tempo de queimar documentos comprometedores, como listas de transportes de prisioneiros e até mesmo notas fiscais das vendas de cabelos dos judeus. Tão chocantes quanto esses documentos eram os imensos estoques de Zyklon B, cheios de latas intactas com o logotipo do laboratório Bayer.

Então, uma ideia surgiu.

– *Standartenführer* Speer – começou ele, calmamente –, o senhor se lembra dos engenheiros Helmut Blau e Joseph Black?

– Claro que sim – rosnou o oficial, impaciente.

– Então deve se lembrar que trabalhamos juntos no desenvolvimento da fórmula, mas foram eles os encarregados de calcular a quantidade de produto quando estivemos em Majdanek – mentiu Carl. – Os dois abandonaram o campo logo em seguida. Pelo visto, a traição deles ao Reich era maior do que eu havia imaginado. Fiz bem em despedi-los!

A resposta era crível o suficiente para Speer aceitar.

– Canalhas! Mereciam ser executados como Florstedt! – gritou o oficial, batendo novamente na mesa.

"Pelo menos já foi morto e não me entregou", pensou Carl, aliviado outra vez.

Os dois terminaram a refeição elogiando a força de Hitler e da Alemanha e discutindo a possibilidade de reverter o curso da guerra. Speer era um nazista tão convicto que tinha certeza da vitória.

– Albert Speer, meu primo, está construindo fábricas subterrâneas para desenvolver as bombas voadoras V2 do engenheiro Von Braun. Assim que tudo estiver pronto, destruiremos a Inglaterra e levaremos os Aliados a se renderem – falou o oficial.

Carl ia comentar que havia conhecido as fábricas quando esteve na Áustria, mas se calou a tempo. Teria que explicar ao SS o que fazia naqueles campos, já que a venda de Taifun B não era sua responsabilidade. Então, limitou-se a se despedir com "*Heil* Hitler".

Ao chegar em casa, encontrou a esposa no sofá tricotando um cachecol. Explicou para ela o motivo de ter sido procurado por Speer. Helke, pragmática como sempre, foi objetiva.

– Querido, chegou a hora de organizarmos nossa fuga. Comprarei documentos falsos para nós dois, mas precisamos pensar para qual país iremos.

– O quê? Acha que precisamos deixar a Alemanha?

– O que acha que vai acontecer quando a guerra terminar? Nossos inimigos irão procurar os culpados pelo que aconteceu.

– Toda a máquina da morte foi organizada por Himmler, Eichmann e Globocnik. Quem cuidou da execução foi a SS. Eles serão punidos! Sou apenas um civil, um engenheiro – repetiu Carl, realmente convicto de que seria poupado.

– Carl, você mesmo me falou que, quando os comunistas chegaram a Majdanek, o campo estava intacto. Viram as câmaras de gás, os fornos crematórios, as embalagens de Taifun B com o nome do fabricante. Ou você se esqueceu que as latas tinham rótulos?

Carl balançou a cabeça negativamente.

– Quem fabricou foi a Indústria de Tintas e Derivados. Sou apenas um funcionário da empresa.

– Meu querido, haverá uma caça às bruxas quando tudo isso terminar. Centenas de milhares de corpos serão encontrados. Eles virão atrás dos responsáveis e, se pesquisarem nos arquivos da ITD, será fácil chegar ao engenheiro Carl Farben, o mais jovem vice-presidente da ITD, responsável pelo desenvolvimento, pela produção e pela venda do Taifun B.

Ele sentiu um frio na barriga. Florstedt tinha dito a mesma coisa.

– Você pretende explicar para um tribunal internacional que estava apenas cumprindo ordens? Que era uma pequena peça na engrenagem? Ou prefere assumir outra identidade e fugir para um país longe da Europa?

Helke tinha razão. A Alemanha nazista havia feito uma limpeza étnica na Europa, cometido crimes contra a humanidade, e muitos teriam de pagar por isso. Era melhor não estar por perto quando a guerra acabasse.

No dia seguinte, Helke iria à Suíça a fim de transferir o dinheiro para outro país e comprar passaportes falsos com novas identidades.

– E para onde fugiremos? – perguntou o engenheiro.

– Para bem longe daqui, a algum país da América Latina.

Capítulo 10

Francisco Franco Bahamonde, o Generalíssimo Franco, estava ansioso para se livrar dos refugiados em seu território. A Espanha estava neutra na guerra e a expectativa do autocrata era a de que todos os fugitivos fossem embora o mais breve possível. Recebia-os para agradar os Aliados e porque sabia que seu amigo Adolf Hitler iria perder a guerra, mas deixava todos os problemas relacionados aos estrangeiros a cargo da Cruz Vermelha Internacional, que lhes fornecia roupas, alimentos e remédios. Franco achava já ter feito muito ao entregar passaportes espanhóis a judeus de origem hispânica que estavam na Grécia e conseguiram, com isso, escapar das deportações para Auschwitz.[28]

O campo de refugiados onde o grupo de Martina recebia cuidados parecia uma torre de Babel, tamanha confusão de línguas. Mesmo assim, todos se entendiam. Havia gente de quase toda a Europa: desertores que não queriam mais lutar, jovens que fugiram da convocação, viúvas com filhos pequenos, órfãos e, é claro, muitos judeus. Depois de semanas de boa alimentação, sol e repouso, Martina ganhou peso e recuperou as forças. Quando souberam que era judia, convidaram-na

---

[28] Ao falhar em conquistar a Grécia, Mussolini precisou pedir ajuda aos alemães. Os nazistas entraram no país e passaram a perseguir os judeus, que se concentravam principalmente na cidade de Salônica. A partir de março de 1943, tiveram início as deportações para Auschwitz. Quase todos os noventa mil judeus foram mortos.

para participar de um *Shabat*. Embora viessem de diferentes países, os judeus formavam um único grupo. Tinham em comum, além da religião, o fato de terem sido perseguidos pelo governo nazista. Queriam ficar juntos para se sentirem mais seguros e protegidos.

Martina se juntou a eles e assim seguiram até o final da guerra.

No dia 8 de maio de 1945, as sirenes do campo de refugiados soaram, o tilintar dos sinos das igrejas próximas flutuou pelos ventos e os alto-falantes do campo começaram a tocar o hino da Espanha. Todos correram até a sede para saber o que estava acontecendo.

– Acabou a guerra! Os alemães foram vencidos! – informou a chefe da Cruz Vermelha.

Era o dia mais feliz da vida daqueles refugiados. Os espanhóis distribuíram vinho e todos dançaram, cantaram e comemoraram noite adentro. No meio da festa, alguém pegou a mão de Martina, ela pegou a mão de alguém, outros judeus se juntaram a eles e formaram uma imensa *Hora*, dança de roda típica judaica, com centenas de pessoas. Foram aplaudidos por todos do campo, incluindo médicos, enfermeiras e assistentes.

– Sobrevivemos! Escapamos da barbárie nazista! – gritavam os refugiados entre lágrimas e risadas.

Nos dias que se seguiram, quem não era judeu começou a voltar para casa. Muitos tinham familiares vivos e suas casas não haviam sido invadidas.

Mas o caso dos judeus era diferente. Havia muitos motivos para não voltarem para suas cidades.[29] Embora a guerra tivesse chegado ao fim, todos se lembravam de como a população de suas cidades havia colaborado com os nazistas para massacrá-los e sabiam que seria

---

[29] Após a guerra, era comum que, ao voltarem para suas cidades, os judeus fossem atacados, espancados e mortos, especialmente nos países do Leste Europeu. Os novos moradores não queriam devolver as casas invadidas, assim como os bens roubados. O sobrevivente Samuel Klein relatou que, ao voltar para sua casa e encontrá-la invadida, foi prestar queixa na delegacia. A resposta que ouviu dos policiais foi que judeus não tinham nenhum direito. Mesmo anos após a guerra, *pogroms* violentos contra judeus sobreviventes foram relatados em várias cidades.

perigoso retornar. Muitos não tinham sequer para onde ir, pois, assim que a família era transportada para os campos, presas em guetos ou conseguia fugir, suas casas eram invadidas e ocupadas. Isso aconteceu em todos os países, sem exceção. Pior foi quando os sobreviventes tentaram contato com familiares e descobriram o tamanho da tragédia que se abateu sobre o povo de Israel. Muitos haviam perdido toda a família para os nazistas, e eram raros os que conseguiam encontrar algum parente vivo.[30]

– Para onde irei agora? – Martina chorava nos ombros dos amigos. – Meus pais morreram, minha casa foi confiscada... A Alemanha não é mais meu país!

O governo espanhol, também empobrecido pela guerra, precisava se reerguer e não tinha condições de manter os refugiados por mais tempo. Então, decidiu pedir ajuda aos países aliados.

Uma frota de caminhões ingleses e norte-americanos surgiu para levar aqueles judeus perdidos no mundo aos Campos Para Deslocados de Guerra espalhados pelos países derrotados, que incluíam Itália, Áustria e Alemanha.[31] Quando chegou a vez de Martina ir ao posto de recenseamento, um sargento estadunidense que falava alemão a aguardava para uma entrevista.

– Você será enviada para um campo na Alemanha – informou o oficial.

– De jeito nenhum – a jovem respondeu de imediato. – Não piso nesse país nunca mais. Quero ir para a Itália.

---

[30] As estatísticas são aterradoras: praticamente 90% dos judeus desapareceram da Lituânia, Letônia, Grécia, Polônia, Holanda, Romênia, Alemanha e Áustria. Na França, 25% dos judeus foram levados para campos de extermínio com a ajuda da polícia francesa. Na esperança de salvar os filhos, um número incalculável de crianças foi entregue pelos pais a pessoas não judias. Com a morte dos pais, essas crianças perderam suas origens judaicas. Ao todo, cerca de dois terços dos judeus europeus foram assassinados.

[31] Os Displaced Person Camps, ou Campos para Deslocados de Guerra, eram campos de refugiados montados pelos Aliados após a guerra para reunir sobreviventes abandonados à própria sorte. Precisavam de teto, comida, roupas e até mesmo documentos. Muitos desses campos foram adaptados em antigos campos nazistas, chegando a existir até 1947.

O sargento a encarou com impaciência. Estava exausto, organizando os transportes havia semanas, e não tinha tempo para lidar com problemas pessoais de refugiados.

– Escute, minha jovem, já está tudo organizado. Não somos uma agência de turismo; você irá para onde decidirmos. Que, no seu caso, é a Alemanha.

– Então me mande para Auschwitz e livre-se de mim, porque para a Alemanha eu não voltarei – respondeu ela, resoluta.

Os dois discutiram por alguns minutos até que Martina venceu, sendo colocada em um caminhão com destino à região de Puglia, no sul da Itália. Foi uma longa viagem até Santa Maria al Bagno, uma pequena cidade banhada pelo Mediterrâneo. Durante seu mandato, Mussolini mandara construir na região centenas de pequenas casas de veraneio para premiar, com um período de férias, os bons fascistas que ajudavam o governo. Após a derrota da Itália na guerra, os Aliados aproveitaram a estrutura para acomodar cerca de dez mil judeus dispersos.

A vida na cidade era tranquila: havia uma pequena praia de águas calmas, muito sol e peixe fresco. Lá, as vítimas do nazismo podiam recuperar a dignidade e as forças para planejar o futuro, o que incluía decidir para onde iriam. Afinal, Santa Maria al Bagno não era o ponto final desses judeus, mas um trampolim para a próxima etapa.

Entres os milhares de refugiados havia muitos sionistas, que passaram a organizar palestras e debates sobre a Terra Prometida, o lar dos judeus na Palestina, então sob domínio britânico. Theodor Herzl, fundador do movimento sionista, defendia a ideia de que os judeus deveriam ter seu próprio Estado, que estaria, naturalmente, localizado na Palestina, onde seu povo vivia desde os tempos bíblicos. Anos após a morte de Herzl, o Holocausto mostrou que, sem um país para abrigá-los, os judeus estariam sempre ameaçados. Para Martina, órfã de pai e mãe, aquelas palavras faziam todo o sentido. Ela não perdia uma palestra do grupo. Então, desistiu de ir para a América e decidiu que Israel seria seu lugar, sua pátria, sua família.

Martina se apaixonou pelo futuro Estado de Israel e abraçou a causa sionista de corpo e alma. Certo dia, quando saía de uma reunião, foi abordada por um jovem, que falou com ela em hebraico.

– Olá, meu nome é Andor Stern. Gostei da sua atitude na Espanha, você é decidida e firme. *Mazel tov*! Boa sorte!

– O quê? Que atitude? – perguntou a jovem, sem entender. Nunca havia visto aquele homem antes.

– De enfrentar o sargento e se negar a voltar para a Alemanha.

Martina o olhou desconfiada. Estava cansada de receber cantadas no campo e não tinha paciência para mais um rapaz atirado. Andor, que havia esticado a mão para cumprimentá-la, ficou com ela parada no ar. Martina o examinava de cima a baixo.

– Como você sabe o que aconteceu na Espanha? – perguntou ela, séria.

– Temos muitos informantes.

– E como sabia que era eu?

– Bem, chegou até mim a notícia de que uma linda ruiva havia enfrentado um sargento do exército estadunidense.

Martina sorriu. Realmente parecia que Andor a estava cortejando, mas ele era charmoso e tinha um par de olhos azuis maravilhosos.

– Meu nome é Martina Kaufmann – disse ela, finalmente pegando a mão dele.

Mas a jovem logo descobriu que não se tratava de uma cantada. Andor fazia parte da Aliá Bet, um grupo sionista secreto que procurava pessoas corajosas como ela, dispostas a arriscar a vida no perigoso trabalho de levar os judeus clandestinamente para a Palestina.

Ele avaliava se a jovem tinha as qualidades necessárias para o trabalho.

– O que faz a Aliá Bet? – quis saber Martina.

– Compramos navios para cruzar o Mediterrâneo e levar os judeus para a Palestina, onde criaremos nosso país.

– E por que é um projeto secreto? – A jovem ainda não conhecia a geopolítica da época.

– A Palestina é uma colônia britânica. Os ingleses, interessados no petróleo da região, não querem problemas com os árabes, e os árabes não querem que nós, judeus, voltemos para o nosso lar.

– Isso não está certo – indignou-se Martina. – Os judeus estão na Palestina desde os templos bíblicos. Moisés levou os hebreus do Egito para Canaã. O templo de Salomão está em Jerusalém.

– Tente falar isso para os ingleses – respondeu Andor.

– E por que é perigoso cruzar o Mediterrâneo?

– Porque os ingleses ou sequestram nossos navios ou nos atacam, afundando-os.

– Não é possível que façam uma coisa dessas! – espantou-se Martina.

– Minha querida, você tem muito o que aprender.

Após horas de conversa em que Andor a atualizou sobre a situação dos judeus, Martina foi aprovada e começou a trabalhar para a Aliá Bet. Poliglota, estava apta a falar com outros agentes do grupo espalhados pela Europa e com sobreviventes de vários países. Sua língua materna era o alemão, mas aprendera iídiche e hebraico com o pai. Também aprendera espanhol e italiano no período em que esteve no campo de refugiados da Cruz Vermelha e em Santa Maria al Bagno. Na convivência com os soldados estadunidenses, aprendera inglês. O esforço e a dedicação da professora Margot para educá-la apesar das circunstâncias haviam ajudado a jovem a manter o raciocínio rápido. Em pouco tempo, tornou-se uma pessoa importante para a Aliá Bet.

Martina e Andor passaram a trabalhar lado a lado nas missões.

– Conseguimos comprar um navio em Marselha – ela o informou certo dia. – Irá aportar em Santa Maria al Bagno no final do mês.

– E está em condições de navegar? – quis saber o rapaz.

– Você está brincando? Está no máximo em condições de boiar, mas foi o que o dinheiro permitiu comprar.

Os navios da Aliá Bet eram verdadeiras sucatas que, milagrosamente, ainda conseguiam ficar acima da água. Levando o maior número possível de judeus a bordo, partia do sul da Itália, cruzava o Mediterrâneo, furava o bloqueio britânico e chegava à Palestina. Muitas vezes, a viagem fracassava: ao tentar escapar de um barco-patrulha da Marinha Real Britânica, os navios acabavam afundando, levando as centenas de pessoas a bordo à morte. Quando não naufragavam, os passageiros eram capturados e levados para a ilha de Chipre, onde eram feitos prisioneiros em campos ingleses. As condições, embora um pouco menos adversas do que nos campos de concentração, não eram nem um pouco favoráveis. Viviam em barracas de lona, sob sol e chuva, frio e calor, em locais cercados e vigiados por soldados armados, sem saber que destino os aguardava.[32]

Mesmo quando os navios conseguiam escapar da Marinha Real Britânica, desembarcar nas praias do futuro Estado de Israel era um grande risco. Os soldados ingleses, armados até os dentes, patrulhavam cada centímetro de território para prender os sobreviventes da perigosa travessia. Fragilizados e desarmados, os passageiros eram facilmente capturados pelos valorosos soldados da Rainha e feitos prisioneiros no campo de Atlit, próximo a Haifa, um lugar cercado e cheio de torres de controle, exatamente como os campos nazistas. Uma vez que não tinham documentos nem passaportes para serem extraditados para seus países de origem, os judeus eram empilhados em barracões de madeira até que os ingleses decidissem o que fazer com eles.[33]

Em 1947, Martina, então uma experiente agente da Aliá Bet, foi convocada para acompanhar os refugiados em uma travessia. O grupo precisava dela na Palestina. Depois de vários dias de viagem, esforçando-se para não encontrarem navios ingleses, conseguiram chegar à praia de Haifa.

Na ocasião, Martina escreveu um artigo para um periódico sionista.

---

[32] Entre 1945 e 1948, os ingleses aprisionavam os judeus que tentavam chegar à Palestina em campos improvisados na ilha de Chipre. Essa é uma parte da história pouco conhecida e uma vergonha para o Reino Unido, que aprisionou milhares de judeus que tinham escapado dos campos da morte, do trabalho escravo, dos guetos e de todo o sofrimento da guerra. Muitos se casaram e tiveram filhos na ilha, tendo sido libertados somente após a criação do Estado de Israel.

[33] No começo da Segunda Guerra, centenas de judeus fugiram da Europa para a Palestina. Os ingleses, que dominavam a região, criaram um campo de prisioneiros próximo a Haifa, onde concentraram judeus até 1942, quando o local foi desativado. Em 1945, o campo foi reaberto para encarcerar os sobreviventes do Holocausto que tentavam desembarcar nas praias do litoral palestino. Só foi desativado após a independência de Israel, quando os ingleses desocuparam a região.

Foi uma emoção imensa para as centenas de sobreviventes do Holocausto desembarcar e pisar no solo da Terra Prometida. Esperança para os que passaram por campos de trabalho forçado. Esperança para os que escaparam, por milagre, das câmaras de gás. Esperança para as crianças órfãs que perderam tudo. Esperança para mulheres grávidas que se casaram nos campos de refugiados. Esperança para os que ficaram trancados em quartos ou porões por anos. Havia esperança para todos nós, havia Hatikvah!*[34] Nos abraçamos e cantamos nosso hino como nunca havíamos cantado antes.*

Seu relato serviu de inspiração para milhares de jovens que ainda não tinham decidido para que país emigrar. Em Haifa, Martina passou a morar em um *kibutz* e tornou-se membro do Irgun, uma organização paramilitar clandestina que defendia o uso de armas para expulsar os ingleses da região. Cerca de um ano depois, Haifa estava livre.

A independência de Israel foi proclamada em 14 de maio de 1948. No dia seguinte, quando os ingleses deixaram a região, os árabes declararam guerra ao novo país e os judeus tiveram que enfrentar, novamente, uma tentativa de extermínio. Mas dessa vez estavam armados e puderam lutar contra o inimigo.[35]

O líder militar do *kibutz* distribuiu armas para todos, com munição racionada, e deu uma ordem importante:

– Só atirem quando tiverem certeza de que vão acertar o alvo. Não temos balas de sobra.

---

[34] *Hatikvah*, palavra hebraica que significa "esperança", intitula o poema de autoria do judeu polonês Naftali Herz Imber, escrito em 1878. Anos depois, em 1897, foi musicado e adotado no primeiro congresso sionista, tornando-se o hino nacional de Israel.

[35] Em 29 de novembro de 1947, a Primeira Assembleia Geral das Nações Unidas aprovou a partilha da Palestina com a criação do Estado de Israel, que foi declarado independente em 14 de maio de 1948. Os ingleses foram embora sem se preocupar com o problema criado e deixado para trás por eles mesmos. No dia seguinte, os exércitos do Egito, Síria, Transjordânia (atual Jordânia), Iraque e Líbano, apoiados por grupos militares da Arábia Saudita e do Sudão, que não aceitavam a partilha, invadiram o novo país. Mesmo em imensa minoria de soldados e com poucas armas e munições, os judeus venceram o que viria a ser conhecida como Guerra da Independência, a primeira guerra de Israel contra as nações árabes.

Foi pegando em armas que Martina descobriu que tinha boa pontaria e sangue frio. Mais uma vez, os israelenses lutaram pelo seu país e venceram. Em seu segundo artigo, Martina contou sobre o conflito:

A Inglaterra deixou uma bomba-relógio armada para nós. Assim que a independência de Israel foi declarada, os ingleses se retiraram, mesmo sabendo que os árabes iniciariam uma guerra para expulsar os judeus. Tivemos que nos armar e lutar mais uma vez pela nossa sobrevivência. Depois de passar pelo Holocausto, perder nossos pais e filhos, tivemos que lutar por nossas vidas e nosso futuro. Vencemos, e uma coisa é certa: jamais perderemos o país que é nosso por direito.

SEGUNDA PARTE

O PÓS-GUERRA

Capítulo 11

Uma cliente desconhecida entrou na farmácia em busca de um medicamento para tosse. O inverno em Curitiba era sempre gelado, e ela, que morava havia pouco tempo na cidade, não estava acostumada com aquele frio.

Rita Alves era uma mulher linda, com a pele cor de café e um sorriso que brilhava mais que o sol. Sua beleza atraiu os olhares do farmacêutico. Numa cidade como aquela, onde havia muitos imigrantes europeus, era impossível que ela passasse desapercebida.

Ao ser atendida, ela explicou que precisava de um xarope para tosse.

— Este *ser* muito bom para a garganta — respondeu o farmacêutico, com um forte sotaque alemão.

O sorriso que ela deu em resposta quase derreteu o funcionário.

— O correto é "este é", e não "este ser" — Rita o corrigiu.

Ele devolveu o sorriso enquanto embalava o produto.

— Quanto custa? — perguntou ela.

— Pode me pagar com aulas de português — respondeu o farmacêutico, colocando o embrulho nas mãos da jovem e sentindo a suavidade de sua pele.

Rita o examinou discretamente. Era alto, tinha olhos azuis e cabelos loiros. Parecia ter cerca de 40 anos, dez a mais do que ela. Também não usava aliança na mão esquerda. Que mal faria um flerte sem compromisso?

– Podemos começar as aulas depois que eu fechar *o* farmácia. Tem *uma* restaurante ali *no* esquina – insistiu o farmacêutico, forçando o sotaque para convencê-la.

Ela riu e respondeu com uma piscadela que quase o derrubou.

– Está combinado. Encontro você lá quando sair do trabalho.

– Ótimo! Qual é o seu nome? – perguntou o alemão.

– Rita – respondeu a jovem, fazendo charme.

Ela já estava na calçada quando se virou para perguntar de volta.

– E você, como chama?

– Helmut – respondeu ele. – Helmut Blau.

Já era fim do dia quando Helmut fechou a farmácia, subiu até o seu apartamento na sobreloja, trocou de roupa e foi se encontrar com Rita. A especialidade do restaurante que havia escolhido era cozinha polonesa.

Era 1950 e Curitiba era uma pequena capital onde todos se conheciam. Helmut entrou e cumprimentou o dono do local, seu amigo Pollack Tyszka, que pegou uma garrafa de vodca e sentou-se com ele em uma mesa de canto. Pollack tinha nascido em Lódz, na Polônia, e emigrado para o Brasil alguns anos antes da guerra. Quando Helmut chegou ao país, ainda nos anos 1940, descobriu que Curitiba tinha grandes comunidades polonesas, italianas, ucranianas e alemás. Ele ficou surpreso ao ver como aqueles diferentes povos se davam tão bem ali, algo completamente diferente do que acontecia na Europa, onde todos queriam matar uns aos outros.

– Vai querer o *pierogi* de sempre, meu amigo? – perguntou Pollack, enchendo dois copos com vodca.

– Meu caro, hoje tenho companhia para jantar – respondeu Helmut com um sorriso nos lábios. – Você vai ter que preparar o melhor *pierogi* da sua vida!

– *Nasdrovia*! Saúde! – brindou o polonês. – Pelo brilho nos seus olhos, percebe-se que é uma companhia muito especial. Fico contente, já está mais do que na hora de você sair dessa solidão.

– Calma, meu amigo, eu ainda mal a conheço. Ela esteve na farmácia hoje à tarde e eu a convidei para jantar, só isso!

Quando Pollack ia pedir que ele a descrevesse, uma linda mulher entrou no restaurante. Olhava em volta como se procurasse por alguém, e ele não teve dúvidas de que era a pessoa que Helmut aguardava.

A jovem localizou o farmacêutico e se dirigiu à mesa onde os dois estavam. Eles se levantaram para recebê-la e, após as apresentações, Helmut puxou a cadeira para que ela se sentasse. Os três conversaram um pouco e Pollack foi para a cozinha preparar uma entrada. Queria deixá-los a sós.

A conversa fluía naturalmente. Rita contou que se mudara para Curitiba havia pouco tempo. Trabalhava no departamento financeiro de uma fábrica de móveis e ainda não conhecia ninguém na cidade. Também estava espantada com o frio que fazia no inverno.

Helmut riu ao ouvir isso.

— Esse inverno é quase o verão da Alemanha.

— Então você veio para cá para fugir do frio? — perguntou ela.

— Do frio, da Alemanha e da guerra. Fui convocado pelo exército, mas não queria ser soldado, não queria servir àquele país coberto de sangue e morte. Atravessei vários países a pé até chegar a Portugal, à cidade de Lisboa, onde peguei um navio e desembarquei no porto de Paranaguá, no litoral do estado. Pouco tempo depois, vim para Curitiba.

Rita ficou espantada. Não imaginava que os alemães tinham enfrentado tantas adversidades. Ela contou então que havia nascido em Uberlândia, uma pequena cidade no estado de Minas Gerais. Vinha de uma família simples e, com muita dificuldade, conseguiu fazer um curso de Contabilidade. Ao se formar, queria mudar de ares e decidiu ir para o Paraná.

Helmut ouvia tudo com atenção. Ele contou que tinha se formado em Engenharia Química na Universidade de Berlim, mas omitiu o resto de sua biografia.

— Por isso você tem uma farmácia! — ela comentou.

— Sim. Por incrível que pareça, não sei fabricar salsichas nem cerveja.

Os dois riram.

— Seu sorriso é a coisa mais linda que eu já vi — disse Helmut.

Rita ficou sem graça e tomou um golinho da vodca.

— Mas me diga, por que você escolheu o Brasil? — ela perguntou, mudando de assunto.

– Foi o Brasil que me escolheu. Embarquei no primeiro navio que partia para a América Latina sem saber nada sobre este país. Não sabia que aqui todas as nacionalidades se davam bem e que as brasileiras eram as mulheres mais lindas do mundo!

Horas após o jantar, os dois ainda conversavam animadamente. Pollack se aproximou e pediu desculpas, mas precisava fechar o restaurante.

– Meu amigo, não vi que estava tão tarde! – disse Helmut. – Nem percebi o tempo passar, de tão agradável que é minha companhia.

Rita sorriu e os dois homens se derreteram.

– *Meu caro, se eu fosse você, não deixaria essa maravilha escapar* – brincou o polonês em sua língua natal, dando uma piscadela para os dois.

O casal se despediu de Pollack e saiu para o frio da noite curitibana. Rita não morava longe e os dois foram a pé até a casa dela. Na porta, se despediram formalmente, mas combinaram de se ver outra vez.

Encontraram-se no dia seguinte e em todos os outros. Saíam para jantar e para conhecer a cidade, conversavam sobre a vida no interior do Brasil e na Alemanha, comparavam culturas e compartilhavam curiosidades. Enquanto isso, Rita ia corrigindo o português de Helmut. Ele não perdia o sotaque, mas começava a acertar os pronomes.

– Já é um *prrogrresso*! – brincava o alemão.

Algumas semanas de convívio depois, ele foi levá-la em casa e ela o convidou para entrar. Finalmente se beijaram e fizeram amor, adormecendo nos braços um do outro.

No meio da noite, Rita acordou assustada. Helmut gritava durante o sono e se debatia de um lado para o outro. Ele estava molhado de suor.

– Helmut, acorde! – gritou ela. – Você está tendo um pesadelo!

Ele despertou e se sentou na cama, ofegante, tentando se recompor.

– Eu falei enquanto dormia? O que eu disse? – perguntou, preocupado.

– Não sei, você estava falando em alemão! O que aconteceu?

Aliviado por ela não ter entendido, ele contou sua versão do sonho.

– Eu estava fugindo da Alemanha enquanto bombas caíam sobre minha cabeça.

Rita o abraçou com carinho.

– Você deve ter passado por momentos horríveis, meu querido.

Os pesadelos eram recorrentes, mas não eram bombardeios que invadiam as noites de Helmut. Eram vítimas de câmaras de gás.

Certa vez, enquanto jantavam no restaurante de Pollack, Rita comentou sobre os pesadelos na esperança de que o polonês pudesse ajudar o amigo a superar o trauma. Ele então apontou para um casal em uma das mesas.

– Minha cara, isso é algo comum. Está vendo aquele casal ali? São judeus poloneses que escaparam do Holocausto. Aquele homem me disse que tem pesadelos constantes. Imagine ter toda a sua família, incluindo mulheres, idosos e crianças, assassinada em uma câmara de gás?

Rita ficou espantada. Sabia o que os judeus tinham sofrido na guerra e nunca imaginou que conheceria pessoalmente um sobrevivente do Holocausto. Helmut, profundamente incomodado, preferiu não dizer nada. Aquela era uma mancha em seu passado que ele preferia esquecer.

– Venham, vou apresentá-los a vocês – disse o polonês, pegando os amigos pelo braço.

Rita se levantou cheia de curiosidade. Sentia-se honrada por ter a chance de conhecer alguém que sobrevivera a um crime tão monstruoso. Helmut, por outro lado, ficou paralisado. Ainda que Pollack o puxasse, ele não conseguia se levantar. Pálido, começou a suar frio e a sentir falta de ar, até que desfaleceu.

Quando acordou, estava deitado no chão com a cabeça apoiada em uma toalha de mesa. Tentava entender o que tinha acontecido. Rita segurava sua mão e chorava. Pollack usava um cardápio para abaná-lo. O judeu que o amigo havia apontado tomava seu pulso.

– Ele parece bem, a pulsação está normal.

Os homens ajudaram Helmut a se levantar e o sentaram em uma cadeira. Pollack deu a ele um copo com água. Rita beijou seu rosto, molhando-o com suas lágrimas.

– Como está se sentindo? A propósito, meu nome é Julian Gartner, e esta é Sara, minha esposa – apresentou-se o casal.

– Estou bem, obrigado pela ajuda.

– Deve ter sido o estresse. Pollack me disse que você é alemão, eu entendo que as lembranças da guerra podem ser realmente terríveis

– falou Julian. – Também me sinto mal quando recordo momentos de pavor.

Helmut queria desaparecer, evaporar, sair correndo. Estava cara a cara com um sobrevivente do Taifun B. Olhando nos olhos de Julian, ele agarrou suas mãos e começou a chorar desesperadamente.

– Me desculpe, me perdoe! Por favor, me desculpe!

O homem tentava fazê-lo parar de chorar.

– Você não tem pelo que se desculpar. Não culpo todos os alemães pelo que aconteceu com a minha família – disse ele com tranquilidade. – Se eu dissesse que todos os alemães são nazistas, estaria cometendo o mesmo erro deles. Não se pode generalizar.

Os casais se deram bem e decidiram almoçar juntos. Beberam vodca para relaxar, comeram um bom *pierogi*, contaram casos, riram e elogiaram o país maravilhoso que era o Brasil.

– Não existe lugar melhor que este – dizia Sara o tempo todo.

Rita percebeu que o namorado estava extremamente feliz com aquele encontro.

– Jamais poderia imaginar que um dia eu estaria almoçando com um polonês, um casal de judeus e uma brasileira! Parece que estou no paraíso! – falou Helmut.

– *Nasdrovia*! Alegria! – brindou Pollack.

– *Le chaim*! Para a vida! – disse Julian.

Capítulo 12

O Clube Tedesco ficava à beira da represa de Guarapiranga, na zonal sul da cidade de São Paulo. Aos finais de semana, era frequentado pela elite alemã: as crianças brincavam na piscina e jogavam bola; as mulheres tomavam sol, faziam cursos de trabalhos manuais e jardinagem e organizavam festas tradicionais da cultura alemã; os homens praticavam esportes e sentavam-se no bar para beber, fumar e falar de negócios. Só se ouvia português quando se dirigiam aos garçons ou a outros funcionários do clube.

Quase todos os sócios eram executivos de grandes empresas alemãs. Os mais velhos tinham chegado ao país ainda nos anos 1920, após o fim da Primeira Guerra, quando a situação na Europa se tornara difícil e o desemprego e a pobreza tomavam conta da Alemanha. Os mais novos haviam chegado em condições melhores, no começo da década de 1950, após o fim da Segunda Guerra. A maioria eram executivos e técnicos transferidos pelas matrizes das indústrias para desenvolver as filiais no Brasil. O Plano Marshall, grande programa de investimento aplicado pelos Estados Unidos na Europa após a guerra, havia ajudado a Alemanha a se recuperar. Terminado o conflito, então, o pragmatismo falou mais alto e a União Soviética se tornou o rival comum a ser combatido: para evitar que o comunismo se espalhasse pela Europa, os inimigos de ontem tornaram-se os aliados de hoje.

Os alemães estavam felizes no Brasil. Adoravam o clima, a comida e, principalmente, a caipirinha. Mesmo assim, muitas vezes reclamavam dos operários de maneira preconceituosa.

"Os brasileiros são muito bonzinhos e cordiais. Querem sempre agradar, mas não gostam de trabalhar."

"A eutanásia se esqueceu de muita gente."[36]

Sentiam saudades da terra natal, onde tudo funcionava à perfeição e as ruas estavam sempre limpas. Recordavam-se dos cafés, dos parques públicos bem conservados, da elegância dos homens de terno e das mulheres de casacos de pele.

Günther Lutz era um dos mais saudosos do passado glorioso de seu país. Como a maioria dos seus conterrâneos, era alto, loiro e tinha olhos azuis. Eva, sua esposa, gostava de ir ao Clube Tedesco para jogar cartas e tomar sol à beira da piscina. Também tinha cabelos loiros, olhos azuis e a pele sempre bronzeada pelo sol brasileiro. Quando se encontrava com as amigas, gostavam de falar do passado na Alemanha.

"Meu marido foi transferido assim que a empresa onde trabalhava na Alemanha abriu uma filial no Brasil."

"Antes de vir para cá, morávamos em Munique."

"Chegamos em 1947. Embarcamos em um navio, descemos no Rio de Janeiro e depois viemos para São Paulo."

"Nós morávamos perto da fronteira da Áustria. Sinto saudades de esquiar aos invernos!"

---

[36] No período em que Franz Paul Stangl esteve na Volkswagen do Brasil, funcionários relataram tê-lo ouvido dizer diversas vezes que "a eutanásia se esqueceu do senhor" para se referir a empregados que, segundo ele, não sabiam trabalhar. Para os que não conheciam seu passado nazista, a fala só ficou clara após sua prisão, quando a imprensa brasileira noticiou sua trajetória militar na Segunda Guerra. Em 1940, Stangl havia coordenado a segurança do departamento T4, programa de eutanásia instituído pelos alemães. Depois, foi escolhido para ser o comandante do campo de extermínio de Sobibor, onde foram assassinados quatrocentos mil judeus. Realizou suas funções de maneira tão eficiente que foi transferido para comandar o campo de extermínio de Treblinka, onde oitocentos e cinquenta mil judeus foram mortos. Em 1951, fugiu para o Brasil com seu nome verdadeiro e foi contratado pela Volkswagen. Em 1967, foi descoberto pelo caçador de nazistas Simon Wiesenthal e deportado para a Alemanha, onde foi julgado, condenado e preso. Morreu na prisão poucos anos depois, em 1971.

"Meus pais ficaram na Alemanha, não quiseram vir com a gente."

Quando perguntavam a Eva sobre seu passado na Alemanha, ela sempre mudava de assunto. Não gostava de comentar sobre a vida no Velho Continente e ninguém insistia em saber. Muitos alemães eram assim, reticentes, e havia um acordo entre os imigrantes: se o outro não falasse espontaneamente, nada era perguntado. O que acontecera na Alemanha ficara na Alemanha.

Mesmo tendo um passado misterioso, o prestígio dos Lutz era grande. Günther era um dos imigrantes mais bem-sucedidos da comunidade alemã, vice-presidente da filial brasileira da FAM – Fábrica de Anilinas e Medicamentos, novo nome da ITD que, por motivos óbvios, foi trocado após a guerra. A FAM havia se estabelecido no Brasil ao final do século XIX, inicialmente como representante comercial da matriz alemã, depois como fabricante de diversos produtos. Desde então, não parou de crescer, tornando-se a maior indústria química da América Latina. Günther seria nomeado presidente assim que o atual se aposentasse.

O que sabiam da história dos Lutz é que haviam chegado ao Brasil no final da guerra. Günther usava óculos e alegava que, por causa da forte miopia, não fora convocado para o exército, ainda que esse fator não tenha impedido outros alemães de irem para o campo de batalha. Mesmo assim, ninguém o questionava. Os imigrantes não se metiam na vida uns dos outros.

Günther havia se formado em Engenharia Química na Universidade de Berlim e se apresentou na FAM Brasil com uma carta de recomendação assinada pelo presidente mundial da empresa. O documento não dizia que ele tinha trabalhado na matriz. Assim, ainda que pesquisassem seu nome, não encontrariam nenhum registro.

Mesmo entre os diretores da FAM Brasil, tudo o que sabiam sobre o casal Lutz era que haviam aportado no país com documentos falsos e alguns quilos de ouro escondidos na mala. O ouro fora usado para comprarem uma casa e se estabelecerem sem trabalhar nos primeiros anos, até que a poeira baixasse e Günther fosse contratado pela FAM. Na Alemanha, eram conhecidos como Carl e Helke Farben.

Era melhor manter a nova versão. Os esqueletos ficavam no armário.

***

O verão havia chegado a Curitiba. Rita e Helmut continuavam a se encontrar todos os dias para passear pela cidade. Sempre de mãos dadas, pareciam dois adolescentes apaixonados. Pelo menos uma vez por semana jantavam no restaurante polonês com Julian e Sara. Pollack e Helena, sua esposa, também se sentavam com eles. Os três casais se tornaram inseparáveis.

Certa noite, Sara apareceu no restaurante vestindo uma blusa de manga curta que deixava à mostra um número tatuado no braço. Rita, que nunca tinha visto nada assim, perguntou do que se tratava.

– Lembranças de Auschwitz – respondeu ela. – Era uma técnica dos nazistas para nos desumanizar. Quando chegávamos aos campos, perdíamos nossos nomes e sobrenomes; virávamos um número. Em Auschwitz, esse número era tatuado no braço. Em outros campos, era escrito nos uniformes. Éramos chamados por eles.

Rita ficou chocada com aquela informação. Quanto mais convivia com Julian e Sara, mais percebia o quão pouco sabia sobre o Holocausto. A conversa seguiu para outros assuntos até que, no meio do jantar, o expansivo e falante Pollack cutucou Helmut e jogou uma pergunta na mesa.

– Meu caro alemão, há meses você corteja nossa querida Ritinha. Não acha que já está na hora de oficializar essa relação?

Helena se espantou com a cobrança do marido.

– Pollack, isso não se faz!

– Meu amigo polonês, não sei ao certo o que é "cortejar", mas acho que entendi o que você quis dizer e concordo – disse Helmut, sorrindo. Em seguida, tirou uma aliança do bolso e se ajoelhou diante de Rita. – Meu amor, quero pedir, na frente dos nossos amigos, que você se case comigo!

Pega de surpresa, a jovem não se aguentou de emoção e pulou nos braços do amado. Os dois trocaram um longo beijo sob os aplausos dos casais e dos clientes do restaurante.

– Vocês dois tinham combinado tudo! – disse Helena, dando um tapinha no ombro do marido. – Vou pegar uma garrafa de champanhe na geladeira para comemorarmos.

Naquela noite, Rita e Helmut se amaram com mais paixão do que nunca.

– Querido, temos que planejar uma viagem para Uberlândia – Rita disse antes de pegarem no sono. – Você precisa pedir minha mão para os meus pais. Eles são muito conservadores.

Nas semanas que se seguiram, os dois organizaram a ida para a terra natal de Rita. A viagem foi complicada e longa. Tiveram que pegar vários ônibus e, rodando por estradas precárias, levaram mais de um dia para chegar.

– Rita, se estivéssemos na Europa, já teríamos cruzado o continente inteiro várias vezes – comentou Helmut, impressionado. – Que país imenso é o Brasil!

Muitos quilômetros depois, chegaram a uma casa simples numa rua de terra. Com o sorriso maravilhoso de sempre, Rita se esticou sobre o portão baixo e bateu palmas para avisar que tinha chegado. Logo apareceram sua mãe, seu irmão caçula e seu pai, todos com o mesmo sorriso expansivo da filha. Eles se abraçaram e se beijaram cheios de saudade.

Helmut ficou encantado ao ver aquela família alegre se cumprimentar de maneira tão esfuziante. Mas, quando foi beijado com o mesmo carinho, ficou totalmente sem graça. Não estava acostumado a dar e receber afeto de pessoas que não conhecia.

– Que olhos maravilhosos você tem – disse a mãe de Rita ao futuro genro. – Aqui na cidade, olhos azuis são uma coisa rara!

– Pois eu gosto dos olhos de vocês, pretos como *jacutibacas* – respondeu ele com um forte sotaque.

Todos caíram na risada.

– Eu disse algo errado? – perguntou Helmut, sem entender.

– É "jabuticabas", meu amor! Essa frutinha preta só existe no Brasil.

O alemão experimentou cafezinho mineiro, cigarro de palha, pinguinha da boa e o papo seguiu por horas. Quando anoiteceu, ele se despediu e foi para um hotel. Como ele e Rita ainda não eram casados, não podiam dormir juntos na casa da família.

Deitado sozinho no quarto, Helmut pensava nas voltas que a vida dá. Poucos anos atrás, vivia em um país tomado pelo racismo e o preconceito. Condicionado a acreditar que fazia parte de uma raça superior, chegara ao ponto de colaborar para o extermínio daqueles que o Reich considerava inferiores.

– *Untermensch? Untermensch* era eu!

Nos dias que se seguiram, Rita o levou para conhecer a cidade. Helmut comeu as mais deliciosas comidas mineiras, engordou de tanto comer goiabada e marmelada e, mesmo depois de tentar muito, não conseguiu aprender a falar "jabuticaba". Passou momentos tão felizes que não teve nenhum pesadelo.

O pedido oficial de casamento foi feito aos pais de Rita, que aprovaram a união. A cerimônia aconteceu em uma igrejinha de Uberlândia com Pollack e Helena como padrinhos do noivo no religioso e Julian e Sara, por razões óbvias, como padrinhos no civil.

Passaram a lua de mel na praia de Guaratuba, onde o alemão abusou do sol. À noite, não conseguiu dormir de tanto que as costas ardiam.

– Querido, você não pode tomar sol dessa maneira! Achou que fosse ficar da minha cor? – disse ela, rindo.

– *Ai,* Rita, cuidado como você passa esse creme! Minhas costas estão em brasa – choramingou ele.

De volta a Curitiba, Rita pediu demissão do trabalho e foi cuidar da contabilidade da Farmácia Frankfurt.

Helmut ainda tinha pesadelos, mas eram cada vez mais esporádicos. Feliz ao lado da esposa, procurava não pensar no passado nem na guerra. A vida agora seguia calma e tranquila.

Capítulo 13

Günther não conseguia controlar sua ansiedade. Andava de um lado para o outro da sala de espera da maternidade como um leão enjaulado. Só conseguia pensar em Eva em trabalho de parto.

A cada cinco minutos o alemão solicitava informações sobre a esposa. A recepcionista, uma jovem negra e muito gentil, pedia para ele ter calma; tudo estava sob controle.

– Fique tranquilo, Sr. Lutz. Sua esposa está bem, o médico que a está acompanhando é um dos nossos melhores obstetras. Partos são sempre demorados.

Mas Günther não conseguia controlar os nervos. Levantava da cadeira, tornava a sentar, andava em círculos e voltava a pedir notícias.

– O senhor não quer tomar um café para relaxar? – sugeriu a recepcionista, já se levantando para pegar uma xícara.

– Não, eu não quero café nenhum! – gritou Günther. – Nem sei como pude deixar minha esposa nas mãos de *schwarz*[37] como vocês! Quero ver Eva imediatamente!

Ele caminhou decidido em direção à ala privativa que dava acesso à sala de parto. Por sorte, um enfermeiro que estava passando por ali conseguiu segurá-lo enquanto a recepcionista ligava para os seguranças. Dois homens vieram rapidamente para controlar a situação. O alemão se debatia, tentava agredir os agentes e gritava palavras em uma língua

---

[37] Termo pejorativo usado pelos nazistas para se referir a pessoas negras.

que eles não entendiam. A confusão foi tanta que um médico apareceu e aplicou uma injeção para que Günther se acalmasse. Ele parou de se debater e entrou em estado de sonolência. Colocaram-no sentado em uma cadeira com um segurança de guarda. De vez em quando tentava se levantar, mas o efeito do calmante o fazia cair novamente na cadeira. Não tinha forças para ficar de pé.

O que o calmante não conseguiu foi controlar sua língua. Com a voz pastosa, xingava a recepcionista, o segurança e os médicos do hospital. Dizia que nada daquilo teria acontecido se ele estivesse em um país civilizado como a Alemanha. Felizmente, dopado como estava, falava em alemão e ninguém o entendia.

Uma hora depois, um médico apareceu na recepção e o informou que seu filho havia nascido com três quilos e setecentos gramas. Tanto o bebê quanto a mãe passavam bem. Ele chorou de emoção.

Em Curitiba, Helmut encarava uma situação parecida, mas de forma muito diferente. Andava tão ansioso de uma extremidade à outra do corredor da maternidade municipal que, quando a enfermeira foi até ele para dizer que uma linda menina havia nascido, ele a abraçou e disparou a fazer perguntas em alemão. Sorrindo, a jovem repetiu "Senhor, eu não falo alemão".

A filha do casal tinha a pele negra, cabelos escuros e olhos azuis. Estava acarinhada no colo da mãe, que olhava para o marido com amor. Rita sugeriu que a batizassem com o nome da mãe de Helmut, mas ele queria um nome bem brasileiro. Escolheram Maria.

***

Havia uma imensa fila na porta da câmara de gás. Dezenas de judeus aguardavam assustados e temerosos, embora o soldado de guarda dissesse que eles não tinham com o que se preocupar.

– Fiquem tranquilos, não precisam ter medo – insistia o soldado, com um macabro sorriso. – Vocês vão tomar um banho quente e depois voltarão aos dormitórios.

Helmut observava a cena de longe, até que, entre os prisioneiros enfileirados, viu Rita com a filha no colo.

– O que está fazendo aqui? Quem mandou vocês para cá? – ele correu até elas, assustado.

– Vim dar banho na Maria – respondeu a esposa.

Em pânico, Helmut tentou tirar as duas dali, mas foi atacado por um soldado da SS. Ele caiu no chão sob chutes e golpes de cassetete. Um segundo soldado empurrou Rita e gritou para que ela entrasse rápido na câmara. Parada na porta, com a filha nos braços, ela não sabia a quem obedecer, se o marido ou o soldado.

Helmut tentava se defender e alertar Rita.

– Não entre, meu amor! É uma armadilha! Vão matar a todos, vão asfixiá-los!

Quanto mais Helmut lutava, mais ele apanhava. O sangue escorria de sua cabeça.

– Saiam daí! Vocês não vão tomar banho, isso não é um chuveiro! – ele gritava a plenos pulmões.

Então, uma mão tocou seu ombro. Rita havia conseguido acordá-lo.

Helmut sentiu algo escorrer em seu rosto e passou a mão na testa pensando ser sangue, mas era suor. Estava encharcado. Sentado na cama, começou a chorar e lamentar em alemão. Carregaria o peso do Holocausto consigo para o resto da vida.

Rita não entendia o que Helmut dizia, mas sentou-se ao seu lado. Ele a abraçou com força.

– Eu amo você e a nossa filha.

Preocupada, ela sugeriu que o marido procurasse um psiquiatra, mas ele se recusou. Dizia que era comum ter traumas de guerra e que só o tempo curaria suas feridas. A verdade é que Helmut não queria contar seu segredo a ninguém, nem mesmo a um médico. Pensava na esposa, em Julian, em Sara e morria de medo que descobrissem o que ele havia feito. Sabia que, se seu passado viesse à tona, todos a quem amava lhe virariam as costas. Ele perderia Rita e Maria para sempre.

O que tinha feito era imperdoável. Era melhor deixar os esqueletos no armário.

Capítulo 14

Fazia muito calor naquele verão do início dos anos 1960. Günther e seu filho Heinrich jogavam bola no gramado de sua espaçosa casa no Brooklin, bairro na zona sul de São Paulo. Fiéis às origens germânicas, a família só conversava em alemão, motivo pelo qual Heinrich, mesmo tendo nascido no Brasil, falava português com um leve sotaque, puxando o "R".

O garoto era bom de bola, driblava com facilidade e chutava para o gol com as duas pernas. O pai fingia tomar os dribles e sempre perdia para o filho.

Da janela do segundo andar, Eva olhava alegremente os dois correndo pelo gramado. Gostava do clima de São Paulo, sempre agradável, da umidade do ar, que deixava sua pele macia, e das tempestades de verão, que espalhavam um cheiro gostoso de grama molhada. Sua antiga casa em Frankfurt também tinha um grande jardim, mas a grama nunca foi tão verde como a da casa brasileira, onde o sol e a chuva exigiam que ela chamasse o jardineiro duas vezes por mês.

– Para um *schwarz*, até que ele corta bem a grama – dizia para o marido.

Aos 40 anos, Eva mantinha toda a beleza da juventude. Assim como na Alemanha, não trabalhava, apenas cuidava da família, que tinha uma empregada para limpar a casa, lavar a roupa e cozinhar.

– As brasileiras são boas para fazer o trabalho pesado, mas não sabem temperar a comida – ela falava para as amigas alemãs.

Heinrich crescia vendo os pais se referirem aos empregados de forma pejorativa. Estava acostumado a ouvir que os brasileiros eram preguiçosos, vagabundos, muito inferiores aos arianos. No Grupo Escolar Richard Wagner, onde estudava, todos os seus colegas eram alemães. Os amigos dos pais também. A família vivia fechada dentro da comunidade.

Quando Heinrich perguntava por que não tinha avós, tios ou primos, ouvia que todos tinham morrido na guerra e o assunto se encerrava. Não era um tema do qual Günther gostava de falar.

O garoto também sonhava em conhecer a Alemanha. A maioria dos seus amigos já tinha ido e o pai dizia que um dia fariam o mesmo, mas esse dia nunca chegava. Günther sabia que, com documentos falsos, era impossível sair do Brasil.

Da janela, Eva avisou que as malas já estavam prontas. Os dois pararam de jogar bola e correram para casa. Günther guardou a mala mais pesada no porta-malas do carro; e Heinrich, a mais leve. Os três se acomodaram no automóvel e partiram para uma viagem rápida, de pouco mais de quarenta minutos. A família tinha um bom padrão de vida e conseguira adquirir, além da grande casa no valorizado bairro do Brooklin, um chalé à beira da represa de Guarapiranga, para onde se dirigiam. Lá, um veleiro os aguardava ancorado nas águas plácidas. Era nesse recanto que passavam os finais de semana.

O chalé de madeira era inspirado na arquitetura alpina. Seu telhado de duas águas, que chegava até o chão, era completamente inadequado para o clima brasileiro. No entanto, várias casas ao redor seguiam o mesmo estilo. A represa era o local preferido da elite alemã.

Quando questionado sobre a arquitetura da casa por algum dos raros vizinhos brasileiros, Günther sempre dava a mesma resposta.

– No inverno, com a umidade do lago, faz bastante frio aqui – justificava-se.

– Pelo menos você está preparado para quando nevar no Brasil! – brincava o vizinho.

O interior do chalé tinha um único ambiente com pé direito duplo e um mezanino onde ficava a cama do casal. Heinrich dormia em um sofá-cama na sala. A cozinha era separada por um balcão, sem paredes.

Todos os sábados, a família fazia o mesmo ritual: Eva estendia uma toalha no gramado do chalé para se bronzear e Günther e Heinrich iam velejar.

– Pai, você também velejava na Alemanha? – perguntava o garoto, sempre curioso para saber mais sobre a vida dos pais.

– Não, meu filho. Eu trabalhava muito e não tinha tempo para isso.

– Com o que você trabalhava?

– Já falei para você. Eu era engenheiro e preparava fórmulas.

– Fórmulas do quê?

Günther, que não gostava de falar do passado, era sempre reticente nas palavras.

– Fórmulas químicas. Agora, preste atenção no leme que o vento passou para bombordo – ele mudava de assunto.

Enquanto singravam as águas, cruzavam com conhecidos em outros veleiros e combinavam de se encontrar à noite.

Os encontros aconteciam em volta de uma fogueira, onde assavam salsichas, saboreavam cervejas e cantavam canções típicas da cultura alemã. Lembravam muito os piqueniques que o casal fazia no lago Wannsee ou em parques e florestas da Alemanha. Quando exageravam na cerveja, cantavam músicas que, felizmente, os vizinhos brasileiros não sabiam se tratar de hinos nazistas.

***

A residência dos Lutz estava toda iluminada e decorada com bandeiras da Alemanha. Eva tinha organizado uma festa para comemorar a promoção do marido à presidência da FAM. Estavam presentes os amigos da família e os principais executivos das empresas germânicas sediadas no Brasil, todos alemães. Até mesmo o presidente mundial da FAM tinha vindo da Alemanha para prestigiar a posse de Günther.

Para a cerimônia, Eva preparou pratos tradicionais da culinária alemã, encomendou muita cerveja e vestiu as copeiras com roupas típicas. Nenhuma delas era negra, e sim loiras de olhos azuis. Tinham sido recrutadas em Santa Catarina especialmente para o evento. Antes que o jantar fosse servido, o presidente que se aposentava foi convidado a fazer um discurso de despedida. Todos ficaram em silêncio para ouvir suas palavras. Ele falou sobre o crescimento da empresa, o potencial oferecido por um país de dimensões continentais como o Brasil e o excelente futuro que havia pela frente. Mas, principalmente, elogiou o trabalho de Günther.

– Saio tranquilo para aproveitar meus anos de aposentadoria por saber que no comando da Fábrica de Anilinas e Medicamentos do Brasil está *Herr Ingenieur* Lutz, um profissional à altura do cargo, com qualidades maiores que as minhas. *Herr* Lutz é um engenheiro exemplar, um homem digno e ético, de reputação ilibada, sempre à procura do que é melhor para a empresa em detrimento de suas ambições pessoais.

O presidente mundial também foi convidado a falar. Ele elogiou o presidente que saía e o que entrava, ressaltando que Günther Lutz era um talento fora do comum, a pessoa certa para o cargo.

– Minha única reclamação é que *Herr* Lutz não trabalhou na matriz alemã – disse o empresário, dando um leve sorriso de cumplicidade para Günther, que imediatamente retribuiu.

Mais aplausos. Os convidados pediram que o novo presidente também discursasse e Günther deu um passo à frente.

– Agradeço as palavras generosas de todos e prometo manter o ritmo de crescimento da FAM Brasil. Nossa empresa será uma das maiores filiais estrangeiras, motivo de orgulho para o nosso país. Também prometo sempre me pautar pela ética e pela moral. Nossa preocupação é com a saúde e a vida – finalizou.

A festa prosseguiu noite adentro com todos comendo, bebendo, se divertindo e cantando músicas do tempo da guerra. O jovem Heinrich aguentava firme. Queria ficar acordado para participar daquela linda homenagem ao pai. Sentado no sofá ao lado da mãe, que procurava descansar um pouco, ele falou com um sorriso:

– Quando crescer, quero ser como o papai.

– Você será, meu filho. Teremos tanto orgulho de você quanto temos do papai.

Eva incentivava o filho a ver no pai um exemplo a ser seguido. Ela não cansava de elogiar o marido.

– Seu pai começou a trabalhar logo após se formar na faculdade e rapidamente cresceu na empresa. Ele ganhava bem e tínhamos uma vida muito confortável.

– Como se chamava a empresa?

– Ela não existe mais. Foi comprada pela FAM – a mãe desconversava.

– E o que o papai fez para ser tão importante? – perguntava o garoto.

A resposta era sempre evasiva.

– Ele fazia fórmulas químicas. Era um funcionário muito talentoso.

– Que tipo de fórmulas, mamãe? O que ele fazia com elas? – insistia o filho.

– Eu não sei, querido. Não entendo de nada disso.

O garoto lutava para ficar acordado, mas estava exausto. Seus olhinhos foram se fechando até que ele dormiu. Já era de madrugada quando os últimos convidados foram embora. Cansados e felizes, o casal Lutz subiu para o quarto.

– Meu amor, Heinrich não para de perguntar sobre a nossa vida na Alemanha – disse Eva. – Ele está crescendo e quer saber cada vez mais detalhes. Antes, aceitava qualquer resposta. Agora ficou mais exigente.

– E o que você quer que eu diga? Que desenvolvi um produto para assassinato em massa? Que fui o responsável pela morte de milhões de pessoas? – perguntou Günther, irônico.

– É claro que não! Mas por quanto tempo vamos conseguir esconder o passado? Ele te adora, te admira, tem curiosidade de saber o que você fez durante a guerra.

– Fique tranquila, querida. Uma hora ele vai parar com as perguntas, vai crescer e ter seus próprios interesses – respondeu o marido, despreocupado.

Os dois se beijaram e foram dormir.

No seu primeiro dia como presidente da FAM, Günther recebeu o ex-presidente e o presidente mundial da empresa em sua sala. Os dois elogiaram Eva pelo delicioso jantar e pela bela festa.

– Helke está de parabéns! – falou o presidente mundial, num ato falho.

– Senhor, permita-me corrigi-lo – disse Günther, com delicadeza. – O nome da minha esposa é Eva.

O alemão ergueu as mãos e se desculpou pela gafe.

– Perdão, *Herr* Lutz. Na minha memória, ela ainda é a jovem maravilhosa que conheci durante a guerra.

A conversa seguiu animadamente. Os três falaram do mercado, dos novos produtos a serem lançados e de projeções futuras. Depois, retornaram ao passado. Recordaram o período da guerra, quando a empresa crescia ano a ano e tinha imenso prestígio junto ao Partido Nazista.

– Bons tempos! Eu me lembro da planta que tínhamos em Monowitz e de como a mão de obra era barata! – comentou o ex-presidente, rindo.

– Vendemos muito Taifun B ao final da guerra, lembram? Quantidades muito maiores do que o necessário para os campos – disse o presidente mundial. – Enriquecemos muitos comandantes.

Esse último comentário deixou Günther de sobreaviso.

O presidente mundial então ficou sério, parecendo até bravo. Ele pegou a pasta de couro preto que havia trazido consigo e sacou um envelope.

– E por falar no passado, *Herr Ingenieur* Farben, sabe o que tenho aqui? – perguntou com frieza, sacudindo o envelope.

Günther não gostava de ser chamado pelo seu nome verdadeiro no Brasil, e o tom sério do chefe o deixou ainda mais incomodado.

– Não faço ideia, senhor – respondeu ele, tentando parecer calmo.

– São lembranças dos bons tempos – disse o presidente, mantendo a expressão grave.

Günther sentiu uma gota de suor escorrer pelas costas. Seria a denúncia de algum ex-comandante ou o resultado de alguma investigação interna? Teriam descoberto sua participação nos esquemas de corrupção?

– Nenhum palpite, *Herr* Farben? – ele perguntou novamente.

– Não, senhor.

– Então abra isto – disse o chefe, entregando o pacote a Günther.

O engenheiro tentou não tremer ao estender a mão. Quando abriu o envelope, viu que continha várias fotografias.

– É um presente pela sua promoção! – disse o presidente, finalmente sorrindo.

As fotos mostravam Helmut, Joseph, Klaus e Speer no castelo de Hans Frank, na Cracóvia, e os casais Frank, Höss e Farben na escadaria da sede da SS, na Prinz Albrecht Strasse. Também havia fotos de Farben recebendo a medalha de Himmler em 1942.

Günther ficou surpreso ao ver os registros. Quase vinte anos haviam se passado desde aqueles eventos. Lembrou-se da primeira viagem a Cracóvia, da visita a Auschwitz, dos testes nas câmaras de gás, das bebedeiras no hotel, da primeira promoção na ITD.

– *Herr Präsident*, estou emocionado. Perdi minhas cópias dessas fotografias! É o melhor presente que eu poderia receber.

– Sabia que ia gostar, Farben. Devemos muito ao senhor.

– É uma pena não poder emoldurá-las para pendurar na parede. Tenho muito orgulho dessa parte da minha história.

Eles conversaram mais um pouco e os dois homens se despediram com votos de boa sorte para o novo presidente.

Quando ficou sozinho, Günther pegou novamente as fotos em que aparecia abraçado com sua antiga equipe. Olhou com atenção para Klaus, o jovem engenheiro que não havia suportado a missão e se enforcado no quarto do hotel. Sentia um misto de pena e remorso por não ter percebido a fragilidade emocional dele antes de convocá-lo para o trabalho.

Ao ver Helmut e Joseph, no entanto, sua reação foi outra. Tantos anos depois, ainda sentia raiva. Não conseguia esquecer o que considerava uma traição dos colegas e bateu com as fotos sobre a mesa.

À noite, ao chegar em casa, entregou o envelope à esposa.

– Ah, eu me lembro dessas fotos! – exclamou Eva. – Infelizmente tivemos que queimá-las quando fugimos da Alemanha. Que bom que você conseguiu novas cópias.

– Até hoje sinto ódio desses dois! – disse Günther, apontando Helmut e Joseph. – Me traíram, traíram o *Führer*, traíram a Alemanha! Canalhas!

– Não fique assim, querido. Eles tiveram o fim que mereceram: uma morte violenta na frente russa – falou Eva.

Então, olhou saudosamente sua própria imagem na fotografia.

– Você não sente saudades da Helke?

– Não, querida. Minha Eva é muito mais bonita do que ela – respondeu Günther.

***

A pouco mais de quatrocentos quilômetros de São Paulo, Helmut vivia tranquilo, sem sequer imaginar que Carl ainda sentisse tanto ódio pelo que acontecera no passado. Casado e feliz, o farmacêutico fazia de tudo para esquecer aquela parte de sua história. Os pesadelos eram suas únicas lembranças.

Desde que deixara a Europa, sentia-se brasileiro. Gostava de fazer parte de um país onde todas as etnias se davam bem.

– Querida, *o melhor coisa do Brasil* é que ninguém pergunta se sou *alemon*, italiano ou polaco. Aqui, sou *brasilerro*! – dizia, feliz e orgulhoso.

Rita, que já tinha desistido de corrigir os erros de português do marido, achava graça de sua empolgação. Quando ele exagerava no sotaque, ela apenas lhe dirigia aquele sorriso capaz de derreter calotas polares.

Maria, a filha do casal, também se divertia com o sotaque do pai, mas não o estranhava. Na escola, muitos dos pais de seus colegas também falavam com sotaques diversos.

Em uma tarde de muito sol, o carteiro entrou na farmácia com seu jeito bem-humorado e sua barriga proeminente que forçava os botões da camisa amarelo-bandeira; inexplicavelmente, a roupa não estourava. Ele abriu a mochila de couro, pegou as correspondências e as entregou para o farmacêutico.

– Bom dia, Alemão.

– Bom dia, Gordo.

Helmut gostava do jeito informal com que os brasileiros se tratavam.

– Me diga, você tem alguma coisa para dor de cabeça? – perguntou o carteiro. – Com esse calor, não está fácil andar pelas ruas.

O farmacêutico pegou um comprimido, encheu um copo com água e entregou ao amigo.

– Muito obrigado. E a Dona Rita, vai bem?

– Se você não trouxe contas para pagar, ela vai bem, sim – respondeu Helmut com um sorriso

O carteiro sorriu de volta, tomou o remédio e se despediu. Tinha uma mala cheia de cartas para distribuir.

Entre as correspondências de Helmut havia um grande envelope do principal fornecedor de medicamentos da Farmácia Frankfurt. Ele o abriu e viu a nova tabela de preços, as propagandas dos lançamentos e um boletim que chamou sua atenção. O logotipo da FAM, empresa dona do laboratório, encabeçava a página. De vez em quando recebia aqueles boletins com informações comerciais e notícias da matriz. Sentia-se desconfortável sempre que via a marca da empresa, ainda muito parecida com a da antiga Indústria de Tintas e Derivados. Era uma imagem que trazia más recordações.

O farmacêutico sempre pensava na ironia de seu destino. Fugira da Alemanha para um país desconhecido, a mais de dez mil quilômetros de sua terra natal, e acabou criando relações comerciais justamente com a empresa responsável pelos seus maiores traumas. Jamais imaginara que, ao abrir uma farmácia em Curitiba para aproveitar seus conhecimentos de engenheiro químico, teria como principal fornecedor a nova versão da ITD.

A chamada do boletim informava que a empresa tinha um novo presidente, o engenheiro químico alemão Günther Lutz. Helmut tentou se lembrar do nome, de alguém que tivesse sido seu contemporâneo, mas nenhum rosto lhe veio à mente. Como o informativo não tinha foto, não associou Günther Lutz a seu desafeto Carl Farben.

Ele leu o resto do texto, que elogiava o ex-presidente e o atual. Também dizia que o presidente mundial havia vindo da Alemanha especialmente para a posse. Por fim, informava que *Herr* Lutz seguiria os padrões éticos e morais da FAM.

– Padrões éticos e morais?! *Scheisse*! Mentirosos! – exclamou Helmut, indignado. Então, rasgou o folheto e o jogou no lixo.

Capítulo 15

O jovem Heinrich sempre quis seguir os passos do pai e se tornar engenheiro químico. Aos 15 anos, quando terminou o ginásio na Escola Richard Wagner, foi matriculado no colégio Vitória, um dos melhores da cidade de São Paulo.

No primeiro dia de aula, estranhou ver alunos de tantas etnias diferentes, entre chineses, japoneses, sírios, libaneses e judeus, na mesma sala. Em sua antiga escola só havia alemães e austríacos.

Logo de início, os colegas caçoaram de seu leve sotaque alemão e de seu nome, tão diferente e difícil de escrever e pronunciar.

– Renrrishi, você podia ter um nome mais fácil!

Na escola, todos os garotos tinham apelidos. O mais magro era "Espiga", o mais gordo era "Bola", o que tinha o nariz grande era "Tucano". O judeu virou "Rabino", o sírio virou "Turco" e o chinês virou "Japa" – o que os irritava, pois não eram turcos nem japoneses. Como Heinrich era loiro, virou "Alemão". Ele gostou do apelido. Considerava-se alemão e via isso como um elogio.

Depois de algumas semanas, o Alemão, o Japa, o Gordo, o Turco e o Rabino já tinham formado uma turma para estudar, fazer os trabalhos escolares e se divertir. Às vezes combinavam de almoçar juntos e passar a tarde em um bar de sinuca que havia perto da escola. O Alemão só voltava para casa ao final da tarde, quando corria para fazer as lições e estudar. A nova escola era bem exigente.

Günther gostava de acompanhar o desempenho do filho, principalmente nas lições de química. Percebeu que ele tinha facilidade para aprender a matéria, geralmente considerada difícil por envolver fórmulas complexas e elementos da Tabela Periódica. Assim, começou a sonhar o mesmo sonho do filho: ajudaria Heinrich a se tornar um renomado engenheiro químico.

***

A sede da FAM ficava em uma rodovia longe da casa da família Lutz. Günther saía às 7 horas da manhã e só voltava no começo da noite. Com a empresa crescendo ano a ano, decidiram abrir filiais em outros estados do Brasil. Dessa maneira, o novo presidente passou a viajar por todo o país.

Certa noite, durante o jantar, Günther contou à família que iria para a Bahia contratar uma nova equipe. O filho ficou animado com a notícia.

– Dizem que Salvador é uma cidade linda, papai, com praias maravilhosas. Nós podemos ir junto?

– Dessa vez não será possível, filho. Estou preocupado com o que encontrarei na Bahia. Há muitos *schwartz* por lá – disse Günther, mais uma vez destilando seu racismo.

– Não pode ser pior do que no Rio de Janeiro – comentou Eva. – Lembra quando você recebeu o currículo de um *untermensch*, querido?

– *Untermensch*... Acho muito engraçado quando vocês falam essa palavra – disse Heinrich. – É uma expressão que nunca usei.

– Pois eles quase destruíram a Alemanha, meu filho.

Günther não detalhava a Heinrich o que os nazistas haviam feito aos judeus. Cerca de quinze anos haviam se passado desde o fim da guerra e pouco se falava sobre o Holocausto. Era melhor esconder o assunto embaixo do tapete.

No entanto, ainda que ouvisse discursos preconceituosos desde criança, Heinrich tinha sua própria opinião, e bem diferente da dos pais. Ele não via os defeitos que os alemães apontavam em outras etnias. Afinal, convivia no colégio com pessoas de diferentes origens e tornara-se amigo de muitas delas.

– Na minha classe tem alguns judeus. Eu não acho que eles são diferentes de nós.

– Heinrich, não quero que você se relacione com os *untermenschen* – advertiu o pai.

– Por quê? Eles são boa gente – argumentou o garoto.

– Eles aparentam ser, mas são traiçoeiros. Se fazem de amigos, mas apunhalam você pelas costas. Fizeram isso com a Alemanha.

– Mas alguns são bons alunos, sabia? Tem um judeu no meu grupo de estudos.

– Não quero você andando com judeus! – gritou Günther, encerrando o assunto.

– Está bem, papai.

Além do preconceito, havia outro motivo para Heinrich não conviver com judeus: sua própria segurança. Günther sabia que caçadores de nazistas agiam no Brasil em busca de foragidos e temia ser identificado por algum sobrevivente, já que havia circulado por diversos campos na Áustria, Polônia e Alemanha. As chances eram mínimas, mas todo cuidado era pouco. Se alguém o relacionasse ao Taifun B, seria catastrófico para sua carreira.

A preocupação aumentou quando ele leu no jornal que Franz Paul Stangl, o comandante dos campos de extermínio de Sobibor e Treblinka e um dos responsáveis pelo programa T4 de eutanásia forçada de pacientes mentais, foi encontrado no Brasil por Simon Wiesenthal, famoso caçador de nazistas.[38] Stangl, que havia coordenado o assassinato de mais de um milhão de pessoas, tinha um cargo burocrático na fábrica da Volkswagen do Brasil. Foi preso e deportado para a Alemanha, onde foi julgado e condenado.

Ao vê-lo nervoso, Eva o tranquilizou.

– Não se preocupe, querido, nada acontecerá conosco. Afinal, você não participou dos assassinatos. Esses malditos judeus estão procurando os grandes oficiais nazistas.

---

[38] Simon Wiesenthal nasceu em Buczacz, na Ucrânia. Sobrevivente do Holocausto, decidiu dedicar sua vida a capturar nazistas e levá-los a julgamento. Fundou, em Viena, um centro de pesquisas para encontrar nazistas espalhados pelo mundo.

– Sei que meu trabalho foi meramente técnico, mas você sabe como esses judeus são vingativos e mentirosos! – disse Günther, destilando preconceitos. – Eles jamais esquecerão o que aconteceu.

– Nós estamos seguros – insistiu Eva. – Carl Farben não existe mais.

– Mas se algum sobrevivente me reconhecer, os judeus podem fazer pressão internacional para que a FAM me demita. Nesse caso, podemos até ser expulsos do Brasil.

– Por que expulsos?

– Porque entramos aqui com passaportes falsos. Se isso chegar às autoridades brasileiras, nos deportarão para a Alemanha. E se eu perder meu emprego, que empresa me contrataria sabendo que desenvolvi o Taifun B?

Agora era Eva quem estava preocupada.

– Não fale uma coisa dessas! – ela se exaltou. – Já tivemos que fugir uma vez, deixando tudo para trás. Eu não aguentaria perder tudo de novo, recomeçar a vida novamente. Isso não pode acontecer!

O maior medo do casal era perder a vida confortável e de alto padrão que levavam no Brasil. Se fossem denunciados às autoridades, Günther teria de explicar que estava apenas cumprindo ordens, e ele sabia que essa desculpa não havia funcionado no Tribunal de Nuremberg.

***

Franz Paul Stangl foi preso no Brasil em 1967. A notícia colocou o Holocausto pela primeira vez no foco dos principais veículos de comunicação de todo o mundo.

Os jornais brasileiros traziam diversas matérias sobre o assunto, ilustradas com imagens de centenas de cadáveres encontrados pelos libertadores. Corpos de homens, mulheres e crianças empilhados como lenha. A população se chocava com as cenas e com as manchetes: "Nazistas são responsáveis pelo extermínio de judeus", "Seis milhões de mortos encontrados em campos de concentração", "Assassinatos em massa em câmaras de gás com Taifun B", entre outras frases repetidas à exaustão.

Rita ficou chocada ao ler uma das reportagens.

– Helmut, como os alemães puderam fazer isso?

Ele não conseguia responder.

– Mataram mulheres e crianças!

Tentou falar, mas as palavras ficaram presas na garganta.

– Você sabia disso, Helmut?

Ele permanecia calado.

– Que tipo de gente manda crianças para câmaras de gás?

Helmut não aguentou e desabou a chorar. Não sabia o que falar ou como agir, apenas se desfazia em lágrimas.

Rita se arrependeu de seus comentários. Sentiu ter culpado o marido por um erro que, acreditava ela, ele não havia cometido.

– Desculpe, meu amor. Eu não quis atingir você – disse ela, abraçando-o.

Helmut não via as fotos em preto e branco do jornal; via tudo ao vivo e em cores, recordando o que presenciara na Polônia. Lembrava dos rostos de crianças e mulheres na câmara de gás de Majdanek. Ele estava lá. Seu choro vinha do fundo da alma. "Por que eu participei disso? Por que não destruí a fórmula e matei Carl?"

Helmut chorava copiosamente. Rita tentava acalmá-lo.

– Meu bem, você não teve nada a ver com isso. Lembra-se do que Julian disse? Nem todos os alemães podem ser culpados pelos erros de alguns.

– *Você não entende, não sabe o que eu fiz!* – ele disse em alemão e ela não o compreendeu.

– Eu sei que você fugiu da Alemanha por discordar da guerra. Não se sinta culpado.

Ele precisava desabafar, mas sua esposa não podia saber a verdade.

– *Quando descobri que o Taifun B seria usado para matar mulheres e crianças, eu não concordei, mas também nada fiz para evitar isso. Tive medo, fui covarde* – disse em sua língua, entre lágrimas e soluços.

Rita o abraçava com força, sem entender o que ele falava.

– *Der Krieg! Der Krieg!* – repetiu Helmut. – A guerra, a guerra!

Durante várias semanas, reportagens sobre o Holocausto estamparam os jornais. Denunciavam os crimes nazistas e os principais líderes: além de Hitler, nomes como Himmler, Goebbels, Eichmann, Mengele e Göring passaram a ser mencionados.

Uma noite, Rita não resistiu e fez uma pergunta a Helmut.

– Se eu tivesse vivido na Alemanha durante a guerra, teria sido morta apenas por ser negra?

Ele sentiu todo o corpo tremer e balançou a cabeça afirmativamente.

– Helmut, jure pela nossa filha. Jure, por favor, que você é diferente deles.

Naquele momento ele teve certeza de que, se ela descobrisse sua participação no desenvolvimento do Taifun B, fugiria com a filha para Uberlândia e ele nunca mais as veria.

– Rita, meu amor, foi por não concordar com isso que fugi da Alemanha, da guerra, de todos esses horrores – falou, com lágrimas nos olhos.

Helmut sofria com o passado e, assim como Günther, tinha medo do futuro.

Os pesadelos voltaram a ser frequentes.

***

Na casa dos Lutz, Heinrich, que também soubera das notícias na escola, perguntou aos pais se os jornais diziam a verdade.

– É mentira, uma completa mentira! Não passa de propaganda comunista para culpar os nazistas. As fotos foram tiradas nas prisões da União Soviética. Isso jamais aconteceu na Alemanha! – Günther tentou convencer o filho.

Mas, dia após dia, os jornais mostravam imagens de judeus esfomeados nos guetos, de homens, mulheres e crianças cadavéricos com uma estrela amarela costurada na roupa.

– Tudo isso é mentira, papai?

– Claro que sim! Os judeus não queriam entrar no exército e precisavam ser protegidos. Por isso os escondemos em áreas isoladas, para ajudá-los! Eles passaram fome? Sim, mas era a guerra! A comida era racionada, os alemães também passaram fome. A vida ficou difícil para todos.

– Você acha que meus pais não passaram fome, Heinrich? Tivemos que dividir nossa ração com eles – mentiu Eva.

– Mas e as pilhas de cadáveres mostradas nas fotos?

— Não passa de propaganda judaico-comunista. Os judeus usaram soldados mortos nas batalhas para criar imagens falsas. Não se esqueça de que eles dominam a imprensa.

Heinrich vivia uma grande dúvida. As imagens pareciam verdadeiras, mas seus pais diziam que eram falsas. Era difícil aceitar que eles pudessem estar mentindo. Era muito jovem para duvidar da família. Mas, conforme o filho crescia, Günther e Eva sabiam que manter os cadáveres no armário não seria uma tarefa fácil.

***

Era noite de sábado e Pollack estava especialmente feliz. Tinha acabado de fazer uma reforma no restaurante para deixar a decoração mais tipicamente polonesa, colocando lambris de madeira escura nas paredes e vitrais coloridos nas janelas. Também havia trocado os uniformes dos atendentes por trajes tradicionais. O resultado era a casa cheia.

Como era tradição aos sábados, os três casais de amigos se encontraram para jantar. Pediam sempre os mesmos pratos: *borscht*, *pierogi* e, para acompanhar, uma boa vodca. Naquela noite, o assunto só podia ser a captura do famoso nazista na fábrica da Volkswagen.

— O que me chamou a atenção foi que, mesmo tendo sido um comandante do alto escalão nazista, Stangl continuou usando seu nome verdadeiro. Será que a diretoria da Volkswagen não sabia quem ele era? — Julian perguntou espantado.

— O pragmatismo pós-guerra ainda vai nos surpreender muito — comentou Pollack.

— Muitos nazistas buscaram refúgio na América Latina — disse Sara. — Usaram passaportes falsos e tiveram ajuda do Vaticano e de governos fascistas. O Brasil está cheio de nazistas. É nosso dever encontrá-los e denunciá-los às autoridades.

— Eu sinto muito por tudo isso — disse Helmut. — Tenho vergonha do que os alemães fizeram.

— Você não tem que se sentir culpado, Helmut — disse Pollack. — Conhecemos seu caráter. Nem todos os alemães colaboraram com os nazistas.

Todos ali realmente amavam Helmut e acreditavam em seu caráter. Tinham certeza de que ele não concordava com o que a Alemanha fizera durante a guerra.

Muitas vezes à noite, deitado na cama, Helmut se perguntava por que havia fugido da convocação militar. Devia ter feito como Joseph, que seguiu para a frente russa e morreu com dignidade. Ou como Klaus, que preferiu tirar a própria vida a usar seus conhecimentos para o mal. Se fosse corajoso como os colegas, teria evitado o peso em sua consciência e o risco de envergonhar sua família.

Também se perguntava por onde andava Carl. Teria sido morto em um bombardeio ou continuava feliz ao lado de Helke?

***

Passava das 18 horas quando Heinrich chegou em casa com as roupas rasgadas, machucado e com um olho roxo. Eva tomou um susto ao ver o filho naquele estado.

– Heinrich! O que aconteceu?

– Briguei no colégio, mamãe.

Ela buscou um estojo de primeiros socorros e uma toalha molhada para limpar os machucados.

– Brigou por quê, meu filho?

– Foi besteira. Discutimos por causa de um jogo de sinuca e acabou terminando em briga – mentiu ele. – Não foi nada grave, nem está doendo.

Heinrich não quis falar a verdade para a mãe. Naquele dia, ele e os colegas haviam ido jogar sinuca no mesmo bar de sempre. Sentados em cadeiras de ferro dobráveis, estampadas com uma marca de cerveja, pediram o almoço. Conversaram sobre futebol, gozaram de um corinthiano pela derrota frente ao Santos, comentaram os gols de Pelé, até que caíram no assunto do momento: a captura de Stangl e o Holocausto.

Todos criticaram a Alemanha pelo que tinha acontecido. Como Heinrich era o único alemão no grupo, as acusações caíram sobre ele, como se tivesse participado pessoalmente dos crimes nazistas.

– Alemão, que loucura foi essa que vocês fizeram?

Heinrich não disse nada.

– Ô Alemão, seu povo é meio biruta, hein?

Pela primeira vez, Heinrich sentiu que o apelido de "Alemão" não era tão elogioso assim.

– Seu pai também matou judeus, Alemão?

Ele decidiu, então, contar a versão que ouvia em casa. Usou os argumentos dos pais de que era tudo mentira, propaganda comunista contra os alemães. Evitou acusar os judeus porque Moisés, o "Rabino", estava presente. Não adiantou. Moisés era filho de sobreviventes e não admitiu que Heinrich negasse os fatos de maneira tão rasa.

– Como você pode dizer isso? Meu pai sobreviveu a Auschwitz! Viu os pais dele serem mortos na câmara de gás!

– É mentira, Moisés! Meu pai disse que foi tudo armado pelos comunistas.

– Alemão, vá à minha casa. Ouça da boca do meu pai as verdades sobre a guerra. Veja por si mesmo o número que ele tem tatuado no braço – desafiou Moisés.

– Essa é a versão dele, Rabino! – insistiu Heinrich.

– Cala a boca, Alemão! Meu pai perdeu a família, os pertences, a casa onde morava, tudo! Não restou nem mesmo uma fotografia para ele recordar dos pais. Precisou começar do zero no Brasil. Você sabe o que é recomeçar a vida sem família, sem casa, sem dinheiro, sem nada?

Os ânimos se exaltaram e o bate-boca aumentou.

– Meu pai vivia na Alemanha nessa época e disse que vocês inventaram tudo isso. Vocês manipularam a mídia para culpar o povo alemão – argumentou Heinrich.

– Vocês quem? – perguntou Moisés, bravo.

– Vocês, judeus de merda! – gritou Heinrich, sem pensar nas consequências.

Com um movimento rápido, Moisés partiu para cima do colega e o acertou no olho. Os dois se engalfinharam e, após muita dificuldade, os amigos conseguiram separar a briga.

Heinrich jurou a si mesmo que nunca contaria a verdade para os pais. Temia a reação de Günther ao saber que tinha apanhado de um judeu. Alemão e Rabino continuaram na mesma classe do colégio, mas nunca mais se falaram.

***

Os anos passavam e Rita continuava sendo a linda mulher que encantara Helmut desde o primeiro dia. Ele não se cansava de admirá-la: a pele escura e reluzente, os cabelos cacheados cheios de vida, os olhos negros como *jacutibacas*, o sorriso capaz de derreter os icebergs da Islândia.

A filha do casal, Maria, agora era uma linda adolescente que atraía todos os olhares. Os olhos azuis, herdados do pai, contrastavam com a pele escura, herdada da mãe. Os cabelos eram ondulados e o sorriso igualmente demolidor.

Não era fácil para Helmut manter os pretendentes a distância. Toda vez que Maria se arrumava para sair, o pai implicava.

– Deixa a menina se divertir – dizia Rita ao marido. – Ela está na idade de ter namorinhos de verão.

– Pode ir, mas quero ela em casa antes das 22 horas.

– Que pai ciumento, sô! – brincava Maria.

– Não é ciúmes, não. É cuidado – Helmut tentava disfarçar.

– Pai, fica tranquilo. Eu sei me cuidar.

Mas Helmut não ficava tranquilo. A cada garoto que aparecia, queria saber quem era, onde morava, o que fazia, como se fosse o futuro marido da filha.

– Pai, quando eu terminar o colégio, quero fazer faculdade na Alemanha para conhecer seu país. Como você vai fazer para tomar conta de mim? Vai morar lá também? – Maria mudava de assunto, sorrindo para irritá-lo.

– Uma mulher negra e linda como você causaria um terremoto na Alemanha! – Rita colocava mais lenha na fogueira.

– Vocês não me levam a sério – respondia Helmut, emburrado.

Maria tinha decidido estudar na mesma universidade que Helmut. Curiosa sobre suas raízes, pedira ao pai para só conversar em alemão com ela e aprendera bem a língua. Queria conhecer a Europa e já tinha até procurado o consulado alemão para se informar sobre uma bolsa de estudos. Levava o projeto a sério.

Capítulo 16

Em 1945, quando a guerra acabou, Sara e Julian pesavam pouco mais de trinta quilos e estavam com a saúde totalmente debilitada. Sara tinha sido libertada em Ravensbrück, um campo para mulheres na Alemanha;[39] e Julian, em Ebensee, na Áustria, para onde fora levado quando o Exército Vermelho se aproximou de Auschwitz.[40]

Encontrado pelos Aliados, Julian foi hospitalizado em Salzburg, ainda na Áustria. Após se recuperar, foi enviado a Roma, para o Cinecittà, um imenso complexo de estúdios de cinema construído por Mussolini para impulsionar a produção de filmes na Itália. Entre os vários sets monumentais, alguns haviam sido adaptados para receber sobreviventes dos campos nazistas.

---

[39] Ravensbrück foi um campo de concentração e trabalho forçado exclusivo para mulheres, localizado a noventa quilômetros de Berlim. A princípio, foi construído para aprisionar criminosas, associais, pacientes mentais, prostitutas, ciganas e, posteriormente, judias. Estima-se que, das 130 mil prisioneiras, apenas 15 mil sobreviveram. A brutalidade imperava em Ravensbrück, que promovia experiências pseudocientíficas, torturas e maus-tratos.

[40] Ebensee foi um dos setenta subcampos de Mauthausen, localizado na Áustria. Ficava ao pé dos Alpes, local estratégico para esconder fábricas de armas em imensos túneis escavados nas rochas. Cerca de 30 mil escravizados trabalharam em Ebensee e 11 mil morreram de exaustão. Nos últimos meses da guerra, o tempo de vida de um prisioneiro em Ebensee era estimado em uma semana.

Mas Cinecittà era um local transitório. Assim como Martina deixara Santa Maria al Bagno, Julian foi para Nardò, uma cidade litorânea onde pôde descansar, tomar sol e comer peixe fresco.

Certa manhã ensolarada, viu uma bela moça se bronzeando na praia. Ela chamou sua atenção e ele resolveu perguntar de onde ela vinha.

– De Ravensbrück – disse a jovem.

Após tantos anos de terror e sofrimento marcados na alma, era assim que se apresentavam: não diziam a cidade onde haviam nascido, e sim o campo de onde renasceram.

– E qual é o seu nome?

– Sara – respondeu a moça, tímida. Também estava interessada no jovem polonês.

Os dois começaram a namorar e passaram dois anos em Nardò reconstruindo suas vidas. Eram jovens que tentavam voltar à normalidade de antes da guerra. Casaram-se em uma *rupá*[41] montada na praia, com a cerimônia conduzida por um rabino, também sobrevivente. Sem dinheiro para nada, passaram a lua de mel no quarto que Julian dividia com dois amigos, que saíram à procura de outro lugar para morar. O casal precisava de privacidade.

Anos depois, Julian ainda gostava de contar sua versão floreada.

– Nossa lua de mel foi muito chique. Passamos em Nardò, uma das cidades mais charmosas da Itália.

– Isso é verdade, mas não foi em nenhum hotel cinco estrelas – Sara completava, sorrindo.

Depois de casados, concluíram que era hora de se fixarem em um país para recomeçar a vida. Voltar à Polônia não era uma opção. Além das tristes lembranças, o país estava sob domínio soviético. Sonhavam com a Palestina, mas sabiam que furar o bloqueio britânico não era fácil e estavam cansados de correr riscos.

---

[41] *Rupá*, ou *chupá*, é o nome dado à estrutura onde os noivos se casam em uma cerimônia judaica. Um pano suspenso por quatro estacas ou sustentado por quatro homens simboliza uma tenda aberta nos quatro lados, como uma casa sempre aberta aos parentes e amigos.

– Julian, irei para qualquer lugar. Só não quero ficar na Europa, onde odeiam os judeus – Sara dizia ao marido.

Sem nenhum destino em mente, pegaram o mapa-múndi e buscaram os nomes por ordem alfabética. Selecionaram Argentina e Austrália, mas, após terem ambos os pedidos de visto negados, partiram para uma nova escolha.

– Letra B: Bolívia e Brasil.

Não sabiam nada sobre os dois lugares, mas viram no mapa que o Brasil era muito maior que a Bolívia e, portanto, deveria ter mais oportunidades. Decidiram tentar primeiro o Brasil.

Julian precisou pegar várias caronas para chegar a Roma, onde ficava a Embaixada do Brasil. Lá, solicitou os vistos de emigração. Novamente, o pedido foi negado: nos documentos constavam que ele e Sara eram judeus.[42]

Voltou para Nardò decepcionado. Então, Sara sugeriu que fossem em busca de uma organização que ajudava judeus a emigrarem.

– Vocês deviam ter nos procurado antes – disse o voluntário que os recebeu. – Para entrar no Brasil, é preciso ter um curso técnico de agricultura. Essa profissão é permitida.

– Mas lá também não aceitam judeus – disse Sara.

– Arrumem certificados de batismo para vocês e depois procurem o Consulado do Brasil em Florença. Eles os ajudarão lá.

Julian e Sara agradeceram o voluntário e foram até uma igrejinha em Nardò, onde havia um simpático padre. Nem precisaram explicar muita coisa; o padre, que já havia entendido tudo, retirou dois papéis da escrivaninha, preencheu, carimbou e assinou com uma data antiga.

---

[42] O primeiro governo de Getúlio Vargas foi uma ditadura fascista e antissemita. No Brasil, os fascistas eram chamados de integralistas e só não entraram na guerra a favor da Alemanha por pressão dos Estados Unidos. Nesse período, foram emitidas circulares secretas que proibiam a entrada de judeus no país. A decisão era apoiada pela elite brasileira, que via nos judeus uma forte concorrência profissional. Ainda assim, milhares de judeus vieram para o Brasil com vistos de turista ou com documentos falsos em que alegavam ser cristãos.

– *Pronto! Agora vocês são católicos apostólicos e têm uma certidão de casamento validada pela igreja. Façam uma boa viagem!* – disse o pároco em italiano.

No Consulado do Brasil em Florença, ao verem que o casal Gartner era cristão, emitiram o tão sonhado visto. Desembarcaram no Rio de Janeiro e, por sugestão de amigos, acabaram chegando a Curitiba. Julian conseguiu emprego em uma loja de móveis, e Sara, que sabia costurar, foi trabalhar em uma confecção.

Com o passar do tempo, conseguiram juntar dinheiro e abriram a própria loja de móveis no centro da cidade. Julian cuidava da parte comercial e Sara escolhia a mercadoria. Eram móveis populares, baratos, vendidos à prestação com crediário da própria loja.

– Bom dia, Dona Maria! Agora que o sofá está quase pago, por que não aproveita e leva uma poltrona?

Era assim que Julian atendia as clientes. Como tinha dificuldade com os nomes brasileiros, chamava todas de "Dona Maria". Ele confiava que elas honrariam as prestações e, conforme um produto era pago, já podiam comprar outro.

Certa tarde de terça-feira, uma mulher parou na entrada da loja e olhou ao redor, analisando todo o ambiente. Parecia desconfiada. Depois, olhou para Julian. Ela não tinha jeito de fiscal nem parecia interessada nos móveis, e sim nele. Aguardou alguns instantes e, como ela não entrava na loja, ele chamou um vendedor.

– Continue atendendo a Dona Maria que eu tenho visita.

Ele caminhou em direção à desconhecida e observou que ela tinha um olhar duro, de mulher decidida. Era bonita e tinha o porte atlético. Vendo de perto, não parecia ser brasileira.

– Olá, a senhora está procurando alguma coisa? – perguntou ele.

Ela respondeu em iídiche.

– *Boa tarde, Julian. Meu nome é Ahava. Podemos conversar em um lugar privado?*

Ele ficou surpreso ao ver que ela sabia o seu nome e falava iídiche. Com certeza era judia e, pelo sotaque, de origem alemã. Isso o intrigou, pois "Ahava" era um nome israelense.

– *Erev tov!* – ele deu boa tarde em hebraico e ela sorriu em resposta.

Julian pediu então que a mulher o acompanhasse e os dois caminharam por dentro da loja até uma porta com os dizeres "Exclusivo para funcionários". Entraram, subiram uma escada e chegaram a um pequeno escritório, uma bagunça de papéis e caixas de arquivo morto espalhados. Ele apontou uma das cadeiras para ela e sentou-se em outra.

– *Em que posso ajudá-la, Ahava?* – perguntou em íidiche.

Ela respondeu na mesma língua.

– *Sou agente do departamento de segurança de Israel. Trabalho no apoio operacional para o Centro Simon Wiesenthal.*

Julian quase caiu da cadeira ao ouvir aquelas palavras.

Ahava explicou que, havia alguns meses, estava no Brasil coletando informações necessárias para uma missão do Centro Wiesenthal. Já tinha todos os dados de que precisava e havia chegado a hora de entrar em contato com as pessoas certas da comunidade judaica para obter apoio.

Julian ouvia tudo em silêncio. Quando ela terminou, perguntou se podia chamar sua esposa.

– *Claro que sim* – respondeu ela.

Julian se levantou, foi até a porta e gritou por Sara.

– Estou ocupada, é urgente? – ela perguntou do outro lado do corredor.

– Se não fosse urgente, por que eu chamaria você?

– O quão urgente é, Julian? Estou ocupada.

– Você pode vir aqui, por favor? – ele gritou de volta.

– *Oy vey*! Ai de mim! – respondeu ela, irritada.

Ao entrar no escritório, Sara estranhou aquela linda mulher sentada em frente a Julian.

– *Erev tov*. Boa noite – cumprimentou Ahava.

– *Você é israelense?* – Sara perguntou em hebraico, língua que dominava bem.

– *Sim. Nasci na Alemanha, mas sou israelense.*

Sara colocou as mãos na cintura e perguntou ao marido em íidiche:

– *Julian, você pode me explicar o que está acontecendo?*

Ele sorriu e respondeu no mesmo idioma:

– *Pode perguntar a Ahava, ela também fala íidiche. Nossa amiga é agente do departamento de segurança de Israel!*

– *O Mossad?* – perguntou Sara, surpresa.

– *Não sou do Mossad* – respondeu Ahava.

– *E eu não sou judia* – ironizou Sara, piscando um olho.

– *Ela está procurando um nazista aqui no Brasil* – informou Julian.

– *Acho melhor eu me sentar* – disse Sara, puxando uma cadeira. – *A que devemos a honra dessa visita?*

Mais uma vez, Ahava contou o motivo de estar ali. O casal fez várias perguntas, às quais ela respondeu algumas, pois outras eram confidenciais.

– *Por que você me procurou?* – quis saber Julian.

– *Porque seus pais foram assassinados em uma câmara de gás com um produto chamado Taifun B.*

– *E o que isso tem a ver com o Mossad? Por que precisam de mim?*

– *Você é amigo de uma pessoa muito importante em todo o esquema.*

Julian e Sara se entreolharam.

– *E posso saber quem é essa pessoa?* – perguntou ele.

– *O nome dele é Helmut Blau.*

Os dois ficaram de boca aberta.

– *Helmut? O nosso Helmut?* – perguntou Sara, incrédula. – *Ele é nazista?*

– *Não sabemos ao certo, preciso conversar com ele para descobrir* – disse Ahava. – *É por isso que estou aqui. Gostaria que marcassem um encontro entre eu e ele, mas não digam nada a meu respeito.*

Julian imediatamente pegou o telefone e ligou para a farmácia.

– Olá, Helmut, aqui é Julian. Você pode vir tomar um *schnapps* na minha casa hoje à noite?

– Olá, Julian. Rita está ocupada hoje, tem uma reunião com o contador.

– Venha sozinho, é um assunto entre homens. Sara também não estará aqui – ele mentiu para convencer o amigo.

Naquela mesma noite, ao entrar na casa de Julian, Helmut tomou um susto ao ver a mulher sentada na sala.

– Martina? O que está fazendo aqui?

***

Incentivado pela ambição da esposa, Günther passou a fazer no Brasil o mesmo que fazia na Alemanha: superfaturar contratos para ganhar uma comissão por fora. Se havia alguma resistência por parte dos clientes, ele os convidava para jantar em sua casa e Eva exibia suas joias valiosas às esposas, que acabavam convencendo os maridos a se envolverem no esquema. Sempre dava resultado.

O salário de Günther e o bônus que recebia ao final do ano eram o suficiente para uma vida bastante confortável. Mas, para quem já tinha montado um esquema corrupto na Alemanha nazista, onde o crime era punido com morte por traição à pátria, repetir a estratégia no Brasil era como roubar doce de criança.

Certa tarde, Eva regava um canteiro de margaridas no jardim de casa quando ouviu alguém a chamar do portão.

– Com licença, a senhora é a Dona Eva? – um jovem de terno perguntou do portão.

Ela colocou o regador no chão, ajeitou o avental que usava para trabalhar no jardim e foi atendê-lo.

– Sim, sou eu. O que deseja?

O jovem estendeu uma chave e apontou para um Volkswagen vermelho estacionado na rua.

– O Sr. Lutz mandou para a senhora.

A princípio ela não entendeu, pois não tinha carro.

– Você disse "Sr. Lutz"?

– Sim. É um presente do seu marido para a senhora – confirmou ele.

Eva deu um grito de alegria, arrancou as chaves da mão do jovem e correu para dentro do carro, deslumbrada como uma adolescente. Depois de examinar todos os detalhes e dar uma volta no quarteirão, voltou para casa e ligou para o marido.

– Oi, querido, eu amei meu presente! Você fechou um novo contrato?

– *Jawohl*, ah, sim! E dos grandes!

A situação financeira do casal melhorava a cada dia.

– Eva, estamos de volta à vida que levávamos na Alemanha! – exclamou Günther, animado.

– Parabéns, meu amor! E adivinha qual será a nossa próxima meta?

– Eu sei o que se passa na sua cabecinha: construir uma piscina no jardim!

– *Mein lieber mann*! Meu querido! Somos uma dupla perfeita.

Para alimentar o caixa dois, Günther vendia grandes quantidades de insumos aos clientes. Isso refletia em bons resultados para a FAM, que aproveitava o incremento no faturamento para abrir filiais em todo o Brasil. Creditado pelo sucesso da empresa, Günther se tornou um potencial candidato à presidência da FAM em toda a América Latina.

Tudo começou com um telefonema que recebera de Frankfurt, onde ficava a sede mundial.

– Sr. Lutz, *Herr Doktor* Kraush está na linha – informou a secretária ao passar a ligação.

Kraush era vice-presidente para assuntos mundiais da FAM e tinha um passado sombrio. Durante a guerra, fora responsável pela fábrica de Taifun B em Auschwitz-Monowitz. Todos os trabalhadores eram pessoas escravizadas que sofriam com a fome, o ambiente tóxico e as jornadas de trabalho de até vinte horas. Cerca de 10% dos prisioneiros morriam semanalmente, o que exigia reposição constante de mão de obra. Kraush chegara a reclamar do estado físico dos prisioneiros para o comandante Höss, mas não passava pela sua cabeça alimentá-los ou diminuir a jornada de trabalho. Tudo o que interessava era a mão de obra a custos mínimos.

Günther atendeu o telefone.

– *Guten morgen, Herr* Kraush. Bom dia.

– *Guten morgen, Herr* Lutz. Tenho uma boa notícia para o senhor – disse o alemão com grande entusiasmo.

Günther sorriu do outro lado da linha. Já imaginava do que se tratava; o assunto da promoção tinha sido ventilado em outras ocasiões e comentado entre o alto escalão da empresa. A suspeita era verdadeira: Günther tinha sido escolhido para presidir a FAM na América Latina.

Mesmo estando sozinho na sala, ele se levantou e fez a saudação nazista, seguido de um "*Heil* Hitler". Em seguida, agradeceu ao vice-presidente pela promoção.

Foi só aí que se lembrou de um porém. Ele não tinha passaporte. Dirigir as operações na América Latina significava viajar para fora do Brasil, o que seria impossível sem os devidos documentos. Como Günther e Eva não existiam na Alemanha, não podiam tirar passaportes em seu país de origem. Passaportes brasileiros estavam igualmente fora de cogitação: o documento que haviam usado para sair da Alemanha, viajando pela Rota dos Ratos[43] até chegar ao Brasil, já não valia mais.

– *Herr* Kraush, o senhor sabe que não tenho passaporte – disse ele, arrasado.

– Não se preocupe com isso, *Herr* Lutz. Conhecemos a sua situação e vamos resolver o problema. Em breve uma pessoa entrará em contato com o senhor.

Quando colocou o telefone no gancho, Günther estava duplamente feliz. Ao mesmo tempo que seria promovido, teria acesso a um novo passaporte, e provavelmente Eva também. Poderiam finalmente realizar um antigo sonho: rever a querida pátria e levar Heinrich para conhecer suas origens.

Ele esperou para dar a notícia no final de semana, quando iriam para o chalé da família.

– Tenho uma novidade para contar – disse Günther durante o jantar. – Fui promovido a presidente da América Latina!

Eva ficou radiante. Sabia que a promoção dependia do passaporte e, se o marido a conseguira mesmo assim, significava que tinham encontrado uma solução para a documentação.

Günther pegou uma garrafa de champanhe para comemorarem. Ao ouvir o tradicional estouro, Eva ficou tão emocionada que começou a chorar.

– Carl, estou tão feliz! Este momento me lembra a aprovação do Taifun B!

Sem perceber, havia cometido dois atos falhos: chamou o marido pelo verdadeiro nome e citou sua participação no desenvolvimento do gás mortífero. Paralisado, Günther continuou a despejar champanhe na

---

[43] Nome dado aos esquemas de fuga dos nazistas após a guerra, que em geral iam para países da América do Sul, principalmente Argentina, Chile e Uruguai. O bispo católico Alois Hudal participou ativamente da organização da Rota dos Ratos fornecendo documentos para criminosos de guerra.

taça, que transbordou e derramou a bebida no chão. Estava sem reação. Ao perceber seu erro, Eva soltou a taça de cristal, que se espatifou em milhares de pedacinhos brilhantes. Ela levou as mãos à boca e olhou assustada para o filho.

Heinrich entendeu que havia ouvido algo que jamais deveria ter sido dito.

***

Parado na sala de Julian, Helmut olhava para Martina sem compreender o que estava acontecendo. Ela se levantou e estendeu a mão a ele.

– Olá, Helmut. Lembra-se de mim?

"*Mein Gott*! Meu Deus!", pensou ele. Diversas dúvidas giravam em sua mente: como ela tinha parado ali? Como o achara? O que viera fazer? Fazia mais de vinte anos que não a via ou tinha notícias dela. Ficou surpreso ao ver que tinha se tornado uma mulher forte, vigorosa e decidida. Não lembrava em nada a frágil garota que carregara por tantos dias enquanto fugiam da Alemanha.

"Teriam descoberto minha participação na produção do Taifun B?", pensou, preocupado.

Mas a ruiva sorria para ele, e Julian e Sara o cumprimentaram com a simpatia de sempre. Parecia estar tudo sob controle.

– Pela sua expressão, você parece ter visto um fantasma.

– Confesso que jamais imaginei reencontrá-la, Martina – disse Helmut.

– Martina não existe mais. Meu nome agora é Ahava, sou israelense.

Eles se sentaram e ela contou tudo o que acontecera após a partida de Helmut e o fim da guerra: a transferência para a Itália, o envolvimento com a Aliá Bet, a luta pela independência de Israel.

Os olhos de Sara se encheram de lágrimas ao ouvir o relato. Helmut, embora confuso, estava contente em saber que aquela jovem magra e frágil havia se transformado em uma mulher batalhadora e poderosa. Ele ouvia tudo sem dizer uma palavra. Jamais imaginara que Martina tivesse passado por tanta coisa, e podia sentir a emoção dela ao recordar sua história.

– Mas voltemos ao presente agora – disse ela. – Quando o Irgun deixou de existir, fui chamada para compor uma divisão ligada ao departamento de segurança de Israel.

– E foi isso que a trouxe aqui – completou Julian.

Helmut soltou o ar com um assobio. Parecia que tinha segurado o fôlego durante todo o relato. Sem conseguir se conter, levantou e deu um abraço nela.

– Você não imagina minha felicidade em saber que você sobreviveu e se tornou uma mulher tão forte. Quando a carreguei nos braços, você era tão indefesa! Parecia uma ave assustada, magrinha e pequeninha.

– Bem, você sumiu de repente, mas sempre quis agradecer por ter me salvado.

– Há um ditado judaico que diz que quem salva uma vida, salva a humanidade – disse Julian, sorrindo.

– Mas como você me encontrou? E por que está aqui? – Era isso que inquietava Helmut.

***

Günther sabia que não podia mais esconder seu passado do filho. Era melhor que Heinrich ouvisse a verdade de sua própria boca, mas com algumas adaptações, é claro, para salvar sua reputação.

Ele respirou fundo antes de falar.

– Heinrich, você sabe que muita coisa aconteceu durante o regime nazista. Hitler reconstruiu a Alemanha, que estava arrasada após a Primeira Guerra. Nossa autoestima voltou graças ao *Führer*. Estávamos cercados por inimigos bolcheviques e judeus. O mundo estava contra nós.

Ele tentava dosar o orgulho na voz, temendo a reação do filho.

– A raça ariana estava ameaçada. Então, fui chamado pela Indústria de Tintas e Derivados para desenvolver uma fórmula que garantisse a pureza do nosso povo. Era uma missão muito importante, e, mesmo sendo jovem, eu tinha responsabilidades imensas. Minha carreira e minha vida dependiam disso.

Heinrich ouvia calado, surpreso com aquela revelação. Era a primeira vez que o pai falava do passado, do que tinha feito durante a guerra.

– Fui obrigado a desenvolver o gás Taifun B. – Günther fez uma pausa, esperando a reação de Heinrich.

A surpresa do garoto foi grande, mas ele continuou em silêncio.

– Seu pai não teve alternativa, filho. Era aceitar o trabalho ou ser enviado para a frente Leste – completou Eva.

Heinrich se levantou de repente e começou a andar pela sala.

– O que mais vocês me esconderam esses anos todos? – perguntou, nervoso.

– Nossos nomes verdadeiros são Carl e Helke Farben. Mudamos de identidade para conseguir sair da Alemanha após a guerra e recomeçar a vida aqui no Brasil.

Cada revelação era um choque para o jovem, que fulminava os pais com o olhar.

– Tudo isso é uma loucura!

– Seu pai fez o que tinha de ser feito naquela época. Todos nós servíamos ao Reich. Foi decisão de Hitler eliminar os *untermenschen*; o povo alemão não teve escolha – Eva mentiu, tentando amenizar a situação.

Os três ficaram em silêncio por longos minutos.

O casal olhava para o filho na esperança de que ele os compreendesse.

– Eu sabia que vocês me escondiam algo – disse Heinrich, finalmente. – Sempre que eu perguntava como vocês chegaram ao Brasil, a resposta era evasiva. Quando eu perguntava o que fazia na Alemanha, pai, você mudava de assunto!

Eva tentou abraçá-lo, mas ele se esquivou.

– Por que mentiram para mim?

– Tivemos que mentir para todo mundo, filho. Não podíamos falar a verdade. Eu apenas cumpria ordens, mas ninguém veria dessa forma – justificou Günther.

– Seu pai não fez nada de errado, querido! Ele foi obrigado a desenvolver o gás – Eva insistiu desesperadamente.

Heinrich sentia a cabeça girar. Nomes falsos, Taifun B, fuga da Alemanha... Quem eram seus pais, na verdade?

– Você não podia se negar a participar? – perguntou o garoto, tentando encontrar argumentos para aceitar o fato de que o pai havia sido responsável por milhões de mortes.

– Eu era apenas um funcionário da ITD. Precisava do emprego para sobreviver e tinha que fazer tudo o que mandavam. Se eu não fizesse, seria demitido e achariam outro engenheiro para ocupar meu lugar. Nada impediria que o gás fosse desenvolvido.

Aos 18 anos, Heinrich descobria que o passado dos pais era completamente diferente do que tinha ouvido a vida toda. Não sabia como reagir, não sabia o que pensar, não sabia julgar se a atitude do pai fora certa ou errada.

Günther percebeu que parte do filho ainda queria acreditar nele. Tentaria usar isso a seu favor. Então se levantou, pegou uma chave de fenda e abriu um pequeno esconderijo na parede de tábuas da sala. Ele enfiou a mão lá dentro e tirou uma caixa de papelão envelhecida.

Heinrich olhou o pacote com curiosidade. Nunca desconfiara de que havia um esconderijo no chalé.

Günther colocou a caixa sobre a mesa de jantar.

– Veja isso, meu filho – disse ele, estendendo uma pequena pilha de fotos.

Era a primeira vez que Heinrich via os pais jovens. As fotos haviam sido tiradas em Cracóvia e Berlim. Em uma delas, viu Hans Frank, Rudolf Höss e Heinrich Himmler.

No fundo da caixa, embaixo de vários papéis, Günther pegou uma medalha e entregou ao filho. Heinrich a examinou com cuidado. De um lado estava a efígie de Hitler; e do outro, a suástica nazista em ouro, além dos dizeres "Bons serviços prestados ao *Führer* e ao povo alemão, 1942".

– Ganhei essa medalha do *Führer*, diretamente das mãos de Himmler. Sou um dos poucos civis que recebeu uma homenagem como esta – disse com orgulho.

O jovem apertou a medalha na mão e saiu em direção à represa, sentando-se no deque de madeira onde o veleiro ficava amarrado.

– O que nós vamos fazer, querido? – perguntou Eva, aflita.

– Deixe-o refletir sobre o que acabou de ouvir – respondeu Günther. – Nosso filho não é mais criança.

***

Helmut havia entendido que a conversa com Ahava se estenderia. Temendo ser descoberto, decidiu ligar para casa e avisar Rita de que chegaria tarde.

– Querida, não precisa me esperar para o jantar. O assunto que Julian queria tratar comigo vai se estender.

– Tem certeza? Não quer que eu vá encontrá-lo?

– Não é necessário, meu amor. Nos vemos mais tarde – ele se despediu e colocou o telefone no gancho.

Helmut fazia o possível para disfarçar sua preocupação, mas a presença de Ahava o transportava a tempos sombrios. Ela definitivamente era uma ligação perigosa com seu passado.

Percebendo que a noite seria longa, Sara foi preparar o jantar e Julian serviu uma bebida a todos.

– Realizo um trabalho ligado ao Centro de Documentação Judaica Simon Wiesenthal – disse Ahava. – Cuidamos da parte operacional; e o Centro, da parte de inteligência.

Helmut sentiu um frio percorrer sua espinha. O assunto havia chegado a criminosos de guerra alemães, e ele já tinha ouvido falar em Simon Wiesenthal, o famoso caçador de nazistas.

– O Centro foi o responsável pela captura de Eichmann na Argentina e de Stangl e Wagner no Brasil, entre muitos outros nazistas – informou Julian.

– Sim, eu soube disso – respondeu Helmut, sentindo gotas de suor escorrerem pelas costas.

Ahava se levantou. Tinha pernas longas e bonitas e andava com segurança. Ela ajeitou os cabelos ruivos antes de falar, olhando firmemente para Helmut e apoiando as mãos no espaldar da poltrona à sua frente.

– Como você sabe, Helmut, meus pais, os pais de Sara e os de Julian, assim como milhões de outros judeus, foram assassinados com Taifun B.

Helmut achou que fosse desmaiar.

– Você está bem, meu caro? – perguntou Julian. – Parece pálido.

– São só as surpresas do dia, Julian. Encontrar Martina, quer dizer, Ahava, e ouvir todas essas histórias de morte em câmaras de gás... Você sabe como isso me abala.

Mas o instinto de espiã de Ahava e suas experiências em investigações a fizeram perceber algo estranho em seu antigo salvador. Antes que pudesse continuar a conversa, no entanto, Sara entrou na sala e avisou que o jantar estava servido. Todos se sentaram à mesa. Helmut sabia que seria difícil engolir qualquer coisa.

— Lembrem-se do nosso combinado: na mesa, ninguém fala da *Shoá* – disse Sara, para alívio do alemão.

— *Shoá* significa... – Ahava começou a explicar, mas foi interrompida.

— Eu sei o que significa – disse Helmut. – Holocausto.

— Bem, para nossa querida amiga, fiz a típica refeição brasileira: arroz, feijão, batata frita e bife! – continuou Sara.

— Se eu ficar muito tempo no Brasil, terei que fazer um regime! A comida aqui é boa e farta.

A conversa seguiu sobre a vida em Israel e no Brasil, dois países banhados pelo sol, com belas praias, frutas deliciosas e capazes de proporcionar uma vida agradável.

— O melhor de tudo é que podemos praticar o judaísmo livremente. Essa terra é abençoada – disse Julian.

— Aqui, sou brasileiro, e não alemão! – afirmou Helmut.

Quando todos terminaram de comer, Sara serviu um cafezinho e eles voltaram para a sala de estar. Helmut estava ansioso para saber qual seria o desfecho daquele encontro. Ahava havia se acomodado em uma poltrona. Ela tirou os sapatos, encolheu as pernas e foi direto ao assunto, abordando o alemão à queima-roupa.

— Você sabe o que a ITD fez durante a guerra? – disse ela, ao mesmo tempo perguntando e afirmando.

Helmut não tinha como negar. A conversa tomava um rumo perigoso, deixando-o cada vez mais nervoso.

— Todo mundo da indústria química sabe. Eles desenvolveram o Taifun B e usaram mão de obra escravizada em suas fábricas.

— E você sabe quem desenvolveu essa fórmula?

Helmut engoliu em seco. Seria uma armadilha? Era melhor dizer a verdade; ele desconhecia o quanto ela sabia.

— Claro. Foi o engenheiro químico Carl Farben.

Ao ouvir a resposta, Ahava derrubou a xícara de café. Sara se levantou para ajudá-la a limpar a bagunça e Helmut aproveitou a confusão para ir ao toalete. Queria jogar uma água fria no rosto e se acalmar. Sentia que sua vida estava por um fio.

Dentro do lavabo, olhou-se no espelho. "O fantasma do passado está de volta. De alguma maneira, eu colaborei para o desenvolvimento do Taifun B. Podia ter me revoltado antes, podia ter me negado a participar do projeto, mas, quando decidi agir, já era tarde demais. O que será que ela sabe sobre mim?", perguntou ele à sua imagem refletida.

A sós na sala com o casal, Ahava, que analisava as reações do alemão, aproveitou para fazer mais perguntas.

– Ele é sempre assim, tão nervoso?

– Quando falamos da guerra, ele age assim. Deve ter traumas que desconhecemos – disse Sara. – Rita, sua esposa, diz que ele tem muitos pesadelos: fala durante o sono, grita, se debate...

– Ele lutou na guerra? Participou da SS?

– Ele diz que fugiu para não servir ao exército. É um homem pacífico, incapaz de fazer mal a alguém.

– Helmut não é nazista, isso eu posso garantir – disse Julian. – Convivemos com pessoas de várias etnias. Ele não tem preconceitos.

De volta à sala, Helmut sentou-se e aguardou as novas revelações.

– Está tudo bem? – perguntou a jovem.

– Sim. Foi só uma indisposição, mas já estou bem.

Mas Ahava percebeu que ele não estava confortável. Alguma coisa o incomodava, ela só não sabia o quê. Então pegou sua pasta de couro, tirou alguns papéis e leu um nome em voz alta.

– Günther Lutz. Você o conhece?

– É o presidente da FAM Brasil, a maior indústria química e farmacêutica deste país – respondeu ele, sem entender aonde ela queria chegar.

– Você já o viu?

– Nunca.

– A FAM é dona do laboratório que fornece a maioria dos produtos para a sua farmácia, mas você nunca o viu? – insistiu Ahava, desconfiada.

Ele sentiu a suspeita no tom da jovem. Tinha que continuar agindo com naturalidade.

– Sou um pequeno comprador, nunca tive contato com o presidente. Sempre trato de negócios com o gerente responsável pelo estado do Paraná.

– Então nunca viu uma foto de Lutz?

– Não.

Ahava abriu novamente a pasta de couro e tirou a foto de um rapaz de 20 e poucos anos.

– Sabe quem é esta pessoa? – Ela mostrou a foto a Helmut.

O alemão sentiu o ar faltar e a pulsação acelerar. Ahava parecia saber mais do que ele imaginava. Se mentisse, poderia ser pego em contradição. Decidiu seguir com a verdade.

– Farben... É o engenheiro Carl Farben.

Antes que ela fizesse uma nova pergunta, ele continuou a falar. Pisava em ovos, tentando não quebrar nenhum.

– Fizemos faculdade juntos em Berlim, fui veterano dele. Anos depois, trabalhamos na ITD. Foi quando eu soube que ele tinha se envolvido com o Taifun B – completou, dando a entender que não havia participado da produção do gás venenoso.

Mas, ainda que não soubessem da ligação de Helmut com o Taifun B, a informação chocou o casal Gartner, que até então desconhecia o passado do amigo. Tudo o que sabiam é que ele havia se formado em Engenharia Química na Alemanha, mas nunca imaginaram que trabalhara na ITD.

– Quando soube para que esse produto realmente servia, pedi demissão da empresa. Desempregado, fui convocado para a frente Leste, mas me recusei a servir a Wehrmacht. Só me restou fugir da Alemanha.

A voz de Helmut falseava, mas, de certa maneira, estava dizendo a verdade. Ela não poderia contradizê-lo.

Em choque com a revelação, Julian e Sara não sabiam o que falar. Ahava tentou aliviar a tensão.

– E foi durante a fuga que nos conhecemos. Você me salvou, me carregando nos braços durante centenas de quilômetros e dividindo comigo sua ração de comida. Devo minha vida a você.

Estava claro que Ahava conhecia um pouco mais da história de Helmut. O quanto, ele não sabia.

O silêncio pairou na sala. Ahava podia até não ter nascido em Israel, mas era uma verdadeira sabra.

– Podemos continuar? – perguntou ela, enfim quebrando o silêncio.

– Sim – respondeu o alemão.

Ahava pegou novamente a pasta de couro e retirou o recorte de um jornal paulista, caderno de Economia, sobre a promoção do novo presidente da FAM. Na matéria havia a foto de um senhor de terno muito bem cortado, sorrindo ao lado do presidente mundial da empresa e de outros diretores. Ela entregou o recorte a Helmut.

Ao ver a imagem, ele ficou paralisado. Suas mãos começaram a tremer descontroladamente.

Ahava percebeu seu nervosismo.

– Não sei ler português – disse ela –, mas imagino que esta notícia seja sobre a promoção de *Herr Ingenieur* Günther Lutz a presidente da FAM Brasil, correto?

Helmut afirmou lentamente com a cabeça.

– E quem é esse na foto? – perguntou Ahava.

O alemão encarava a imagem fixamente. Tentava falar, mas as palavras não saíam. Percebendo que algo estranho se passava, Julian se levantou, pegou o recorte das mãos de Helmut e perguntou:

– Alguém pode me explicar o que está acontecendo?

***

Heinrich estava há uma hora sentado no deque do chalé. A medalha nazista brilhava em sua mão, refletindo a luz da lua. Pensou várias vezes em jogá-la na água, como se, ao fazer isso, o passado fosse desaparecer e seus pais voltassem a ser apenas Günther e Eva Lutz.

As informações que ouvira naquela noite tinham virado sua vida de cabeça para baixo. Sempre estranhara o fato de os pais não falarem do passado; como todo filho, queria saber o que tinham feito antes de ele nascer. Em seus sonhos juvenis, imaginava o pai como um importante espião por trás de missões tão secretas e fundamentais que, mesmo após o fim da guerra, precisava mantê-las em sigilo.

Então, a realidade o atingiu como um balde de água fria. Ficou chocado ao descobrir que o pai era, na verdade, o engenheiro químico por trás do gás utilizado para assassinar milhões de pessoas.

"Sempre achei que fosse filho de um herói. Será que sou filho de um criminoso? Meu pai foi obrigado a desenvolver a fórmula ou o fez por que quis? E quem sou eu de verdade, Heinrich Lutz ou Heinrich Farben?" Milhares de perguntas surgiam, mas nenhuma resposta. Sua vida até ali tinha sido uma sequência de mentiras.

E quem eram Günther e Eva Lutz? Como confiar neles se até seus nomes eram falsos? Heinrich se deu conta de que não era filho de um simples engenheiro químico; seu pai tinha sido um proeminente personagem de guerra. A máquina de extermínio nazista funcionara graças ao produto desenvolvido por ele. Era possível aceitar esse fato?

A lua cheia refletia seu brilho nas águas tranquilas da represa, que chegavam em marolas suaves à pequena praia de areia amarela. Heinrich não viu quando a mãe se aproximou devagar, sentando-se ao seu lado e acariciando seus cabelos loiros.

– Há pouco mais de vinte anos, em um dia maravilhoso de verão, seu pai me levou para fazer um piquenique na beira do lago Wannsee. Como aqui, pequenas ondas quebravam na praia, fazendo esse mesmo barulho gostoso. Foi por causa desse dia que seu pai quis tanto um chalé à beira de uma represa: para recordar nossos piqueniques em Wannsee. A diferença é que lá a água era sempre gelada, precisava ter coragem para nadar. Também havia muitos veleiros deslizando pelo lago, onde várias famílias se divertiam. Nem parecia que a Alemanha estava em guerra e lutava em várias frentes. Abrimos uma garrafa de champanhe e brindamos. Sabe o que tínhamos ido comemorar?

Heinrich continuou calado. Então, Eva prosseguiu com o relato.

– A promoção do seu pai ao mais jovem vice-presidente da maior indústria química de toda a Europa. Foi um orgulho para as nossas famílias. Naquela noite, ele foi homenageado pelo *Führer*, recebendo essa medalha de Heinrich Himmler.

Ao longe, um cachorro uivou para a lua.

– Por isso você tem esse nome – continuou a mãe. – Em homenagem a Heinrich Himmler.

– E você escolheu o seu nome por causa de Eva Braun.[44]

Ela não respondeu.

– Filho, temos muito orgulho do nosso passado e do esforço que o *Führer* fez para alçar a Alemanha ao lugar que ela merece. Mas infelizmente fomos traídos, como na Primeira Guerra.

– Traídos por quem? – perguntou o garoto.

– Pelos judeus, mais uma vez.

Uma sequência de uivos ecoou, como se os cães esperassem um sinal para agir.

– Meu pai desenvolveu um produto que matou milhões de pessoas.

– Você acha que os russos não fizeram a mesma coisa? Nossos soldados eram mortos mesmo depois de rendidos e aprisionados – justificou a mãe.

– Eram soldados, não civis.

– Eram inimigos, filho. Na guerra, todo inimigo precisa ser destruído.

– Mulheres e crianças também?

– Heinrich, seu pai fez o que precisava ser feito. Se tivéssemos vencido a guerra, ele seria um herói. Mas perdemos, e a história é escrita pelos vencedores. Por isso precisamos nos esconder.

A cabeça de Heinrich girava sem parar. O garoto estava exausto daquela conversa.

– Não quero saber o que vocês fizeram durante a guerra – disse ele secamente, devolvendo a medalha para a mãe e saindo em direção ao chalé.

Eva foi atrás dele. Na porta, Günther os aguardava de braços abertos. Tentou abraçar o filho, mas ele se esquivou.

– Estou indo embora – informou o garoto. – Vou fazer faculdade na Alemanha.

∗∗∗

Havia chegado a hora de abrir o jogo. Segurando a pasta de couro, Ahava apontou para a sala de jantar.

---

[44] Eva Braun foi companheira platônica de Adolf Hitler. Os dois se casaram poucas horas antes de se suicidarem.

– Quero mostrar a vocês todo o material sobre o caso coletado pelo Centro Wiesenthal. É melhor nos sentarmos à mesa.

Os três concordaram e, após se acomodarem, ela seguiu com as explicações. Acompanhavam as atividades de Carl Farben havia muito tempo e tinham várias fotos do engenheiro em diferentes situações: na sede da FAM Brasil, na casa em São Paulo, no chalé da família. Também havia imagens de uma bela mulher, que Ahava identificara como Helke, mas que atualmente era conhecida como Eva, e do jovem Heinrich, filho do casal.

– Eu me lembro de Helke. Nos encontramos uma vez em um evento social – disse Helmut.

– Os três vivem em um bairro nobre da cidade de São Paulo e têm um chalé na represa de Guarapiranga, um local onde a elite alemã costuma passar os finais de semana. Eles também frequentam um clube náutico exclusivo para alemães.

Outras fotos mostravam Carl dirigindo sua Mercedes preta, Carl e o filho navegando na represa e jogando futebol, Carl bebendo no clube com os amigos. Havia até mesmo uma foto junto a um grupo de alemães, todos com a mão direita esticada em direção à bandeira da Alemanha.

– Como conseguiram essas fotos no clube? – perguntou Julian, impressionado.

– Temos um agente infiltrado como garçom – respondeu Ahava.

– Vocês fizeram um excelente trabalho. Ele não desconfia de nada?

– Ele tem certeza de que ninguém sabe que Günther Lutz e Carl Farben são a mesma pessoa. Diferentemente do comandante Franz Paul Stangl, ele não fez a besteira de usar seu nome verdadeiro no Brasil. Stangl era um homem ignorante, sem muitos estudos. Já Carl, que estudou na melhor universidade da Alemanha, sabia que precisava tomar cuidado. Ele e a esposa providenciaram documentos falsos antes de se mudarem. Quando chegaram ao Brasil, já eram Günther e Eva Lutz.

– Provavelmente utilizaram a Rota dos Ratos, assim como tantos outros nazistas que chegaram à América Latina – comentou Julian.

– É possível – concordou Ahava. – Sabemos que, da Alemanha, os dois foram para a Itália. Provavelmente algum adido consular brasileiro simpatizante do fascismo emitiu os vistos. Esse tipo de operação era comum na época, facilitado pelo governo de Getúlio Vargas. Chegaram ao Brasil como um casal de alemães desconhecidos, sem nenhum passado. Certamente tinham recursos escondidos nas malas: descobrimos que, durante os últimos meses de guerra, Carl transferiu dinheiro para a Suíça. Também sabemos que grande parte desse dinheiro foi obtida de maneira ilegal, roubada da ITD.

– O quê? Como ele conseguiu roubar a ITD? – perguntou Helmut, chocado.

– Era um grande esquema com os comandantes dos campos de extermínio. Uma vez que Carl era o responsável pela produção de Taifun B, podia negociar diretamente com os comandantes, vendendo quantidades muito acima do necessário e pegando parte do dinheiro por fora – explicou ela.

Helmut lembrou-se dos imensos estoques de gás em Majdanek. De repente, tudo fazia sentido.

Ahava sabia tudo sobre Carl, o que fez Helmut questionar o quanto sabia sobre ele.

– Eu tenho uma pergunta – disse Sara, interrompendo seus pensamentos. – Pelo que você nos mostrou até agora, Carl não era filiado ao Partido Nazista, não era membro da SS e não está sendo procurado por crimes de guerra. Então, por que ele precisou mudar de identidade?

– O casal precisava fugir da Alemanha e não podia ser associado ao Taifun B – respondeu Julian. – Caso contrário, Carl poderia ser julgado pela responsabilidade no desenvolvimento do gás cianídrico. Seria uma mancha definitiva em sua carreira.

Ahava balançou a cabeça afirmativamente.

– E vocês acham que a FAM não sabe quem ele é? Uma empresa como essa certamente tem tudo arquivado – disse Sara.

Sorrindo, Ahava pegou uma caneta vermelha e circulou o logotipo da Fábrica de Anilinas e Medicamentos impresso na capa de um folheto.

– É claro que eles sabem que Carl e Günther são a mesma pessoa. Ganharam muito dinheiro graças ao Taifun B, e por isso Carl é, hoje, o presidente da FAM Brasil. Porém, para todos os efeitos, *Herr Ingenieur* Lutz é apenas um imigrante alemão que chegou ao Brasil depois da guerra.

– Mas não convém à FAM nem a Carl que a verdade sobre Günther seja revelada, pois isso comprometeria os negócios da empresa – Julian desvendou a charada.

– Exato!

Helmut olhou novamente as fotografias. Estava impressionado com o quão pouco Carl havia mudado ao longo dos anos. Continuava jovial, bonito, com uma vasta cabeleira loira. Comparou consigo mesmo, que já estava ficando calvo, com cabelos grisalhos e rugas marcadas no rosto.

– Agora sou eu quem tem uma pergunta, Ahava – disse Helmut, por fim. – Por que você nos procurou?

Já passava da meia-noite e a conversa prometia ir longe. Como uma boa mulher iídiche, Sara decidiu preparar algo para comerem. Os outros aproveitaram para se levantar, esticar as pernas e alongar as costas; já fazia algumas horas que estavam sentados à mesa.

Helmut olhava ao redor e pensava nas voltas que a vida dá. Ele, um alemão que chegara a apoiar Hitler e sua política nacional-socialista, estava prestes a se envolver com o Mossad, o serviço secreto de Israel.

Como se lesse seus pensamentos, Julian se dirigiu a ele.

– Meu amigo, no judaísmo, não acreditamos em coincidências. Segundo o Rebe de Lubavitch, os fatos acontecem porque estavam destinados a acontecer. Veja só você, que nasceu na Alemanha, foi adepto ao nacional-socialismo e ensinado a odiar judeus. Você tinha tudo para estar contra nós, mas acabou salvando a vida de uma mulher judia e, agora, está no meio de uma operação para caçar nazistas!

Ahava pegou um salgadinho da bandeja que Sara havia servido, deu uma mordida e completou:

– É exatamente esse o motivo de eu ter entrado em contato com você, Helmut. Vamos caçar Carl Farben.

O alemão gelou.

– Carl, ou Günther, não é procurado por crimes de guerra, mas sua participação não pode ficar impune. Seu passado tem que ser revelado. Não permitiremos que ele dirija a maior empresa química da América Latina e viva confortável e anonimamente no Brasil. Ele não era um soldadinho ignorante cumprindo ordens nos campos de extermínio; Carl é um homem culto, estudado, que sabia muito bem o que estava fazendo.

– E escolheu fazê-lo por dinheiro, poder e prestígio! – disse Julian, com raiva. – Esse homem colaborou para a matança de milhões de pessoas por motivos torpes. É um ser repugnante, sem escrúpulos, que precisa ser desmascarado.

– Sou obrigado a concordar – disse Helmut.

– A FAM também deve ser desmascarada. Além de terem desenvolvido e comercializado o Taifun B, escravizaram judeus para trabalhar na fabricação do gás que mataria suas próprias famílias.

Então, olhando nos olhos de Helmut, Ahava completou:

– E é aí que você entra, Helmut.

Capítulo 17

A descoberta de que o pai tinha sido uma peça-chave do Holocausto e de que a própria mãe o apoiara fez Heinrich colocar em xeque sua relação com os dois. Pensava no que teria feito no lugar do pai: aceitado ou recusado a missão? Mesmo na guerra, seria correto usar seus conhecimentos de química a fim de colaborar para a morte de seres humanos? Essas questões o tiravam noites e mais noites de sono.

Atormentado, voltava sempre a questionar os pais.

O casal, que por muito tempo pensou no que faria quando o filho descobrisse a verdade, discutia que argumentos usar para se defender. Como Heinrich não odiava os judeus, seguir por essa linha seria um tiro no pé. Também não era prudente dizer que tinham sido motivados por dinheiro, ou ficaria claro que não tinham escrúpulos.

Uma vez que os motivos reais não podiam ser apresentados, precisavam seguir por outra linha de defesa.

– Meu filho, hoje em dia é fácil julgar e condenar o seu pai – insistia Günther. – Tantos anos depois, fora do contexto histórico da guerra, com todo o conforto e a segurança com que vivemos hoje, é natural pensar que o que fiz foi errado. Mas tente se colocar no meu lugar. O país estava em guerra, não levávamos uma vida comum, sequer tínhamos nossos direitos civis respeitados.

– Vocês sempre disseram que Hitler era um grande líder que só queria o bem da Alemanha. Como podem, agora, dizer que era um ditador? – Heinrich o contestava.

Günther ficava encurralado.

– Não estou falando dos ideais nazistas, mas de forças ocultas que agiram contra nós. Havia disputas de poder dentro do próprio partido. Göring, Himmler, Bormann e tantos outros agiam à revelia do *Führer*, que era deixado sozinho para enfrentar a guerra.

Eva ajudava o marido a construir a narrativa mais conveniente.

– Não se esqueça de que éramos jovens, como você. Estávamos assustados com a guerra e temíamos o futuro incerto.

– Eu era um simples engenheiro químico, um funcionário do baixo escalão da ITD. Se não fizesse o que mandavam, perderia o emprego.

Mas Heinrich não conseguia acreditar. Era difícil para um jovem de 18 anos, que crescera longe da guerra, aceitar que o pai havia colaborado diretamente para a máquina de extermínio nazista.

– Você não podia ter recusado? Não podia ter fingido que não era possível chegar à formula? – perguntava, em busca de uma salvação para o pai.

– Se fizesse isso, ele acabaria nas mãos da Gestapo – inventava a mãe. – Seria acusado de traição.

– Não havia alternativa, filho. Eu apenas cumpria ordens – Günther fingia-se de arrependido, repetindo a mesma mentira dita tantas vezes no Tribunal de Nuremberg.

E, como em Nuremberg, Heinrich não aceitava os argumentos do pai. Concluiu que era impossível conviver com eles. Mudaria definitivamente para a Alemanha, cursaria uma faculdade, encontraria um emprego e tentaria esquecer o passado dos pais.

Também imaginava que, se vivesse no país onde tudo aconteceu, entenderia melhor sua história. Precisava conhecer os personagens daquela tragédia. Encontraria respostas? Não sabia, mas de uma coisa ele tinha certeza: se Günther e Eva Lutz não existiam e Carl e Helke Farben eram desconhecidos, ele não sabia quem eram seus pais.

***

O aeroporto de São Paulo estava movimentado naquele domingo. Como não havia voos internacionais saindo da cidade, o jovem

Heinrich pegaria um avião para o Rio de Janeiro, de onde embarcaria para Frankfurt.

Eva chorava emocionada com a partida do filho. Günther, tentando esconder as lágrimas, dava dezenas de conselhos e recomendações. Heinrich só queria embarcar o mais rápido possível e começar uma nova vida longe dos pais.

Todos os movimentos da família Lutz eram fotografados a distância por uma dupla com uma câmera teleobjetiva. O homem era alto, com cabelos escuros, e a mulher tinha lindos cachos ruivos.

– *Que despedida emocionante* – disse a ruiva, em hebraico, enquanto acionava o disparador da Pentax. – *Infelizmente eles não permitiram que milhões de famílias se despedissem antes de envená-las com Taifun B.*

***

Curitiba era uma capital tranquila e pacata, cheia de casinhas de madeira, resultado do estilo arquitetônico trazido da Europa pelos emigrantes. Toda a cidade era cercada por bosques onde as araucárias se destacavam. Era em um desses recantos que a família Blau gostava de ir aos finais de semana para fazer piqueniques e comer os deliciosos lanches de Rita.

– Maria, acho que a sua mãe foi a primeira pessoa no mundo a conseguir combinar a culinária mineira com a alemã. Isso é prova de que não existe raça superior: todas as culturas têm valor e podem somar umas às outras.

Rita puxou o marido e lhe um beijo apaixonado. Deitados em uma toalha para tomar sol, Helmut tinha a cabeça apoiada em seu colo e recordava os últimos acontecimentos.

Na semana anterior, Rita perguntou o que havia acontecido naquela noite na casa de Sara e Julian, quando ele voltara tão tarde para casa. Helmut respondeu que tinham ficado recordando eventos tristes e dramáticos dos tempos de guerra.

– Ainda bem que você não foi, querida. Ia sofrer muito ouvindo nossas histórias.

Os quatro haviam acordado que ninguém, nem mesmo Rita, deveria saber o motivo daquele encontro. Preocupavam-se não só com a segurança dela, mas também com o sucesso da operação. Qualquer vazamento poderia colocar a missão em risco. Tinham certeza de que havia uma estrutura de proteção para os nazistas no Brasil, e todo cuidado era pouco.

Foi Maria que, reclamando de fome, tirou o pai de seus pensamentos. Rita aproveitou para distribuir os lanches e conversar com o marido.

– Você anda tão sonhador, querido. Saudades da Alemanha?

– De jeito nenhum! Não quero voltar lá nunca mais.

– Já que estamos falando da Alemanha, papai, acho que é hora de conversarmos sobre meu projeto de vida.

O casal trocou olhares, já imaginando o que viria em seguida.

– Quero ir para a Alemanha estudar literatura alemã e me aperfeiçoar na língua para me tornar professora universitária – disse Maria. – Goethe é meu autor favorito.

– *Você já fala e lê alemão com perfeição. Por que não estuda no Brasil?* – Helmut perguntou em sua língua materna.

– Porque quero praticar com outros nativos e me aprofundar na cultura do país. Vocês sabem que adoro estudar, não é?

Ao redor deles, a floresta estava em completo silêncio. Podiam ouvir as pinhas caindo das araucárias e o coração de Helmut batendo mais forte. Rita apoiava a decisão da filha. Quando jovem, também quis estudar fora, mas não tinha condições financeiras para tal. Com a filha era diferente: tinham recursos e a menina tinha nacionalidade alemã, o que facilitaria os trâmites.

Helmut, no entanto, era refratário à ideia.

– Achava que você cursaria Farmácia ou Bioquímica para me ajudar com os negócios.

– Adoro o que você faz, papai, mas meu sonho é ser professora – afirmou Maria.

Além da superproteção, Helmut temia que a filha sofresse na Alemanha. O país que ele tinha na memória ainda era aquele dominado pelos nazistas e suas leis raciais. Não podia, no entanto, dizer isso à filha; ela ficaria arrasada.

Então, deixou o assunto de lado, abriu uma cerveja e falou de amenidades. "O futuro a Deus pertence", pensou.

Uma semana após o piquenique, Ahava voltou a Curitiba e o grupo marcou um novo encontro. O local escolhido, é claro, foi o restaurante de Pollack.

– Hoje tenho uma surpresa para vocês! Reconhecem essa belezinha aqui? – perguntou o polonês, mostrando uma garrafa.

– Uma Wyborowa?! Onde conseguiu isso? – quis saber Julian.

– Um primo é adido consular na Polônia e me trouxe algumas garrafas – respondeu Pollack. Então, baixando a voz: – Mas é só para os amigos, ok? Não sirvo uma vodca polonesa dessa qualidade nem aos meus melhores clientes!

O grupo brindou ao primo polonês e Pollack voltou para a cozinha, deixando-os à vontade. Sentados em uma mesa afastada, eles se aproximaram para conversar com mais discrição. O restaurante estava praticamente vazio, mas todo cuidado era necessário.

Foi Ahava quem começou o assunto e explicou o plano de captura de Carl.

– Sabemos que ele tem fotos com autoridades da SS, como Rudolf Höss e Hans Frank. Precisamos dessas provas em mãos para denunciá-lo. Quando isso acontecer, Helmut, você será a principal testemunha de que Carl e Günther são a mesma pessoa.

A situação ficava cada vez mais perigosa para o alemão; afinal, ele estava presente em algumas daquelas fotos. "Será que ela já sabe disso? Se sim, por que omitiria esse fato?", perguntou-se.

– Você já viu essas fotos? – ele arriscou, sondando o terreno.

– Não, mas soubemos por um infiltrado na FAM que ele recebeu cópias quando foi promovido a presidente. O problema é que as fotos não estão na empresa; nosso agente já revistou os arquivos pessoais.

– Só podem estar na casa dele – falou Julian.

– Em uma das casas – corrigiu Ahava. – Também há o chalé na represa.

Helmut só conseguia pensar no que o serviço secreto israelense faria quando descobrisse que ele havia estado na Polônia junto com Carl. O que estaria fazendo em Cracóvia na mesma data dos testes com Taifun B? Se não agisse rápido, logo o associariam aos crimes nas câmaras de gás e sua vida estaria arruinada. Precisava encontrar uma solução.

Mas, antes que pudesse pensar, Pollack se aproximou com o *borscht*, a deliciosa sopa de beterraba servida com creme de leite. O grupo interrompeu a conversa para se deliciar com o prato típico. Tinham combinado de não falar do assunto durante as refeições.

Quando Sara deu a primeira colherada, ficou impressionada.

— Nem na Europa comi uma sopa tão boa!

Julian provou e fechou os olhos de prazer.

— Minha querida, a sua é muito melhor!

Ahava e Helmut olharam imediatamente para a amiga, que jogou a cabeça para trás.

— *Azoy*? Sério? Não sabe nem mentir! — disse ela, levando todos às gargalhadas.

Depois da entrada veio o *pierogi*, e, para finalizar, pediram o *strudel* de maçá e um café. Quando estavam todos satisfeitos, a FAM voltou à pauta.

— O que precisamos fazer agora é revistar as casas e encontrar as fotos — explicou Ahava. — Helmut, você é nossa peça-chave. Quando o caso for a julgamento, a defesa tentará alegar que o homem na foto não é Carl Farben. Você é o único capaz de desmentir isso.

— Ela tem razão, Helmut — concordou Sara. — Você é alemão e trabalhou com ele. Não poderão ignorar seu testemunho.

De repente, a solução ficou clara para Helmut. Tinha que achar as fotos antes de qualquer pessoa e se livrar das evidências que o incriminavam. Como sempre acontecia quando ficava nervoso, sentiu o suor escorrer pelas costas. Sua decisão era arriscada, mas não havia outra saída.

— Irei pessoalmente revistar as residências de Carl — disse, por fim.

Ahava ficou espantada. Helmut não era um agente e seria muito arriscado o expor.

— Não! — exclamou ela. — Se Carl ou Helke pegarem você, não sabemos o que pode acontecer. Eles podem ter uma arma, pode surgir uma situação de violência, e não podemos arriscar sua integridade física.

Para Helmut, no entanto, era uma questão de tudo ou nada. Sua vida e sua família estavam em jogo. Então, encontrou um trunfo para ser o encarregado da missão.

– E, se pegarem um agente do governo israelense revistando a casa de um alto funcionário da FAM, haverá um problema diplomático entre Brasil, Israel e Alemanha, o que não será nada bom para os judeus.

Os outros três ficaram pensativos.

– A captura de Eichmann na Argentina foi um desgaste muito grande – lembrou Helmut. – O Mossad já invadiu um país amigo e sequestrou um alemão. Se isso se repetir, terá consequências terríveis para Israel.

– Você tem um ponto. Seria mais simples se a operação fosse realizada por um emigrante alemão que entrou oficialmente no país e quer desmascarar um nazista – disse Sara. – Se você for pego, não haverá problemas políticos.

Ahava parecia relutante. Ela mexeu nos cabelos ruivos e bebeu o último gole de café.

– Acho que vocês têm razão, mas preciso consultar meu chefe – disse, por fim. – Colocar um civil em uma operação de campo pode ser muito perigoso.

– Estou disposto a arriscar – afirmou Helmut.

Como já estava tarde, os três se despediram e marcaram um novo encontro para dali a alguns dias.

O alemão voltou para casa a pé. Gostava de andar pela cidade arborizada, de apreciar o clima que lembrava muito o outono europeu. Durante o caminho, pensou nas voltas do destino. Em seu passado sendo desenterrado décadas após deixar a Alemanha.

Com dezenas de países em todo o mundo, ele e Carl haviam escolhido justamente o Brasil. Era muita coincidência.

Enquanto caminhava, repassava todo o plano em busca de furos, até que achou um. Como explicar para Rita que viajaria sozinho para São Paulo? Pensava nisso quando chegou em casa, mas tentou disfarçar a preocupação ao ver a esposa e a filha, que ele abraçou e beijou com carinho.

Maria estava fazendo a lição de casa. Era ótima aluna e queria conseguir uma bolsa de estudos para ir à Alemanha. Ao ver o lar tão acolhedor e a esposa e a filha tão felizes, Helmut rezou para que seu plano desse certo. Não podia colocar em jogo tudo o que tinha construído. Foi dormir com medo, e os pesadelos voltaram com força.

O encontro seguinte aconteceu na casa dos Gartner. Antes de começar a falar, Ahava prendeu os longos cabelos ruivos, um gesto que sempre fazia ao apresentar algo importante.

— Consultei meu chefe. Ele concordou que é menos arriscado Helmut ir em busca das fotos.

O alemão respirou aliviado. Agora que parte do problema estava resolvido, era hora de colocar sua outra preocupação na mesa.

— Como irei a São Paulo sem que Rita desconfie? Preciso de uma desculpa para dar a ela, mas não posso dizer que vou caçar um nazista!

— Já pensamos em tudo — adiantou Ahava. — Você receberá uma carta da FAM com um convite para fazer um curso na matriz com tudo pago.

Helmut ficou impressionado com a eficiência do Mossad. Já tinha ouvido falar do serviço secreto israelense, mas não sabia que eram tão competentes.

Sara então levantou outra dúvida.

— O que faremos depois de provar que Günther e Carl são a mesma pessoa? Se não há acusações ou ordem de prisão, como podemos pegá-lo?

Mais uma vez, Ahava tinha as respostas. A operação vinha sendo planejada em Israel havia meses, e da mesma maneira que tinham uma equipe no Brasil, também o tinham em Frankfurt.

— Podemos prejudicá-lo de muitas maneiras. A primeira coisa a ser feita é revelar seu passado à imprensa. Imaginem o alcance do testemunho de Helmut, um alemão que estudou com Carl na faculdade, que foi seu contemporâneo na empresa, confirmando que o presidente da grande Fábrica de Anilinas e Medicamentos do Brasil não apenas colaborou para o nazismo como também foi uma pessoa fundamental no processo do extermínio sistemático de judeus.

Sara concordou com a cabeça e Ahava prosseguiu.

– Mais do que isso: quando o passado de Carl vier à tona, a FAM será obrigada a se manifestar. Terão medo de dizer que não sabiam de nada, pois correriam o risco de apresentarmos outras provas que desmascarem a empresa. Se forem confrontados com a verdade, será um escândalo internacional.

– Não restará alternativa à FAM a não ser demiti-lo – afirmou Julian.

– Exato! É como em um jogo de pôquer: só temos um par na mão, mas blefaremos pesado. Eles não vão pagar para ver.

– Ok, vamos supor que Günther seja demitido. Ele irá ganhar uma bela aposentadoria e passar o resto dos seus dias sossegado, velejando na represa e bebendo cerveja com seus amigos alemães. Um belo presente pelo que fez com o nosso povo! – disse Sara.

Vendo que Ahava tomava um gole de café, Julian tomou a palavra.

– Querida, Carl e Helke entraram no Brasil com documentos falsos. Isso é crime. Os dois serão presos, processados e deportados. A imprensa mundial irá acompanhar o caso com lentes de aumento, os holofotes ficarão sobre eles por um bom tempo. A FAM Brasil nada poderá fazer, menos ainda a matriz na Alemanha. E, uma vez que o funcionário Günther Lutz não existe, não poderão pagar indenização ou aposentadoria a ele. Oficialmente, Carl Farben saiu da empresa há quase trinta anos. Ajudá-lo prejudicará a imagem da FAM; será mais fácil abandoná-lo à própria sorte.

– Isso se não desaparecerem com eles por queima de arquivos – completou Ahava. – Os dois sabem muito sobre o passado da FAM.

Durante as noites que se seguiram, Helmut repassou cada detalhe do plano. Nada podia dar errado. Precisava entregar Carl sem se afundar com ele.

Certa manhã, quando o carteiro entregou a correspondência na Farmácia Frankfurt, Rita ficou curiosa ao ver um envelope com logotipo da FAM endereçado a Helmut. Não era uma carta comercial tradicional, daquelas que traziam folhetos ou o jornal mensal. Ela abriu o envelope e chamou o marido.

– Olha, meu bem! Você foi convidado para participar de um seminário da FAM em São Paulo, com todas as despesas pagas!

Helmut pegou a carta e a examinou com cuidado. Ficou impressionado com o serviço do Mossad; a falsificação era perfeita. Até a agência dos Correios era de São Paulo.

– O que será que aconteceu? É a primeira vez que me convidam para um evento.

– Somos bons clientes, compramos bastante e pagamos em dia.

– Bem, eu não posso viajar. Quem cuidaria da farmácia?

– Não seja bobo. Você vai, eu tomo conta de tudo.

O primeiro passo tinha sido dado com sucesso.

***

Günther estava prestes a embarcar para sua primeira viagem internacional como presidente da América Latina. Iria conhecer as filiais do Chile e da Argentina e resolveu levar Eva junto. "Será nossa segunda lua de mel", ele disse à esposa.

Depois de tantos anos sem poder sair do Brasil, achavam que mereciam a viagem. Ficaram um pouco apreensivos ao passar pela Polícia Federal com o passaporte alemão, mas, no fim, deu tudo certo. Embarcaram na primeira classe e desfrutaram do excelente serviço de bordo.

A poucos metros do casal, um homem de cabelos escuros e uma mulher ruiva documentavam tudo com a câmera Pentax.

A primeira parada foi em Santiago, no Chile, onde um carro da FAM os esperava no aeroporto. Durante o dia, Günther tinha reuniões com a equipe local, composta apenas por alemães, e Eva aproveitava para passear pela cidade com as esposas dos executivos. Dois turistas a seguiam a curta distância e, em vez de apontar a objetiva da câmera para os monumentos, apontava para ela. À noite, o casal jantava nos melhores restaurantes da cidade, quase sempre acompanhados de diretores da empresa e suas esposas. Os dois turistas que adoravam tirar fotos jantavam sempre nos mesmos restaurantes que o casal.

Ao fim das reuniões no Chile, embarcaram para a Argentina.

Em Buenos Aires, seguiram o mesmo ritual: durante o dia, Günther visitava a filial argentina e acompanhava a linha de produção, enquanto Eva passeava pela Calle Florida e tomava chocolate quente nas cafeterias portenhas. Ela adorou a cidade, cuja arquitetura lembrava a da Europa. À noite, os Lutz e os diretores da FAM saíam para jantar nas famosas churrascarias argentinas.

Dessa vez, os movimentos do casal eram acompanhados por um jovem de longos cabelos cacheados e uma barba volumosa. Diariamente, ele ligava para São Paulo e passava informações em hebraico com um forte sotaque portenho. Identificava-se como Fritz; achou que um nome típico alemão seria um bom disfarce.

– *Não os perca de vista, Fritz, e tome muito cuidado* – disse Ahava ao telefone.

– *Não devíamos ter colocado um amador para segui-los* – comentou o parceiro da ruiva, mal-humorado. – *A Argentina está cheia de nazistas e grupos antissemitas. Qualquer deslize pode pôr tudo a perder.*

– *Não tivemos escolha. Não pudemos ir e não tínhamos tempo para esperar outro agente.*

– *Espero que esse Fritz não faça nenhuma besteira.*

– *Não vai fazer.*

Durante um jantar com os diretores argentinos, Günther comentou que ele e Eva iriam para Bariloche no final de semana. Fritz, que estava na mesa ao lado e entendia alemão, ouviu toda a conversa.

– Que bom que nos contou, *Herr* Lutz – disse um dos executivos. – Vamos colocá-lo em contato com membros da comunidade germânica em Bariloche. Vocês serão muito bem recebidos.

O casal ficou feliz ao ouvir isso. Sabiam que Bariloche tinha estações de esqui com lagos e picos nevados que lembravam a Áustria, e ter compatriotas para guiá-los seria perfeito.

Na sexta-feira, os dois embarcaram na primeira classe de um trem que cruzou o deserto da Patagônia no sentido sudoeste. Ao verem as casinhas de madeira em estilo alpino, com floreiras nas janelas, ficaram emocionados. Era como estar na Europa.

Com dinheiro na conta, um filho estudando na Alemanha e, agora, um passaporte para viajar, o casal sentia que nada podia estragar sua felicidade. Sequer perceberam que Fritz os acompanhava no mesmo trem e nem imaginavam que, a muitos quilômetros dali, em Curitiba, alguém planejava destruir essa vida dos sonhos.

Eles desembarcaram em Bariloche e foram para o Hotel Llao Llao, o melhor da cidade, projetado pelo arquiteto Alejandro Bustillo e fundado em 1938. Instalaram-se na suíte presidencial, onde tinham uma visão panorâmica dos picos nevados.

Pouco depois de ajeitarem as malas, o telefone tocou. Eva atendeu e um senhor se apresentou em alemão. Queria saber se podia buscá-los no final do dia para tomar um drinque e jantar com membros proeminentes da comunidade alemã.

– É claro que sim! – respondeu ela, animada.

No horário combinado, um casal os aguardava no *lobby* do hotel. O homem, que parecia estar na casa dos 70 anos, vestia um terno de lã grossa e tinha a aparência de um general prussiano. Sua acompanhante, uma senhora já grisalha, usava um casaco de pele de foca. Os dois casais trocaram apertos de mão formais e elogios em alemão. Mais uma vez, não viram que um homem de cabelos cacheados os observava.

Os quatro embarcaram em uma Mercedes e partiram. Fritz montou em sua moto Ducati e os seguiu a uma distância razoável, sem ligar o farol.

A Mercedes saiu das ruas calçadas e entrou em uma estrada de terra. As pedras soltas batiam embaixo do chassi e o carro sacolejava de maneira desagradável. O motociclista, hábil, pilotava sem dificuldade.

– Bariloche é linda, tem um clima agradável, mas a Argentina ainda é um país subdesenvolvido. Infelizmente, algumas estradas não são pavimentadas – disse o anfitrião ao volante.

– Essa vista compensa tudo – respondeu Günther, apontando para o lado de fora da janela.

Depois de algum tempo, cruzaram os portões de uma bela residência em estilo *fachwerk*, com caibros de madeira entrelaçados e encaixados nas paredes. A casa impressionava pelo tamanho, e havia vários automóveis de marcas alemãs estacionados em volta de um jardim bem cuidado. Fazia frio quando saíram do carro.

Fritz parou a moto a uma boa distância e se aproximou a pé, cuidadosamente. Tirou um pequeno binóculo do bolso e procurou por alguma janela que o permitisse ver dentro da mansão. Não era possível ver nada. Então, sentou-se atrás de um pinheiro, acendeu um cigarro e esperou.

Quando entraram no salão principal, todos os olhares se voltaram para Günther e Eva Lutz. Os dois sorriram, radiantes; era como se sempre tivessem pertencido àquele grupo. Um por um, os casais se aproximaram para se apresentarem. No fundo do salão, Günther viu um homem que preferia ficar a distância, nas sombras, quase desapercebido. Foi o único que não se aproximou. Ele observou seu rosto e sentiu que o conhecia de algum lugar, mas, mesmo forçando a memória, não conseguiu se lembrar de onde.

Quando todos terminaram de se cumprimentar, Günther chamou Eva e, discretamente, apontou a figura que agora estava cercada por vários outros homens. Queria saber se ela o reconhecia.

– Não, nunca o vi. E você sabe que sou boa fisionomista.

– Tenho certeza de que o conheço, mas não consigo lembrar quem é.

– Parece alguém importante. Todos estão fazendo questão de cumprimentá-lo.

Um alemão falante se aproximou e lhes serviu duas taças de vinho. Contentes, os três começaram a conversar. O casal sentia-se em uma festa da Alemanha de 1940: conheciam pessoas importantes, recordavam a vida no país de origem, trocavam telefones e convites para jantar em um ambiente leve e descontraído.

Algumas taças depois, um *maître* anunciou que o jantar seria servido em um segundo salão. Günther percebeu que o senhor misterioso saíra antes de o jantar ser servido, acompanhado por dois homens que pareciam seguranças. Seus olhares se cruzaram por alguns segundos, o suficiente para o alemão lembrar seu nome.

– *Doktor* Josef Mengele! – disse ele à esposa. – Sua fama realmente é de ser um homem recluso e paranoico, o que explica os seguranças. Nunca imaginei que o veria em uma festa.

Do lado de fora da mansão, Fritz já havia fumado metade do maço de cigarros. Cansado de esperar, decidiu se aproximar da casa e procurar uma brecha em alguma janela. Ele não percebeu quando um dos seguranças de Mengele se aproximou, agarrando-o por trás.

– Me solta! Também sou alemão, me chamo Fritz! – o jovem gritava, tentando escapar.

Mas seus esforços foram em vão. Foi levado para um pequeno depósito de material de jardinagem e amarrado a uma coluna. Estava apavorado. O segundo segurança entrou no depósito e os dois abaixaram sua calça. Ao verem que era circuncisado, tiveram certeza de que era judeu. Mataram-no com um tiro na testa.

A notícia do incidente chegou à festa e os convidados se apressaram para ir embora.

— Eva, acho melhor anteciparmos a volta ao Brasil – disse Günther no caminho para o hotel. – Não sabemos o que esse judeu fazia aqui. É melhor não correr riscos.

Em São Paulo, Ahava esperou a noite inteira pelo telefonema de Fritz.

— O tal de Fritz deve ter sido descoberto – comentou o parceiro. – O que vamos fazer?

— Vamos esperar mais um pouco. Ele vai ligar.

— E se isso não acontecer?

— Então seguiremos com o plano. Não podemos desistir agora.

***

Helmut havia acabado de desembarcar na estação rodoviária de São Paulo. Ele pegou um táxi e seguiu para a rua Maranhão, no bairro de Higienópolis, onde se concentrava boa parte da comunidade judaica da cidade. Desceu em um prédio discreto, pegou o elevador e bateu na porta de um apartamento. Uma, duas, três vezes. A instrução era não tocar a campainha.

Minutos depois, um sujeito de cabelos escuros abriu a porta e o mandou entrar. Falava inglês com um forte sotaque israelense. Helmut entrou e, com um gesto brusco, o homem o encostou de costas na parede e o revistou.

Ao entrar na sala, Ahava flagrou a situação e falou em hebraico, com dureza:

— *Isso não é necessário.*

— *Não confio em ninguém* – disse o homem. – *Faça seu trabalho que eu faço o meu.*

Helmut percebeu que falavam dele.

– *Não se preocupe, Ahava* – disse, em alemão. – *Eu entendo a precaução dele. Está tudo bem.*

O homem abriu a mala de Helmut e examinou todo o conteúdo. Quando se certificou de que não havia nada, o liberou.

– Ele está limpo. – Então, como se nada tivesse acontecido, se apresentou: – Meu nome é Yossi.

Helmut cumprimentou o homem e Ahava o orientou a levar sua pequena mala até um dos quartos. Ele dormiria ali enquanto durasse a operação. A ruiva então ligou para a casa de Helmut, em Curitiba, e pediu para falar com a Sra. Blau. Quando Rita atendeu, ela passou o telefone para ele.

– Oi, meu bem, já cheguei ao hotel. A viagem foi tranquila, está tudo ótimo – disse ele, sorrindo. Mas sua expressão logo ficou séria. – O quê? O telefone daqui? Só um momento.

Ele tampou o bocal e olhou assustado para Ahava. Ela acenou para que ele se tranquilizasse e lhe entregou um papel com um número de telefone, que ele passou para a esposa.

Helmut desligou e os três sentaram-se à mesa, que estava coberta de fotografias, papéis e anotações. Ele analisou as fotos dos Farben desembarcando no aeroporto de Santiago e passeando pela cidade. Quando perguntou sobre o paradeiro do casal em Buenos Aires, Ahava respondeu que estava tudo sob controle e que ele não precisava se preocupar; cada passo dos dois continuava sendo vigiado.

Enquanto Helmut conferia a papelada, Ahava prendeu os longos cabelos ruivos com um elástico. Ele entendeu que ela estava prestes a dizer algo importante.

– Helmut, você tem certeza de que dá conta de lidar com a operação sozinho? Daremos cobertura a você, mas não o acompanharemos dentro das casas.

Yossi a interrompeu bruscamente.

– É melhor estar preparado, pois, se algo der errado, azar o seu. Você está por sua conta e risco.

A grosseria de Yossi contrastava com a doçura de Ahava. Ela se desculpou pelo jeito do parceiro e prosseguiu.

— Temos que aproveitar que os Farben estão na Argentina para revistar as casas com tranquilidade. Levaremos você até lá. Precisamos encontrar as fotos com urgência.

— Não será nada fácil — resmungou o alemão.

— Alguém falou que seria? – perguntou Yossi, mal-humorado como sempre.

De repente, a campainha tocou. Para a surpresa de Helmut, Yossi e Ahava rapidamente sacaram suas armas; ele nunca havia se dado conta de que ela andava armada.

Yossi fez sinal de silêncio e mandou Helmut se esconder atrás do sofá. Ele imediatamente se deitou no chão e cobriu a cabeça com as mãos. Yossi se posicionou para atirar e Ahava se dirigiu à porta. Colando o corpo na parede junto ao batente, perguntou quem era.

— Pizza – respondeu a voz do outro lado.

Ela olhou pelo olho mágico e xingou Yossi em hebraico. Ele bateu a mão na testa.

— Esqueci que tinha pedido.

Os dois baixaram as armas, ela abriu a porta, pegou a embalagem e pagou o entregador. Helmut saiu de trás do sofá tremendo de medo. "Esses agentes são estranhos", pensou. "Passam meses planejando uma operação, viajam o mundo prendendo nazistas poderosos, mas se esquecem de que pediram pizza!"

Os três se sentaram para comer e, ao terminarem, Helmut avisou que iria para o quarto. Estava tenso e estressado, só queria tomar um banho e dormir.

Sozinhos na sala, os agentes conversaram sobre Helmut.

— Esse homem é estranho, Ahava. Está sempre nervoso e preocupado, parece esconder alguma coisa.

— Também senti isso quando nos encontramos em Curitiba, mas ele é o único que pode nos ajudar com a missão e, até o momento, nossa única testemunha contra Carl Farben. Precisamos dele.

— Você confia mesmo nesse alemão? E se ele revelar o plano ao Farben?

— Preciso confiar, ele salvou minha vida durante a guerra. De qualquer maneira, que alternativa temos?

— Nenhuma, eu acho — suspirou Yossi. — E o Fritz, teve notícias dele?

— Nada ainda — respondeu Ahava, recostando-se na cadeira.

— Isso também me preocupa. Meu instinto diz que algo está errado.

Os dois foram para a janela e dividiram um cigarro, tragando-o profundamente. O olhar de Yossi se perdia nas luzes da cidade, que se estendiam pelo horizonte.

— Como essa cidade é grande — falou o israelense. Então, como se fosse algo totalmente corriqueiro, completou: — Se dependesse de mim, eu daria um tiro em Carl e outro em Helke. Afundaria seus corpos na represa, acabaria com esse assunto e voltaria para casa.

Ahava, que também admirava o tamanho da cidade, o trouxe de volta à realidade.

— Você sabe que nossos chefes querem que ele seja desmascarado e que a participação das empresas alemãs no Holocausto venha a público. Esse caso é tão importante quanto a captura de Adolf Eichmann: ele também poderia ter sido eliminado em Buenos Aires, mas o que ganhamos em mídia com seu julgamento em Jerusalém compensou toda a operação.

Yossi desviou o olhar para os longos cabelos acobreados da parceira, admirando sua beleza e sensualidade.

— Ahava, sua inteligência me excita — disse ele, cheio de segundas intenções.

— E a sua falta de sutileza me repele. *Laila tov*, Yossi. Boa noite — respondeu ela, encaminhando-se para o quarto e fechando a porta.

***

Günther e Eva haviam desembarcado no aeroporto de São Paulo. Com as malas de bordo nas mãos, seguiram a fila de passageiros em direção à esteira de bagagens.

— Pena que antecipamos a volta, querido. A viagem foi uma delícia! Precisamos fazer isso mais vezes.

— Agora que temos passaportes, vou providenciar o quanto antes uma visita à matriz da FAM para podermos rever a Alemanha. O país deve estar lindo, cheio de pessoas educadas, diferente desses animais daqui.

As bagagens apareceram na esteira e os dois caminharam para a saída, onde um motorista da FAM aguardava para levá-los para casa.

Ao chegarem, o motorista estava prestes a descer para abrir o portão quando Günther o alertou.

– Espere um pouco. Mandei soltarem os cachorros durante a noite, vou prendê-los antes de você entrar com o carro.

Ele abriu o portão e um pastor alemão e um dobermann correram para recebê-lo com festa, pulando de alegria. Günther fez carinho nos cães e então os prendeu, liberando a entrada do motorista.

– Não sabia que os cachorros agora ficavam soltos, querido – estranhou Eva.

– Achei mais seguro assim.

No dia seguinte, o presidente da FAM chegou cedo à fábrica e foi direto para uma reunião da diretoria. Após quase duas semanas longe, havia muita coisa para resolver, e ele precisou esticar o expediente até tarde.

Ao chegar em casa, guardou o carro na garagem e, como já estava escuro, soltou os cães, que correram em disparada pelo jardim. Precisavam soltar as energias depois de ficarem o dia inteiro presos no canil.

– Tier, Wolf, *komm*! Venham! – ordenou Günther, e os cachorros correram para perto dele. – Muito bem, muito bem. Nem Amon Göth tinha cachorros tão bem treinados e ferozes como vocês![45]

***

– Tudo pronto? – perguntou Ahava.

No apartamento da rua Maranhão, os agentes davam as últimas instruções para Helmut. Ele vestia roupas pretas, luvas de couro e levava uma lanterna pequena, mas muito potente, no bolso da calça. Estava com os nervos à flor da pele e o coração disparado. Sabia que não podia errar.

– Vocês têm certeza de que conferiram tudo? Não encontraram nenhum furo na operação? – perguntou Helmut, ansioso.

---

[45] Amon Göth foi o comandante do campo de trabalho forçado de Płaszów, na Polônia. Por diversão, treinou seus cães para atacarem e matarem judeus.

– Fique tranquilo, está tudo sob controle – garantiu Ahava. – Os Farben ainda vão ficar alguns dias em Bariloche.

– O único furo da operação é você, alemão. Se algo der errado, perderemos a chance de levar os Farben à desgraça – rosnou Yossi, deixando o outro ainda mais nervoso com seu jeito agressivo.

Helmut olhou para Ahava e lembrou-se de Martina, a jovem frágil que ele carregara nos braços ao longo de vários dias, por centenas de quilômetros. Será que conseguiria salvá-los de novo? Será que conseguiria ficar em paz com seu passado?

Parecendo ler seus pensamentos, ela tentou tranquilizá-lo.

– Helmut, lembre-se do que Julian disse: no judaísmo, não há coincidências. Quando nos conhecemos, você me salvou. Você e Carl podiam ter se mudado para qualquer lugar, mas vieram para o Brasil. Agora, nós dois nos reencontramos. Nada disso aconteceu por acaso.

Os olhos de Helmut ficaram marejados, mas as palavras de carinho o acalmaram. Olhou no relógio; passava das 2 horas da manhã.

– Estou pronto – disse o alemão. – Vamos começar?

Os três entraram no Opala de Yossi e partiram em direção ao bairro do Brooklin. Com o mapa da cidade nas mãos, Ahava orientava o motorista pelo caminho. De madrugada, com as ruas vazias, chegaram rapidamente ao bairro arborizado, tranquilo, composto apenas por casas.

Quando estavam se aproximando do endereço, Yossi desligou os faróis e o motor, deixando que o veículo deslizasse no escuro. Estacionaram na frente de uma residência bonita, cercada por um muro alto e com um jardim muito bem cuidado. As luzes da casa estavam apagadas, o silêncio era total. Não havia vigilantes na rua e um poste de iluminação pública lançava luz exatamente sobre o portão da casa.

Tudo estava calmo, como desejavam os agentes.

– Pronto para a missão? – perguntou Yossi, encarando Helmut pelo retrovisor.

– Sim – respondeu ele, ajeitando as luvas de couro.

Antes que abrisse a porta do carro, Ahava segurou seu braço.

– Helmut, você tem certeza de que quer fazer isso?

Ele fez que sim com a cabeça e saiu.

– Vamos esperar você aqui.

Helmut olhou para os lados, conferiu se a rua estava vazia e pulou o portão. Havia cerca de quinze metros de gramado até a entrada da casa. Caminhou encurvado em direção à residência, onde procuraria por alguma janela que estivesse aberta ou que pudesse quebrar o vidro para entrar.

Quase chegando à entrada, ouviu um leve rugido. Depois outro. Procurou ao redor, tentando encontrar a direção do som, e viu que duas feras olhavam para ele. Com as mandíbulas arreganhadas, fileiras de dentes imensos destacavam-se ao luar. Os olhos também brilhavam, refletindo a luz da rua e sede de sangue. O imenso pastor alemão e o dobermann fortíssimo se preparavam para atacá-lo. Por um instante que pareceram horas, homem e cães se encararam. Helmut reagiu mais rápido e correu em direção ao portão. Os cães começaram a latir e a perseguir o invasor. Quinze metros nunca foram uma distância tão longa. Helmut corria a passos largos e rápidos, tentando chegar ao portão antes que as feras o atacassem. Respirava fundo em busca de ar. Os latidos cortavam o silêncio, ecoando por toda a vizinhança. Ainda faltavam cinco metros para salvar sua pele. Em frações de segundos, ele recordou toda a sua vida.

Ao se dar conta do que estava acontecendo, Yossi imediatamente saiu do carro com a arma em punho. Ahava gritou para ele só atirar em último caso.

Os cães se aproximavam mais rápido de Helmut do que ele do portão. O alemão sentia o suor escorrer pelas costas. "Eu vou conseguir", pensava ele enquanto as feras se preparavam para atacar.

Quando Helmut se jogou no portão, Yossi o puxou para cima com toda a força. O pastor alemão abocanhou o ar, perdendo, por um triz, a chance de cravar os caninos no calcanhar do invasor.

No meio da confusão, Yossi e Helmut não viram que, por uma fresta na cortina do segundo andar, Günther acompanhava toda a cena. Primeiro, viu os cachorros apoiados nas barras de ferro do portão latindo ferozmente. Depois, viu que um homem de cabelos escuros auxiliava outro, caído na calçada, a se levantar. O que se levantou apalpou os joelhos, como se estivessem machucados, e olhou para o portão, assustado com a feras que, mesmo do outro lado, tentavam abocanhá-lo. O homem de cabelos escuros o puxou rapidamente para o carro e eles saíram em disparada.

Estranhando o barulho e a demora do marido para voltar para a cama, Eva acendeu um abajur.

– O que foi, meu amor? Que barulho é esse?

– Não foi nada, querida. Um casal se encostou no portão e os cães começaram a latir – ele mentiu para não preocupar a esposa.

Deitado na cama, Günther tentou se lembrar de onde conhecia o sujeito que tinha pulado o portão. Não era uma fisionomia estranha. Mas o sono bateu e ele adormeceu antes que conseguisse recordar.

O Opala voou de volta ao bairro de Higienópolis. Depois de recuperar o fôlego, o alemão não poupou ofensas aos agentes israelenses.

– *Scheisse*! Merda! Vocês são idiotas? Que raio de serviço de inteligência é esse que não sabe da existência de dois cães bravíssimos na casa?

– Helmut, tenha calma! – pediu Ahava.

– Calma merda nenhuma! Quase fui estraçalhado por aquelas feras! Como vocês não sabiam disso?

Yossi estava no volante, mas sentiu vontade de virar para trás e dar um soco na boca do alemão. O clima estava tenso entre os três.

Ignorando os xingamentos de Helmut, Ahava virou-se para o parceiro e disse em hebraico:

– *Ele não percebeu uma falha ainda mais grave: o casal estava em casa. Eu vi o alemão na janela do andar de cima. Eles anteciparam a volta da Argentina.*

Yossi concordou com a cabeça.

– *Com certeza descobriram Fritz. Eu avisei que ele era amador!*

– *Cometemos duas falhas muito graves. Isso não pode acontecer de novo.*

Günther acordou de súbito no meio da noite. Em sua mente, um único nome ecoava: *Ingenieur* Helmut Blau. Ele caminhou até a janela e olhou novamente para o portão.

– Era o filho da puta do Helmut caído na calçada – sussurrou para si mesmo. – Que diabos ele estava fazendo aqui?

***

Já havia amanhecido quando Yossi entrou no apartamento com um saco de pães franceses quentinhos, colocando-os sobre a mesa preparada para o café da manhã. O delicioso cheiro se espalhou pela sala.

– Hmm... Adoro esses pãezinhos – ele disse para Helmut, que continuava irritado com os acontecimentos da última noite.

Ahava entrou na sala com os cabelos molhados e cumprimentou os dois, mas só Yossi respondeu de volta.

Os três sentaram-se à mesa. O homem comia um pão com manteiga depois do outro, devorando tudo com prazer.

– É ainda melhor quando está quentinho e crocante – disse, entre mordidas.

– Posso servir café para você, Helmut? – perguntou a ruiva, tentando desarmar o alemão.

– Estou sem fome – ele respondeu secamente.

– Entendo que você esteja irritado. Por uma falha nossa, colocamos sua integridade física em risco. Peço desculpas mais uma vez e garanto que isso não vai se repetir.

Helmut apenas balançou a cabeça.

– Se quiser desistir da missão, entenderemos sua decisão.

Mas ele não podia desistir. Precisava encontrar as fotos antes de todo mundo.

– Eu vou continuar. Só peço, por favor, que tenham mais cuidado da próxima vez.

– Se quiserem, posso matar os cachorros – sugeriu Yossi, de boca cheia.

Ahava olhou brava para o parceiro e ele entendeu que era melhor não falar besteiras.

Sentindo-se mais calmo, Helmut pegou um pedaço de pão, passou geleia e encheu uma xícara com café preto sem leite. Os três terminaram de comer em silêncio.

– Yossi e eu vamos falar com nosso chefe em Israel para definir os próximos passos – disse Ahava. – Se quiser tirar o dia para conhecer a cidade, fique à vontade.

***

Günther chegou na FAM espumando de raiva. Bateu com toda a força a porta da Mercedes e caminhou rápido em direção à sua sala, sem responder ninguém que o dava bom-dia. Ao passar pela secretária, mandou que ela chamasse o chefe de segurança imediatamente.

Pouco depois, um sujeito forte, de rosto endurecido e altamente antipático entrou na sala.

– Hans, tentaram entrar na minha casa ontem – disse Günther. – Se não fossem Tier e Wolf, meus cães, não sei o que teria acontecido.

– Agradeça minha sugestão de soltar os cães durante a noite – disse o chefe de segurança.

Hans, que não se importava com a hierarquia, não esperou um convite de Günther para se acomodar em uma poltrona de couro. Então, pegou um cortador de papel e começou a abrir a correspondência do chefe, sentindo a ponta afiada.

– Como era o invasor? *Schwartz?* – ele perguntou com displicência.

O presidente da FAM não podia dizer que conhecia o suspeito. Primeiro, precisava descobrir o que ele queria.

– Não deu para ver, estava tudo escuro. Acordei com os cachorros latindo, olhei pela janela e o sujeito já tinha pulado para fora do portão.

Hans espetou a ponta do dedo com o cortador e uma gota de sangue escorreu. Ele a lambeu. Apertou o dedo, saiu mais sangue, ele lambeu de novo. Günther olhava a cena e imaginava que o chefe de segurança deveria ter sido um agente da Gestapo. Nunca tinham conversado sobre o passado, mas podia jurar que aquele homem à sua frente tinha torturado e matado muitos prisioneiros com as próprias mãos. Ele adorava sangue.

Diante do silêncio de Hans, Günther decidiu contar um pouco mais do que sabia.

– Acho que não se tratava de um roubo comum. Provavelmente queriam documentos que guardo em casa.

– Ok.

– Ok, o quê? – perguntou o presidente, começando a ficar irritado.

– Vou investigar.

O segurança continuou sentado, brincando com o cortador de papel como se estivesse na própria sala. Günther aguardou que ele fizesse mais perguntas, mas o sujeito não disse nada.

– Precisa de mais alguma informação?

– *Nein.*

Era a deixa para Hans ir embora, mas ele não se mexeu.

– Na verdade, tem uma coisa de que preciso – disse ele, finalmente. – Pode me pedir um café?

Günther precisou controlar a raiva. Não se conformava com a maneira com que Hans se dirigia a ele, como se fosse seu chefe. Não respeitava ninguém, era bruto e falava pouco. Em compensação, agia muito. Tinha uma rede de informantes em toda a fábrica que fazia chegar aos seus ouvidos tudo o que era dito contra a FAM ou o alto escalão da empresa. Da mesma forma, sempre descobria quando havia algum grevista ou subversivo que os denunciava para a polícia de repressão do governo militar brasileiro. Sozinho, construíra um império de informantes que não deixava escapar nem o canto dos passarinhos. Era melhor tratá-lo bem.

À contragosto, Günther pediu para a secretária trazer dois cafés. Hans tomou o seu devagar, saboreando cada gole. Ao terminar, colocou a xícara na mesa de centro, pegou o cortador de papel e o guardou no bolso interno do paletó.

– Vou levar – falou para Günther antes de sair da sala.

O presidente da FAM sentiu vontade de jogar um peso de papel na direção dele. Como não podia, gritou com a secretária, descarregando nela toda a sua raiva.

Capítulo 18

Era fim de tarde e três amigos tomavam cerveja na calçada de um bar. Conversavam animadamente sobre futebol: cada um tinha um time diferente e tentava convencer o outro de que o seu era melhor e ganharia o campeonato daquela temporada. Na outra ponta da calçada, uma mulher loira se insinuava discretamente para um dos rapazes. Ela era linda e parecia pelo menos dez anos mais velha do que eles. Sem acreditar de início, ele chamou a atenção dos amigos para a paquera. Eles observaram e confirmaram que ela de fato estava olhando para ele. Então, o convenceram a ir até a mesa dela.

Um pouco sem jeito, ele se levantou e se apresentou à mulher.

– Oi, meu nome é Eduardo.

Ela sorriu e fez sinal para ele se sentar.

– *Ich spreche kein Portugiesisch.* Eu não falo português.

Eduardo sorriu de volta. Sabia falar alemão. Imaginou que ela era uma turista solitária à procura de companhia e os dois começaram a conversar. Discretamente, fez um sinal de "ok" para os amigos.

Os rapazes ficaram com inveja da sorte de Eduardo. Vendo que o encontro do amigo com aquela linda mulher se estenderia, pediram a conta e foram embora.

A conversa fluía naturalmente. Ela contou que tinha chegado ao Brasil havia poucos dias e ainda não conhecia nenhum lugar para dançar. Estava visitando os tios, que eram velhos e não saíam de casa.

Cansada de passar as noites vendo televisão, decidiu sair em busca de um bar bacana, com música e boa comida.

Eduardo então se ofereceu para levá-la a um lugar que conhecia. O carro dele estava estacionado ali perto.

– Os brasileiros são muito malandros. Você vai é me levar para a sua casa – disse a mulher. – Vamos no carro do meu tio. Eu já sei guiar nesta cidade.

O brasileiro sorriu com a insinuação e concordou.

– Ok, vamos no seu carro. Não vou atacar você, prometo.

Eduardo falava a verdade, mas não podia negar que estava animadíssimo com a oportunidade de ficar a sós com aquela alemã maravilhosa.

Entraram no carro e ele orientou que caminho seguir. Quando pararam em um semáforo, um homem de cabelos escuros se levantou do banco de trás. Eduardo quase enfartou de susto e já ia abrir a porta para sair do carro, mas o sujeito o segurou pelos ombros.

– *Rega, rega*!

Ele reconheceu a palavra. Era "espere" em hebraico.

A loira, que continuava dirigindo o Opala, falou para Eduardo não se preocupar. Nada iria acontecer com ele.

Ela contou que os dois eram israelenses e estavam caçando um nazista.

– Sabemos que você trabalha na área administrativa da FAM. Você tem acesso direto ao presidente Günther Lutz, não é?

– Sim – respondeu o jovem, ainda sem entender o que ele tinha a ver com aquilo.

O Opala seguiu pelas ruas da cidade enquanto a mulher explicava que Günther tinha sido engenheiro químico durante o Reich. Queriam comprovar que ele era um nazista, mas, para isso, precisavam de alguns documentos comprometedores.

Eduardo ficou espantado com a revelação, mas não surpreso. Suspeitava que havia vários nazistas trabalhando na empresa. Sua mãe, uma sobrevivente do Holocausto, fora libertada em Bergen-Belsen, na Alemanha. Na ocasião, pesava menos de trinta quilos.

As histórias da guerra faziam parte do dia a dia da família. A mãe de Eduardo não gostava que ele trabalhasse em uma empresa alemã, mas, por ser fluente na língua, fora contratado, ao se formar, com um bom salário. Este último ponto pesou na decisão. Além disso, a guerra já tinha acabado havia quase trinta anos.

A loira perguntou se alguém na FAM sabia que ele era judeu.

— Eles nem desconfiam – garantiu o jovem. – Meu sobrenome é alemão.

— Precisamos conseguir provas de que Günther Lutz é um nazista. Você aceita essa missão?

O jovem sentiu-se orgulhoso. Acabara de ser convidado por um grupo de espiões, talvez do Mossad, para capturar um nazista. Ao mesmo tempo se tornaria um herói internacional, vingaria os assassinos de seus avós e os torturadores de sua mãe. Ele aceitou na hora.

A mulher parou o carro e explicou detalhadamente o que o jovem deveria fazer e como eles se comunicariam. Foi só ao se despedirem que ele viu que ela usava uma peruca; seu cabelo natural era completamente ruivo.

Eduardo recordava essa história enquanto sacudia, dentro de uma Kombi, por uma estrada de terra. Com as mãos amarradas às costas e a cabeça coberta por um capuz, ele não viu quando os faróis iluminaram a parede de uma casinha aparentemente abandonada em um sítio distante do centro de São Paulo.

A Kombi parou e o motorista, um homem loiro e muito alto, desceu para abrir a porta lateral. Ele pegou o rapaz pelo braço e o arrastou para fora do veículo.

Eduardo andava com dificuldade e tinha se urinado de medo durante a viagem.

— Que fedor! – reclamou o motorista.

O jovem tropeçou no chão de terra e caiu.

— Idiota! – o homem xingou.

Segurando o rapaz pelo braço, ele o levantou e o levou para dentro da casa. Depois o jogou em uma cadeira e o amarrou de tal maneira que ele não conseguia se levantar nem se mexer. Sentado em outra cadeira, acendeu um cigarro e esperou o tempo passar.

— Onde estou? O que vão fazer comigo? – perguntou o jovem, com medo.

— Cale a boca.

O motorista terminou o cigarro e jogou a guimba acesa em seu prisioneiro. A brasa atingiu a camisa de Eduardo, que só percebeu quando ela perfurou o tecido e queimou sua pele. Conseguiu se sacudir e a guimba caiu no chão.

Eduardo xingou, gritou, mas o homem não expressou nenhuma reação.

Quase uma hora havia se passado quando ouviram um automóvel se aproximar. O jovem ficou tenso. O motorista se levantou e foi até a porta receber Günther e Hans.

– *Ele está amarrado?* – perguntou Hans em alemão.

– *Sim.*

– *Com capuz?*

– *Sim.*

Entraram na sala iluminada por uma única lâmpada presa no teto por um fio e um soquete.

– Baixe as calças dele – mandou Hans.

O motorista obedeceu com nojo; a calça estava ensopada de urina.

– *Dreckiges Schwein.* Porco nojento – falou o motorista entredentes.

Ao ouvir essas palavras, Eduardo não teve mais dúvidas do motivo de seu sequestro; era assim que os nazistas se referiam aos judeus. Lembrou-se do que a falsa loira havia dito: se ele fosse descoberto, correria risco de vida.

Hans apontou uma lanterna para a virilha dele.

– Judeu – disse.

O jovem não conseguia reconhecer as vozes, mas tinha certeza de que estava ali porque haviam descoberto que ele vinha passando informações para a equipe do Mossad.

– Nome? – perguntou Hans com forte sotaque alemão.

– Eduardo. – Ele sabia que não adiantava mentir. Os homens já tinham seus documentos.

– O que faremos agora? Torturá-lo para que confesse tudo? – perguntou Günther.

O motorista sorriu. Estava animado com a possibilidade de experimentar o cortador de papel afiado que Hans havia lhe dado.

O chefe de segurança chamou Günther para fora da casa. Queria falar com ele sem que o jovem escutasse.

– Vamos jogar uma isca – disse, em voz baixa, quando se afastaram. – Assim descobriremos o que está acontecendo e quem está por trás disso.

Günther admirou a esperteza do chefe de segurança. Ele tinha razão. Torturar e matar o jovem naquele momento não ajudaria em nada. A família levaria o caso à polícia e eles não descobririam a raiz do problema. Então, acertaram o que seria feito.

Ao entrarem novamente na casa, Hans fez um sinal para Günther falar. Era a deixa combinada.

– Os documentos estão seguros no chalé – o presidente cochichou alto o suficiente para Eduardo ouvir.

– Quieto! – disse Hans.

Eduardo prestava atenção em tudo. Ao escutar as palavras "documento" e "chalé", associou as informações e reconheceu a voz do presidente da FAM. Estava realmente enrascado. Não sabia se sairia dali com vida.

Os homens aguardavam parados na frente do jovem, que apenas tremia de medo.

– Eduardo, para quem você tem passado informações da empresa? – perguntou Hans.

Ele pensou por alguns segundos se deveria falar a verdade ou mentir. Antes que pudesse responder, o alemão completou a pergunta:

– Merck, Johnson ou Pfizer?

O jovem respirou aliviado. Achavam que ele passava segredos industriais para a concorrência, e não que era informante do Mossad. Isso era bem melhor do que ser acusado de caçar nazistas. Concluiu que Johnson & Johnson seria a melhor resposta; uma empresa estadunidense passaria mais credibilidade.

Era uma pena que Eduardo não conseguisse enxergar que seus algozes riam dele. Tinha caído na armadilha.

– Johnson & Johnson. Por favor, não me matem! Só passei algumas fórmulas sem importância – o jovem mentiu, exagerando seu medo. Queria que acreditassem nele.

– Fez isso por dinheiro, não foi, porco judeu?

– Sim, eu confesso.

Aproximando-se do ouvido do rapaz, Hans falou baixinho:

– Peça demissão e desapareça daqui, ou eu mesmo desaparecerei com você.

O chefe de segurança e o presidente da FAM saíram da casa e foram embora.

– Ele mordeu a isca – comentou Hans.

O motorista pegou o jovem e o jogou na parte de trás da Kombi. Voltaram para São Paulo, onde ele o soltou no centro da cidade.

Eduardo conseguiu se desamarrar, tirar o capuz e correr para casa. Era madrugada, não havia ninguém nas ruas. No caminho, considerou se deveria contar ao Mossad o que tinha acontecido.

"Mas contar o quê?", pensou ele. "Que fui sequestrado, ameaçado e me mijei de medo? Não posso fazer isso. Aquela mulher maravilhosa pensará que sou um banana. Vou dizer apenas que os documentos estão no chalé. Assim ela vai achar que eu sou o máximo!"

Escondidos no apartamento, Ahava, Yossi e Helmut aguardavam notícias da operação. Quase um dia havia se passado sem que Eduardo tentasse contato.

De repente, o telefone tocou uma vez e desligou. Tocou mais uma vez. Foi só na terceira vez que Ahava o levantou do gancho.

– Alô? – Ela reconheceu a voz de Eduardo.

– Pode falar – disse Ahava.

O jovem contou então que os documentos que eles procuravam estavam no chalé da represa. Tinha conseguido a informação através da secretária de Günther.

– Nós dois temos um caso – mentiu para se gabar e dar credibilidade à informação.

Ahava colocou o telefone no gancho sem dizer nada. Eduardo ficou frustrado; esperava ao menos um elogio daquela linda mulher.

Ela compartilhou a informação com Helmut e Yossi.

– Não vai ter nenhum furo dessa vez, certo? Nenhuma surpresa? – perguntou o alemão, que ainda não havia superado que quase fora devorado por dois cachorros imensos.

Ahava o tranquilizou. Quase fora demitida quando o chefe da operação soube do ocorrido. Ele gritou tão alto ao telefone que sua voz deve ter sido ouvida em toda Jerusalém. A equipe então repassou várias vezes a operação para não deixar nenhuma ponta solta.

O telefone tocou novamente, dessa vez sem desligar. Ahava atendeu como se fosse do hotel em que Helmut disse ter se hospedado. Era Rita, que pediu para falar com o Sr. Blau no quarto 207. Ela passou o telefone para Helmut e ele e a esposa conversaram por um bom tempo. Sentiam saudades um do outro. Entre juras de amor, o alemão garantiu que estava tudo bem em São Paulo e que ela não precisava se preocupar. Foi tão enfático que Rita chegou a estranhar. Helmut pediu então para falar com a filha e os dois conversaram em alemão.

– Você está estranho, papai. Aconteceu alguma coisa? – perguntou Maria, também estranhando o comportamento do pai.

– É saudade, meu amor. Apenas saudade.

Helmut estava tenso e sentiu que ia começar a chorar. Achou melhor desligar.

Quando Rita perguntou à filha se ela também tinha estranhado o comportamento do pai, a jovem concordou.

– Ele falou como se estivesse se despedindo de mim.

Helmut e Yossi aguardaram a madrugada cair para pegar o carro e ir em direção ao chalé. Ahava ficou no apartamento para sumir com as evidências da investigação caso algo desse errado novamente.

O chefe em Jerusalém não queria correr riscos. Se o plano falhasse, a ordem era eliminar todas as testemunhas e voltar para Israel.

– Não quero nenhum alemão vivo, incluindo Blau, entendido? – dissera o chefe no dia anterior.

– Sim, senhor – confirmara Ahava, entendendo o recado.

Yossi estacionou o carro a cerca de cem metros dos chalés. Era uma noite sem luar e não havia iluminação pública. Tudo estava completamente escuro. Conseguiam ver apenas pequenos pontos de luz espaçados em torno da represa, vindos das lâmpadas fracas que iluminavam as portas dos chalés. Yossi identificou o de Carl, e Helmut caminhou com cuidado até a entrada. Sem que ele soubesse, Yossi o seguiu na escuridão.

O agente tinha ensinado a Helmut como abrir uma fechadura sem a chave. Depois de alguns minutos, ele conseguiu. Mas, quando entrou, a forte luz de uma lanterna o cegou.

– Boa noite, *Herr* Blau.

Helmut reconheceu a voz de Carl.

Yossi se movia com cautela. Ao se aproximar, viu um sujeito alto, com cara de poucos amigos, observando o chalé escondido atrás de uma árvore. O agente tirou um pequeno torniquete do bolso, aproximou-se por trás em silêncio e rapidamente passou a corda pelo pescoço do homem, que tentou se soltar com todas as forças. Mas Yossi era mais forte e conseguiu dar mais uma volta na corda, puxando-a com violência. O sujeito tentava respirar e balbuciou algum xingamento em alemão, o que deu ainda mais energia a Yossi. O ataque durou menos de um minuto. O corpo cedeu, dobrando os joelhos, e o agente apertou a corda até sentir que o sujeito não se mexia. Esperou mais alguns segundos e se certificou de que ele não respirava.

Yossi guardou o torniquete e arrastou o corpo para um deque de madeira à beira da represa. Encontrou um pequeno barco a remo e o jogou lá dentro. Então voltou ao carro, pegou mais cordas e uma sacola. O agente encheu a sacola com pedras, entrou no barco e remou em silêncio até o meio da represa. Em seguida, amarrou o corpo na sacola pesada e o jogou dentro da água. O sujeito afundou e o agente esperou para garantir que ele não voltaria à superfície. Depois, remou de volta para o deque e, com alguns galhos de árvore, começou a apagar o rastro que deixara na terra ao arrastar o corpo.

Capítulo 19

Helmut colocou as mãos na frente do rosto para se proteger da luz. Um abajur foi aceso e ele viu Carl sentado em uma poltrona. Em uma das mãos, segurava a lanterna. Na outra, uma pistola Luger.

– Há quanto tempo, *Herr Ingenieur* Blau.

O primeiro pensamento de Helmut foi que o Mossad tinha falhado novamente. Amaldiçoou o serviço secreto israelense.

– Quer dizer que você fugiu da Alemanha e se uniu aos judeus para tentar me entregar – desdenhou Carl. – Você realmente é um traidor.

Helmut não sabia o que dizer. Mais uma vez, tinham sido surpreendidos. Achavam que o chalé estaria vazio e, agora, havia uma Luger apontada para ele. Desejou que estivessem em um filme, que Yossi entrasse na sala e desse um tiro em Carl, então tudo terminaria bem. Mas aquela era a vida real, e tinham combinado que o agente o esperaria no carro.

– Não conte com a cavalaria judaica para salvar você – disse Carl, como se lesse seus pensamentos. – Hans, meu eficiente chefe de segurança, está aí fora para me proteger de bandidos imundos.

Com uma arma em sua direção, Helmut não sabia o que responder.

– Os traidores não merecem piedade. Você escapou da frente Leste, mas não escapará de mim – continuou o ex-chefe.

Então, apontou a lanterna para uma caixa de papelão sobre a bancada da cozinha.

– Imagino que seja isso que você procura. Nossas lembranças da viagem a Cracóvia.

Helmut sentia a raiva tomar conta de seu corpo. Tinha caído em uma armadilha.

– Não se preocupe, não vou matá-lo. Você não pode fazer nada contra mim. Se tentar me denunciar, mostrarei as fotos em que estamos juntos naquela agradável visita ao castelo de Hans Frank. Foi um passeio muito agradável, lembra? Se me levar de volta ao passado, arrastarei você comigo, e sua querida esposa nunca mais olhará na sua cara. Por falar nisso, como você teve coragem de se casar com uma *schwartze*? Se estivéssemos na nossa querida Alemanha nazista, vocês dois seriam levados para a câmara de gás junto com a doce Maria.

Helmut se surpreendeu ao ver que Carl sabia tudo de sua vida.

– Hans pesquisou tudo sobre você. Ele é bem eficiente, não acha?

O ódio tomou conta de Helmut.

O silêncio foi quebrado por um morcego que voou próximo ao telhado do chalé e, por um momento, Carl se distraiu com o barulho. Sem pensar duas vezes, Helmut pulou em cima dele. A arma voou para longe e os dois começaram a brigar. Com a adrenalina a mil, Helmut pegou o abajur de madeira e bateu com toda a força na cabeça do ex-chefe, que caiu desmaiado no chão.

Ao ver que ele não se mexia, foi até a bancada, pegou a caixa de papelão e correu para a escuridão da noite.

Capítulo 20

Yossi havia terminado de apagar os rastros na terra quando ouviu sons de luta vindo do chalé. Correu para lá e, ao entrar, encontrou Carl caído no chão e a pistola jogada a poucos metros. Sentiu sua pulsação e viu que estava vivo. Então, achou uma escada de armar e a deitou ao lado do alemão para simular que ele havia caído. Também pegou a Luger e a guardou no bolso.

Em seguida, foi até a cozinha e abriu o registro do fogão. O gás começou a sair. Voltou até onde Carl estava e, com uma forte pancada, quebrou seu joelho. Carl despertou com a dor e Yossi atingiu o outro joelho. O alemão urrava. Antes de sair, o agente garantiu que todas as janelas estivessem bem fechadas.

O gás se espalhou rapidamente pelo pequeno chalé de apenas um cômodo. Carl fez um esforço imenso para chegar até a porta, mas, com os joelhos quebrados e a dor lancinante, mal conseguiu se mover. Sentiu o forte cheiro de gás e, cada vez que respirava, seus pulmões ardiam. Começou a sentir uma horrível sensação de sufocamento. Buscava oxigênio, mas só havia gás. Respirava cada vez com mais dificuldade. Tentou gritar, mas o esforço só aumentou o sufocamento. Levou quase meia hora para morrer engasgado nos próprios fluidos expelidos por seu corpo.

No meio da mata, sem que ninguém o visse, Helmut examinou o conteúdo da caixa. Encontrou a medalha com a efígie de Hitler e várias fotos dos engenheiros da ITD com oficiais nazistas. Separou as que ele aparecia e guardou no bolso da calça. Havia também algumas cartas de Carl para Helke e vice-versa, escritas quando o ex-chefe estava em Cracóvia. Ele passou os olhos e ficou surpreso com o conteúdo. Era dinamite pura, a confissão que tanto procuravam. Guardou tudo de volta na caixa, com exceção das fotos em que ele aparecia, e foi ao encontro de Yossi.

– Como foi a missão? Correu tudo bem? – perguntou o agente, fingindo não saber de nada.

– Sim, consegui encontrar as provas – respondeu Helmut, mostrando a caixa.

Ele nem desconfiou do que Yossi havia feito.

No apartamento, o nervosismo tomava conta de Ahava enquanto aguardava o retorno de Helmut e Yossi. Depois do fracasso da primeira tentativa na casa de Carl, estava preocupada que algo pudesse dar errado novamente. Tinha ordens de esperar até as 8 horas da manhã. Se os dois não voltassem, deveria destruir tudo e voltar para Israel, onde seria entregue aos leões.

Eram 5 horas da manhã quando Yossi abriu a porta.

– Conseguimos! – ele disse, sorrindo.

Ela pulou de alegria. Sentia como se tivessem tirado uma tonelada de suas costas.

– Aqui estão as provas de que vocês precisam – disse Helmut, entregando a ela a caixa de papelão.

Yossi e Ahava examinaram o conteúdo e ficaram surpresos com a condecoração do Terceiro Reich ao engenheiro Carl Farben por sua colaboração no extermínio de prisioneiros de guerra, trabalho que realizara com o apoio da maior indústria química alemã. Depois, analisaram as fotos.

– Essas imagens comprovam não só que Günther e Carl são a mesma pessoa, mas também que ele era próximo da alta cúpula nazista – disse a agente.

— Este era o presidente da ITD à época — disse Helmut, apontando para Tesch.

O sol estava quase surgindo no horizonte. Yossi esticou o corpo para espantar o sono e foi até a cozinha fazer um café no estilo turco, sem coador.

Ahava o seguiu e perguntou, em hebraico, se tinham enfrentado algum empecilho.

— Sim. Farben estava na casa e havia um segurança de tocaia. Desapareci com o sujeito e dei fim ao alemão, mas simulei um acidente: quando encontrarem seu corpo, vão pensar que ele caiu da escada e quebrou os joelhos. O vazamento do gás cairá na conta do carma — disse o agente.

Ela suspirou aliviada.

— Vinguei seus pais, Ahava. O alemão morreu da mesma maneira que matou suas vítimas: asfixiado. Ele não deveria viver para ir a julgamento. Olho por olho, dente por dente.

A agente deu um beijo de agradecimento no parceiro e ele sorriu cheio de segundas intenções.

— Não se anime — disse ela, virando-se para voltar à sala.

O próximo passo era reconhecer cada pessoa presente nas fotos.

— Isso é um verdadeiro tesouro — falou Ahava. — Temos provas para incriminar muitos outros nazistas.

— Você ainda não viu nada — sorriu Helmut. — Leia as cartas.

Ahava retirou o conteúdo da caixa até encontrar os papéis manuscritos dobrados no fundo. Quando começou a ler, ficou de boca aberta.

— Yossi, venha cá agora!

O agente saiu da cozinha com a cafeteira na mão.

— Veja isso! — disse ela, mostrando-lhe as cartas.

Ele colocou a cafeteira na mesa e tentou ler, mas estavam em alemão.

Então, Ahava prendeu os cabelos com um lápis. O penteado realçava seu rosto, deixando-a ainda mais linda.

— São correspondências trocadas entre Carl e Helke. Os dois compartilham diversas informações sobre os testes com Taifun B com uma frieza inacreditável. Precisamos mandar cópias para Jerusalém imediatamente.

O sol havia finalmente nascido, iluminando o apartamento com os raios dourados da manhã.

– Bem, acho que estou dispensado agora, não é? – disse Helmut, ansioso para voltar para casa.

– Certamente! Temos tantas provas aqui que não precisaremos mais do seu depoimento – respondeu Ahava. – Vamos acertar sua volta para Curitiba.

Helmut ficou aliviado; preferia continuar no anonimato. Para todos os efeitos, ele nunca havia participado da operação.

Ele tomou um banho, arrumou a mala e se despediu dos agentes.

– Obrigado por não me expor – ele disse a Ahava antes de sair.

– Você salvou a minha vida. Eu tinha que retribuir – a agente respondeu com um sorriso de cumplicidade.

Helmut entrou no elevador e encarou sua imagem no espelho. Voltava para casa aliviado, mas com um mistério não solucionado: Ahava sabia ou não de seu passado na ITD?

Decidiu aceitar que nunca teria a resposta.

A viagem de São Paulo a Curitiba passou rápido para Helmut, que não via a hora de rever a esposa e a filha. As duas o esperavam na rodoviária. Ao se encontrarem, ele as beijou com muito carinho e chorou de emoção. Estava finalmente relaxado depois dos dias tão tensos que havia passado.

As duas, que nunca o tinham visto tão emotivo, acharam graça daquela reação.

– Você passou apenas alguns dias longe de casa e ficou com tanta saudade assim? – perguntou Rita no caminho para casa.

O alemão olhou para a esposa e a filha antes de responder.

– Vocês não têm ideia do quanto eu as amo.

Ao ver o sorriso iluminado de Rita, ele completou:

– Maria, foi esse sorriso que me fez apaixonar pela sua mãe. Soube que ela era o amor da minha vida assim que a vi entrar na farmácia.

Capítulo 21

Curitiba era uma cidade agradável para caminhar no verão. Todos os dias, Helmut e Rita aproveitavam as ruas planas e arborizadas para irem a pé à farmácia. Foi em uma dessas manhãs que uma manchete chamou a atenção de Helmut: "Presidente da FAM na América Latina morre asfixiado". O casal parou na banca e comprou o jornal. O texto informava que a causa havia sido um vazamento de gás no chalé da família.

– Que horror! – exclamou Rita. – Morrer asfixiado deve ser terrível.

Helmut imediatamente se lembrou do que os amigos judeus haviam lhe dito: na vida, não existem coincidências.

Cerca de uma semana antes, no mesmo dia em que Ahava e Yossi embarcaram para Israel, os principais jornais do Brasil e da Alemanha receberam cópias das fotografias de Carl junto a Hans Frank, Rudolf Höss e Heinrich Himmler, além de cópias das cartas trocadas pelo casal Farben. A medalha de Carl foi para o acervo do Yad Vashem, o museu do Holocausto em Jerusalém. Ninguém reclamou sua propriedade.

***

O casal Gartner se preparava para almoçar quando a campainha do apartamento tocou. Sara abriu a porta e um entregador deu a ela um lindo arranjo de flores. Junto, havia um pequeno cartão com apenas uma palavra escrita em hebraico: "Vingados". Sem entender, ela mostrou o cartão ao marido, que também ficou curioso ao ler a mensagem. Foi só quando Julian pegou o jornal do dia e viu a matéria de capa que tudo fez sentido.

– Sara, está resolvido o enigma do cartão e das flores – disse ele, mostrando à esposa a manchete sobre a morte de Carl.

***

Quando a morte do presidente da FAM na América Latina começou a ser noticiada nos jornais, Eduardo tentou ligar várias vezes para o telefone da bela agente do Mossad, mas nunca obteve resposta. A linha tinha sido desligada.

A única vez em que contou aos amigos que tinha participado de uma operação do serviço secreto de Israel, ninguém acreditou. O rapaz virou motivo de gozação da turma e nunca mais falou no assunto.

Na FAM, o caso se transformou em um grande escândalo. Não havia como negar que Günther Lutz e Carl Farben eram a mesma pessoa. Como era possível que ninguém soubesse que o presidente da empresa na América Latina havia sido o responsável pelo desenvolvimento do Taifun B? A maior empresa química do mundo se tornou notícia internacional por ter participado do Holocausto e por manter nazistas em sua diretoria mesmo após o fim da guerra. O presidente mundial e todos os diretores foram obrigados a renunciar. A empresa publicou um mea-culpa em todos os países onde atuava. Mesmo assim, foi obrigada a pagar indenizações milionárias.

Como os Lutz não existiam legalmente, foi provado que Helke Farben havia entrado clandestinamente no país. As correspondências entre o casal também mostravam que ela sabia de todos os detalhes do trabalho do marido no desenvolvimento do gás venenoso. Helke foi presa enquanto aguardava os trâmites legais de deportação para a Alemanha, onde responderia a vários processos.

Uma investigação interna na FAM também revelou que Carl havia montado um esquema de corrupção e recebido milhões em propinas de diversos fornecedores. A empresa se recusou a contratar um advogado para a Sra. Farben e ainda entrou com um processo contra o casal por corrupção.

Helke foi abandonada à própria sorte e sem recursos para se defender. Não tinha dúvidas de que seria deportada e provavelmente presa na Alemanha. Sua última esperança era conseguir falar com o filho, mas ele não respondia às cartas nem aos telefonemas.

Dias depois, foi encontrada enforcada em sua cela. Havia uma tira de lençol amarrada em seu pescoço e presa às grades da janela. A imprensa levantou a hipótese de assassinato por queima de arquivo, mas a polícia, entendendo como suicídio, não levou a investigação adiante e o caso foi arquivado.

Epílogo

Heinrich ficou chocado quando soube o que tinha acontecido com seus pais. Os escândalos envolvendo a morte do casal haviam sido noticiados no mundo todo e estampavam os principais jornais da Alemanha, onde o jovem vivia agora. De um dia para o outro, tornou-se conhecido como o filho do nazista que desenvolveu o Taifun B. Os nomes Lutz e Farben eram uma mancha em sua vida e uma vergonha difícil de carregar. Então, decidiu mudar de nome.

Sentado no pequeno apartamento onde morava de aluguel, lembrou-se da briga no Colégio Vitória e do pai de Moisés, sobrevivente do Holocausto que perdeu tudo após a guerra e precisou recomeçar a vida do zero no Brasil. Completamente sem dinheiro, ele teria que fazer a mesma coisa, a começar pela inscrição para pleitear uma bolsa de estudos na Universidade de Berlim.

– As voltas que o mundo dá... – falou para si mesmo. – É muita coincidência.

***

Uma onda de calor incomum cobria Berlim. Acostumados com o frio rigoroso, os jovens aproveitavam para tomar sol no gramado da universidade; ninguém queria perder aquele raro momento de prazer.

Entre eles, uma garota se destacava por sua beleza, sua pele negra brilhando sob o sol.

Ao ver que ela lia um livro em português, um dos estudantes se aproximou.

– Você fala português? – perguntou ele, puxando assunto.

Ela abriu um sorriso que ofuscou o sol.

– Sim, sou brasileira.

Surpreso, ele sorriu de volta.

– Eu também! Meu nome é Heinrich, ou melhor, Henrique. E o seu?

– Prazer, Henrique. Me chamo Maria.

– O prazer é meu, Maria. Que coincidência dois brasileiros tão longe do Brasil, não acha?

– Na verdade, não. Segundo este livro da Cabala que estou lendo, não existem coincidências.

Este livro foi composto com tipografia Adobe Garamond Pro
e impresso em papel Off-White 70 g/m² na Formato Artes Gráficas.